Magic Bullet in the Magical Land
魔法の国の魔弾
狩真健 Ken Karima
Illustration 真空 sinsora

オーディ
シタデル防衛軍の
小隊長
レオナ
狼の獣人・15歳

ワタライ・カリト
ミリタリーRPGの中に
転移した日本人
リィナ
狼の獣人・12歳

マリアン・
エンゲルハート
ベルカニア連合国の
魔導師

ヒルダ
アルウィナ王国の
女騎士

「レオナはリィナと一緒に向こうに行くんだ。
姿勢を低くして先に逃げろ！」

「カリトはどうするつもりだい⁉」
「反撃するんだ！」

Magic Bullet
in the
Magical Land

Contents

Magic Bullet in the Magical Land

魔法の国の魔弾

狩真健 Ken Karima　Illustration 真空 sinsora

0 Briefing

うらさびれた山小屋の中。

開け放たれた戸口に、黒髪の青年が立っている。

年季が入っている……という表現を通り越し、風化寸前の木製の机とベッドしか見当たらない殺風景な室内を、青年は黙ってしばらくの間見つめる。

惜しむような、憎むような、例えるのが難しい視線を送る彼の目つきは、冤罪《えんざい》によって長い間狭い牢屋に押し込められて疲弊《ひへい》し、狂ってしまう直前の人物のようにとても危うい。

やがて青年は小屋から出て行った。

後ろ手に扉を閉めはしたが、押さえ方が足りず中途半端な隙間が生じていた。青年は気にせず、草木に埋もれる寸前の山道を下っていく。


小屋の中、今にも崩れ落ちそうな木製の机の上に、ボロボロの本が鎮座《ちんざ》していた。

外の風に押されて扉が開く。開け放たれた扉から吹き込んできた風によって、パラパラとページがめくれ上がっていく。

やがて風が止み、ページも止まる。

それはちょうど、文章が書き連ねられた最後のページだった。

そこにはこう記されていた。

『俺の名は渡会《わたらい》狩人《かりと》。

この文章が読めるということは、俺と同じ世界の人間であると仮定して話を続けようと思う。

……俺がこの世界にやって来たのは、２０ＸＸ年Ｘ月ＸＸ日、日本の現地時間でＰＭ８時半前後。

多分、最後に時刻を確認したのはそれぐらいの時間だったと思う。

この場所で目覚める前の最後の記憶は、ＶＲＭＭＯ型ミリタリーシューティングゲーム、〈ワールド・バトルグラウンド・オンライン〉のマーセナリー・モードを選択した時だ。

それ以降、どういった経緯でこの場所にいるのか、俺にもまったく分からない。

考えられるのは、運営者側で何らかのトラブルがあったのか。

もしくは物資・所持金無限設定でゲームを進めようとしたせいで、バグが起きたか。

それぐらいしか、俺には想像がつかない。

だけど物資・所持金の無限設定は、俺以外の廃プレイヤーならたいていは取得している特典だし、そのせいでバグが起きて、プレイヤーに危害が及ぶような話は聞いたことがない。

ともかく――自分でもいまだに信じられないんだが、信じて欲しい――目覚めたときには、俺はゲーム開始時の姿になっていた。

顔も、体型も、身長も、ゲームの中で設定し、鍛《きた》えあげたアバターそっくりだった。

鏡で見た時はそりゃ驚いた。

……まぁ、リアルの自分と比べれば格段に見た目がマシになっていただけ、喜ぶべきなのかもしれないが。

だけどもっと驚いたのは、この世界がこれまでプレイし続けてきた〈ワールド・バトルグラウンド・オンライン〉。

ああ、いちいちフルネームで書くのはめんどくさい。ここからは〈WBGO〉という通称で進めよう――。

ともかく、俺がプレイしていたゲームとはまったく違う世界だということだ。

何せ、〈WBGO〉の世界はSFに片足を突っ込んだ近代戦が舞台であって、空をドラゴンや翼が生えた鳥以外の生き物が登場した覚えは――。

いや、特殊ミッションとかに出てきた、遺伝子操作で突然変異を起こした生物兵器って設定のタイ〇ントやゾ〇ビもどきなら何度も相手にしたけど、それはともかく――。

頭上をドラゴンが飛んでいくのを初めて見た瞬間は、そりゃ驚いたさ。

唖然《あぜん》ボー然でずっと上を向いていたせいで、崖《がけ》から転げ落ちて……間違いなく、この世界が現実であることを思い知らされた。主に激痛で。

〈WBGO〉じゃ、プレイ中は銃で撃たれようが、爆弾で吹き飛ばされようが、痛みは伝わらない仕様だったのだから。

はじめの1週間は、現実を認めたくなくてずっとこの小屋にこもっていた。

次の1週間で現実を受け止めて、状況把握《はあく》に終始した。

それからつい最近まで、できる限りのことを試しながらこの小屋に他の誰かが来ないか、ずっと待ち続けた。

ずっと、ずっとずっとずっとずっとずっと――――ずっとだ。


今日この日まで試行錯誤《しこうさくご》して分かったことは、直前まで所持していた、ありとあらゆる武器や装備をこの世界でも自由に使えること。

習得したスキルもまた、〈WBGO〉内での仕様そのままに発揮できるということ。

そして俺以外のプレイヤー、いや、向こうの世界、地球の人間がこの場所にやって来そうにないという、どうしようもない現実。

地球の暦でいうなら、優に1年はずっとこの小屋にこもっていたと思う。

小屋の裏手に綺麗《きれい》な湧水が流れているのを見つけなかったら、そして回復アイテム扱いだったはずのレーション（軍用糧食）が無限仕様じゃなかったら、とっくに飢《う》え死にしていただろう。


地球じゃ、俺は孤独だった。

リアルじゃいじめにプッツンして、主犯連中を病院送りにしたせいで高校中退。

その直前に両親が事故で他界。

そのままダラダラと1人引きこもって、親の保険金を食い潰しながらゲーム三昧《ざんまい》。ネットワーク上以外の人間関係なんて、ないも同然。孤独な毎日――。

俺は、それで十分だと思っていた。

本当の孤独なんて、これっぽっちも知らなかった。

自分が甘ちゃんであったことを、小屋で過ごしている間に嫌というほど思い知った。


もう耐えられない。

誰とも顔を合わさず、喋《しゃべ》れず、触れ合えない日々。

それがどれだけ辛いのかを、この世界に来てから思い知らされた。

これ以上ここに閉じこもっていたら、気が狂いそうだった。

だから、俺はここから出ていくことにした。

誰でもいいから、人の顔が見たい。

人の声が聞きたい。

この世界が本当にファンタジーなんだったら、エルフだって猫耳だって犬耳だって構わない。

なんだったら人の言葉を喋《しゃべ》るドラゴンでも。

とにかくなんだっていい。意思疎通《いしそつう》ができるのなら、幽霊だって大歓迎だ。

もう、一人ぼっちには耐えられない。

今の今まで、自分の頭をふっ飛ばさなかったのが不思議なぐらいだ。無人島に流された漂流者も、きっとこんな気分なんだろう。


この世界にやって来た同胞《どうほう》へ。

俺は北に向かう。小道に沿って坂を下れば開けた道に出るはずだから、そこから左が北に向かう道だ。

願わくば、この文を読める同胞《どうほう》が現れることを俺は望む。

そして実際にそうなったら、ソイツは忘れないでいて欲しい。


——自分は1人じゃないんだと。

俺という同類がこの世界にもいるということを。

幸運を祈る』

◆◆◆

もうどれだけ歩いたのだろう？

3日3晩歩き続けた。食事をする時と睡眠を取る時以外は、日が暮れても歩いた。

いったいどれだけの距離を歩いたのか。

肉体的な疲れはほとんど感じていない。

限界まで極めたステータスと装備の恩恵により、狩人《かりと》の歩行速度は3日3晩歩き通した今でも、微塵《みじん》も落ちていない。

だが、別の理由で限界を迎えつつあった。

延々と続く、終わりの見えない道。

ここまでの道のりで出会えた者は、皆無。

エルフとも猫耳とも犬耳とも、上半身人間で下半身動物な半獣人《はんじゆうじん》とすらも、遭遇《そうぐう》できていない。

彼――渡会狩人《わたらいかりと》は、いまだ孤独から脱していなかった。


〈WBGO〉のマーセナリー・モードのシステムは、基本的にMMORPGに近い。

ゲーム内で与えられた任務やトレーニングをクリアすることによって、プレイヤーのランクが上がっていくと同時に、経験値を獲得。それを割り振ることで、パラメータが強化していく仕様となっている。

狩人《かりと》のLP《ライフポイント》・筋力・スタミナ・俊敏性といった身体能力は、カンストクラスまで強化済み。体力は、ほぼ無尽蔵《むじんぞう》といっても過言ではない。

が、それはあくまでマーセナリー・モード限定の話。

〈WBGO〉の特徴の1つとして、現実的な設定下でプレイヤー同士の戦闘のみを純粋に行える、タクティカル・コンバット・モードが実装されている。

それは、演出が派手気味で実際に人が死なないという点を除けば、本物の戦場に可能な限り近づけたゲームモードだ。

タクティカル・コンバット・モードにおける狩人《かりと》のランクは、中の上程度。

現役の軍人も多数参加している中では、かなり上等な部類といえるだろう。

なお、現役軍人やリアル重視のプレイヤーは、主にパラメータが最低限のレベルで固定され、回復アイテムや特殊なアイテムの大部分が登場しない、現実的でシビアかつ緊迫感溢《あふ》れるタクティカル・コンバット・モードを好む。

一方、純粋にゲームとしての爽快感《そうかいかん》を楽しみたいプレイヤーは、マーセナリー・モードにこもりやすい傾向にある。

もちろん、どちらのモードも数多《あまた》のＭＭＯゲームと同じく、他のプレイヤーとチームを組んで任務に参加したり、敵同士に分かれてプレイヤー同士の戦闘も楽しむことが可能だ。

プレイヤーを強化する要素は、ステータスだけではない。

今、狩人《かりと》はマーセナリー・モード限定で登場する、強化外骨格を兼ねた特殊アーマーを装備していた。

これは、装備することで、ダメージの軽減以外にも様々な付加効果を得ることができる、いわゆるＲＰＧにおける魔法の鎧《よろい》的存在だ。使用されている技術は、魔法ではなくれっきとした科学技術、という設定なので、むしろＳＦに近い。

それらの恩恵により、護身用に腕の中で抱えているライフルは、乾いた木の枝も同然の軽さだ。

現在、狩人《かりと》の装備武器はM14EBRと呼ばれるライフル。

スプリングフィールド・M14自動小銃の特殊部隊カスタムで口径は7・62ミリ。

ゲーム内でも（そして現実でも）高い威力にフルオート連射可能な機構、狙撃銃《そげきじゅう》としても使えるクラスの精度と距離を問わない万能さを誇《ほこ》る、高性能ライフルだ。

その代償として反動は大きめで初心者には扱いにくくはあるが、極限まで強化された筋力とアーマーの付加効果、なにより狩人《かりと》自身の技量なら、十分以上にこの銃の性能を発揮できた。


人は生きている限り、歩いていようが寝ていようが、腹が減る。

空腹感を覚え、木陰に腰を下ろした狩人《かりと》が装備品リストからレーションを選択すると、虚空《こくう》からレトルトパックが2つ、手元に現れる。

中身はとり飯とハンバーグ。付属してある加熱剤で温めてから、こちらも1食ごとに付いている先割れスプーンでかっ込む。

〈WBGO〉内におけるレーションは、本来は単なる回復アイテム扱いでしかなかった。

各国の軍で採用されている種類の数だけ、バリエーションが豊富に存在している。

そうなってくると面白いもので、海外のプレイヤーは自国の軍が採用しているレーションだけを愛用するようになったりしていたし、一定数、各国のレーションを集めたプレイヤーには特典が与えられたりもしている。

もちろん、狩人《かりと》も各国のレーションをコンプリート済みであった。

……それが結果的に、異世界に飛ばされてからの命綱《いのちづな》になるなど、その時は思いもよらなかったが。

この1年、各国のレーションを食べ比べてみた結果、やっぱり元が日本人であるせいか、日本仕様のレーション（自衛隊の戦闘糧食《レーション》を再現したもの）が、一番狩人《かりと》の口に合った。

もっとも1つ1つにメニューが設定されていたとはいえ、ゲーム内では単なる回復アイテムの1つにしかすぎなかったはずのレーションが、この世界に来てからまともな食べ物へと変化していた理由については、まったくの謎《なぞ》である。

閑話休題《かんわきゅうだい》。

（今度からフランス軍のに替えてみるかな……）

思い立ったが吉日とばかりに、懐《ふところ》からPDA（携帯端末）を取り出すと、アイテムボックス内からお目当てのアイテムを選択し、装備品と入れ替える。

PDAは、〈WBGO〉プレイヤーがゲーム内にて、運営側から真っ先に与えられる重要アイテムだ。

何があっても壊れず、何があっても紛失することのない、破壊不能アイテム。

イメージしただけでどこからともなく取り出せて、どこにでもしまえる。尻《しり》ポケットに突っ込んだ直後、今度は胸ポケットから取り出す、といった芸当も可能。

PDAは、入手したアイテムの保管や装備品の変更だけでなく、運営側からのお知らせや任務内容、仲間との会話のログの記録、マップ表示、所持金を消費しての支援要請《ようせい》など、ゲームを円《えん》滑《かっ》に楽しむための様々な役割を果たす存在だった。

しかし、この世界にやって来てからは、アイテムの保管と装備品の変更機能にしか使えなくなっている。

装備品については、プレイヤー1人につき装備できる重量が定められており、上限を超える重量の装備は不可能となっている。

装備品の重量上限そのものは、特定の任務やトレーニングのクリアによる筋力値の強化、もしくは筋力補助の付加効果が付いたアーマーの装備によって強化可能だ。アーマーそのものは装備品には含まれず、別枠で設定する仕組みだ。

プレイヤー自身のステータス強化による、装備可能重量の上限は、100キログラム。

それさえ越えなければ、狩人《かりと》はどんな大きな武器でも軽々と持ち運ぶことができる。

装備品リストとアイテムボックスは違う。

装備品リストに入れておけば、イメージしただけで武器やアイテムを装備することができるが、持てる量には限りがある。

一方、アイテムボックスに入れておけば、いくらでも物資を保管できる分、PDAを操作してアイテムを選択、という過程を踏まなければならない。

もちろん、あらかじめ武器・アイテムを実体化させて身につけておくのがもっとも手っ取り早いが、あまりに多く実体化させてしまっていると、装備同士が干渉《かんしょう》し合い邪魔になるので注意が必要だ。

「……クソッ」

狩人《かりと》は空になった缶詰を苛立《いらだ》たしげに握り潰す。

足元に叩きつけられた缶詰は、光の粒子となって空気中に溶けた。耐久値が限界を迎えたのだ。

見飽きた光景だが、そのつど狩人《かりと》はこの世界は現実なのか、それとも別の仮想空間なのかと頭を悩ませてきた。

1年間、目覚めた時にいた山小屋に閉じこもって、誰かが現れるのを待ち続けた。

遂に決心して、小屋の外の世界に飛び出したのはよいものの、いまだに意思疎通《いしそつう》ができる相手と出会えていない。

わずか3日、されど3日。

行動に結果がともなわない現実に、狩人《かりと》はうなだれる。

小屋での生活の間に伸びてボサボサになった髪が、背中で揺れた。

たまたま屈強な肉体と強力な能力を手に入れることができても、同時にふさわしい精神力も手に入るとは限らないのだ。

(こんなことなら、あの山小屋から離れないほうがよかったんじゃないか?)

こんな考えが浮かんでは、首を振って打ち消す。

今さら、そんな後悔をしたってもう遅い。

自分は遠くに来すぎた。来た道を今さら、戻る気にはなれなかった。

前に進む以外に、この状況を打破するための手段は思い浮かばない。

ガサッ。

「っ⁉」

後ろのほうから聞こえてきた、草木が踏み潰される音に、狩人《かりと》は反射的に立ち上がって銃を構えた。

実は小屋で過ごしていた頃、周辺を探索していた際に、似たようなシチュエーションで熊らしきモンスターに襲われた経験があった。

熊らしき、というのは一見、熊に思えたが、顔立ちは狼っぽくもあったし、頭にはなぜかシカのような角まであったからだ。さすがはファンタジーともいうべき、珍妙な動物だった。

遭遇《そうぐう》した直後、あまりの驚きとビビったあまり、思わず召喚《しょうかん》したAA12フルオートショットガンを、ダブルオーバック弾でドラムマガジン丸々1つ分撃ち込んでしまい……。

結果、ミンチより酷《ひど》い惨状《さんじょう》を生み出してしまった。

ちなみに、ダブルオーバック弾1発につき、散弾9発。

これにドラムマガジンに32発を装填《そうてん》したので、合計288発もの散弾をブチ込んだ計算になる。

あまりのグロさと、本物の腸《はらわた》と血の強烈な臭いに吐いたのは、誰にも言えない秘密だ。

ともかく、そのときの体験を教訓に――万が一、人が相手だったらシャレにならない――狩人《かりと》はM14EBRをいつでも撃てるように身構えながら、目元に装着していたゴーグルの機能を作動させた。

一見、フレームが太めの軍用仕様なデザインのゴーグルだが、実は一定のランクに昇格すると支給される、特殊ゴーグルだった。

これ１つで望遠鏡や赤外線ゴーグル、暗視ゴーグルになり、また索敵や透視もこなしてくれる、万能かつ高性能のアイテム。常時身に着けている愛用の装備の１つだ。

狩人《かりと》の思考を読み取るかたちでスキャンモードを起動。視界内、距離にして15メートル以内なら、薄い壁の向こう側の光景も、シルエットとして表示してくれる。

実際の風景と透けたシルエットが重なり合う恰好で、視界内に映し出される。

「何だありゃ？」

ほんのわずかな瞬間だが、動く影が見えた。

その物体はすぐにスキャンの効果範囲外に出てしまったため、正体は定かではなかった。獣《けもの》っぽかったような、人にも見えたような。

（……少なくとも獣耳と尻尾《しっぽ》はあった、よな？）

それにしても、かなり素早いのは間違いない。一瞬で森の奥に消えてしまった。

あんな相手に、もし襲い掛かられていたら――。

「索敵レーダーのスイッチ入れとこう」

というわけでスイッチオン。心臓の鼓動《こどう》を感知してゴーグルに位置を表示させる代物で、索敵範囲はだいたい15メートル前後。

空を見上げる。鳥が遥か上を旋回《せんかい》していた。あの鳥みたいに飛べたら、街とか村とか、ともかく人がいそうな場所なんて、すぐに見つかるだろうに。

「無人偵察機《UAV》でも使って確認してみるかなぁ――、っ？」

視界の端に、鳥と雲以外の何かが引っ掛かった。

目を凝らす。正体を見抜くなり、狩人《かりと》の両目が限界まで見開かれた。

それは煙だった。森に遮《さえぎ》られ、どこから発生しているのか、何が発生源なのかは分からない。だが火のないところに煙は立たない。こんな森の中で勝手に火が起こる可能性は低いだろう。

煙が上がっているのは、ちょうど進行方向だった。

「人がいるのか…」

いったん、短く呻《うめ》き、

「人がいる、人がいるんだ……！」

万感をこめて再度呟《つぶや》くや否や、狩人《かりと》は駆け出す。

最大限まで強化された身体能力と、筋力や瞬発力を上乗せする強化外骨格も兼ねたアーマーの付加効果によって、その速さは１００メートル走の世界記録も軽々上回れるぐらいだった。

「人に会える、人に会える、人に会えるっっっ……‼」

希望に突き動かされ、一刻も早く現場に向かおうと必死だった狩人《かりと》は、気付かなかった。

走り出した直後、さらに森の向こう側から２本、３本と煙が立ち上り、みるみる黒さを増して空を汚していったことを。

現場に辿り着くその瞬間まで、異変に気づくことなく、孤独に囚《とら》われた黒髪の青年は我武者羅《がむしゃら》にひた走る。

1 ファースト・エンカウンター

まったくペースを緩めないまま全力疾走を続けると、森と森に挟まれた一本道の風景にようやく変化が現れた。そこでようやく、狩人《かりと》は足を止めた。

正確には、足を止めざるをえなかった、と表現すべきか。

狩人《かりと》の肉体を突き動かしていた期待感を即座に塗り潰し、思わずその場に立ち尽くしてしまうぐらい衝撃《しょうげき》的な光景が、道の終点に広がっていた。

集落が、炎に包まれていた。

偶発的な火災ではないとすぐに気づいたのは、焦げ臭さを上書きするほど強烈な鉄錆《てつさび》と腸《はらわた》の臭いが、風に乗って狩人《かりと》の下に届いたから。

散弾銃で原形を留めないぐらいに角付き熊を粉砕した時のそれとそっくりだったから、嫌でも正体を悟る他なかった。

何より、燃える家——木材や漆喰で構築された建物ばかり——の周りで倒れ伏す人影は、どれもこれも斬られた傷や胴体を貫《つらぬ》く矢によって、身体を自らの鮮血《せんけつ》で染めているものばかりで。

中には、人としての原形すら留めないほど破壊された肉片やら骨やら内臓やらが、切り離された頭部や手足ともども、地面に転がっている。染み込んだ血によって、地面のかなりの面積が赤黒く変色していた。

煙に巻かれて窒息《ちっそく》死したようには、まったく見えない。

どう考えても獣《けもの》、あるいは人為的に作り出された躯《むくろ》ばかり。

その場で数分前に食べた食事を吐かなかったのが、不思議だった。

「————っ……‼」

驚くべきことに、虐殺《ぎゃくさつ》の現場に出くわしてまず狩人《かりと》が行ったのは、反射的にすぐ傍の茂みに転がり込んでその場に伏せることであった。

目の前の虐殺《ぎゃくさつ》は、明らかに第三者によるもの。そして、いくらファンタジー世界とはいえ、狩《かり》人《と》は弓矢を操る獣《けもの》の存在には心当たりがない。

伏せたまま、Ｍ14ＥＢＲのバイポッド（２脚）を立てて狙撃体勢。

ゲームの中で、数え切れないほど行ってきた動作。

だが、これは紛れもない現実である。鼻を突く死臭と早鐘《はやがね》の如き心臓の鼓動《こどう》が、思考を叩きつける。

念のため、不意の接近戦に備えてバックアップの武器も実体化。

ＩＭＩ・デザートイーグル。しかも最大クラスの50口径モデル。

こちらは拡張マガジン（装弾数増加）・高精度バレル（命中精度向上）・コンペンセイター（反動軽減）・強装徹甲爆裂弾（威力&反動上昇）といったカスタマイズが施されている。

それが2丁、太ももに巻きつけるタイプの拳銃用ホルスターに収まった状態で、両太ももに出現する。逞《たくま》しさすら感じさせるずっしりとした重さと感触が、なんとも頼もしい。

狩人《かりと》はライフル上部に装着したスコープを用いず、特殊ゴーグルの望遠モードを作動させた。

こちらのほうが視野が広く、状況を確認しやすい。

歯を食いしばりながら、累々と転がる傷ついた人体に焦点《しょうてん》を合わせていく。

微かにでも息のある生存者が残っていないか、1人1人望遠で確かめていったが、1人たりとも生存者は見受けられなかった。

再度確かめるが、結果は変わらない。言いようのない無常感に襲われた。

(これを行った連中は、既にこの場から離れたあとなのか?)

拡大されたゴーグルの中の世界が、死体の詳細《しょうさい》な有様を狩人《かりと》に知らしめる。

どの死に顔も苦悶《くもん》に歪《ゆが》んでいたり、目も口も大きく開いたまま硬直していたりと、ゴーグルのレンズ越しに生々しい『死』を叩きつけてきた。

死の形相があまりにも強烈すぎて、むしろ爆発したかのようにバラバラに四散している人体の残骸《ざんがい》を眺めているほうが、よっぽどマシだと感じた。

遂に耐え切れず、酸っぱい胃液の味が口の中に広がった。無理やりそれを飲み込む。

そんな状態だったため、そこら中に転がっている死体が、普通と違う(そもそも普通の死体とはどういう物を指すのか、という疑問は置いといて)ことに気づくのが遅れた。

(獣耳?　ここは獣人の村か何かだったのか?)

死体のうち、半数近くが、側頭部の辺りから犬や猫や牛みたいな耳を、腰とお尻《しり》の境目から尻尾《しっぽ》を生やしている。

子供の死体も少なくない数が、混じっている。獣《けもの》の耳と尻尾《しっぽ》を持っている死体の大部分は、男女の違いなくある程度、成長した者ばかりだった。残りの半分は『普通』の人間の死体だ。

どっちにしたって、老若男女問わず、この村に暮らしていたであろう人々の全員が虐殺《ぎゃくさつ》されたという現実に変化はない。

そう、これは紛れもない現実。

（もっと早く辿り着いていたら、何かが違っていたのだろうか？）


その時、燃える一軒家の陰から人影が飛び出してきた。慌てて人影へと焦点《しょうてん》を移す。

年は10歳前後か。ツギハギの目立つ地味なエプロンドレスを着た、いかにもな村娘。狩人《かりと》の視界を横切って必死に駆けていく。

「女の子？」

何かの影が一瞬閃《ひらめ》いたかと思った直後、少女が転倒した。

いや違う。背後から弓矢で射貫かれたのだ。太ももの辺りに矢が深々と突き刺さっていて、苦《く》悶《もん》の表情を浮かべている。

一拍間を置いて、建物の角から数人の男たちが姿を現した。数は5人。

これまたいかにもファンタジーの魔法使いらしい、真っ白なローブ姿の男が1人。同じく、それっぽい軽装の長剣や弓矢を所持した兵士が4人。

兵士たちはどいつも下卑《げび》た笑みを浮かべていて、狩人《かりと》は高校時代に自分をいじめていた不良を思い出した。反射的に狩人《かりと》の顔は歪《ゆが》む。

彼らの持つ剣のどれもが、べっとりと血で汚れていた。魔法使いを除いた兵士たちの装備はある程度統一されており、全員同じデザインの鋼鉄の胴当てで胴体を守っている。

魔法使いの男は、ローブと同じぐらい純白の髪の持ち主だ。

見た目や恰好だけでなく、それどころか身体全体をうっすらと靄《もや》というか後光というか、そんな感じの白い光が覆《おお》っているように見えた。

いったん目を閉じて改めて見つめてみるが、オーラは消えていない。どうやら、目の錯覚《さっかく》ではないらしい。

『やーっと生きてるメスを1匹確保できたと思ったら、ガキじゃねぇか！』

『ま、贅沢《ぜいたく》は言うなって。調子に乗って皆殺しにしちまった俺たちが、悪いんだしよぉ』

『ひぐっ……ひっ……』

這《は》い蹲《つくば》りながらも、少しでも男たちから離れようとする少女。

その背中を、脚甲に包まれた兵士の踵《かかと》が踏みつける。少女の口から苦痛の呻《うめ》きが漏れた。

狩人《かりと》は索敵マイクが拾う声を、固唾《かたず》を呑んで聞いていた。

『さっさと馬車んところまで連れてくぞ。他の連中も待ってるしな』

『レザード様はどうします？』

『このバカ！　そんな気軽な口の利き方するんじゃねぇ！　すみませんレザード様、コイツ、このあいだ加わったばっかりで、レザード様の凄《すご》さを知らないもので……』

『気にするな。我々は同じ人間なのだからな。ちと食い足りんが、俺は獣狩りは十分楽しんだ。たかだかメスの獣《けもの》の1匹ぐらい、貴様らが好きにして構わんぞ』

『さっすがレザード様！　話が分かりますぜ‼』

これがもっと平穏な、例えば相手が畑仕事中の穏やかな農夫であれば、狩人《かりと》は諸手《もろて》を上げて歓喜の涙を流しながら、彼らの下へ駆け出していたであろう。

だが今、狩人《かりと》の目に映る存在は、大人も子供も男も女も獣人も普通の人間も皆殺しにする、狂人の集まりだとしか思えなかった。

こんな連中相手にわざわざ己の存在を晒《さら》したいと、誰が考える？

それでも相手は同じ人間だ。自分が会いたくて会いたくて仕方なかった、人間だ――少なくとももそのはずだ。

遠方の光景に目が釘付けになりながら、狩人《かりと》は自問する。

(傷を負った少女を連れて行かれるのを、自分は見ているだけなのか？)

どうすれば良いのか、狩人《かりと》には分からなかった。


「お・ま・え・らぁぁぁぁあああああああああ‼」

突然、背後から咆哮《ほうこう》が聞こえた。

直後、狩人《かりと》の横を人影が飛び越えていった。

物凄い速さだ。ダッシュ速度強化に経験値を全部注ぎ込み、さらに移動速度大幅アップのアーマーを装備したプレイヤーなみに速い。実際、50メートル以上の距離をわずか5秒足らずで走った。

その人影は、男たちの手前で大きく跳躍《ちょうやく》しながら右手を振り上げた。

持ち上げられた拳が光を宿す。まるでアニメの必殺技みたいだ、と場違いな感想を狩人《かりと》は抱いた。

乱入者の攻撃に対し、兵士たちが防御の動きをするより早く、ローブの白い男が動いた。

まるで兵士たちを庇《かば》うように1歩、前に出る。魔法使いふうの真っ白な男が取った行動は、たったそれだけだ。

光った拳がローブの男に突き刺さった……かのように思えた。少なくとも、狩人《かりと》からはそう見えた。

だが、拳は届いていない。ローブの男は、まったく構えもせずに立っているだけ。

にもかかわらず、攻撃は届いていない。

拳を受け止めているのは魔法使いの肉体ではなく、彼を包む白いオーラそのものだった。

『……他にも獣《けもの》が残っていたか』

『ぐ、があああああああっ⁉』

殴りかかった人影が、後方へと吹き飛ばされた。

まるで解体用の鉄球が激突したような衝撃音《しょうげき》とともに、何度も地面にバウンドしてから、たっぷり5メートル近くは転がってようやく止まる。

人影が狩人《かりと》の横を通り過ぎてから、10秒も経っていない。

弾き飛ばされた人影が地面に叩きつけられて動けなくなった時点で、ようやく殴りかかった人物の全貌《ぜんぼう》を確認することができた。

人影の正体は女性の獣人だった。

まったく手入れがされていないにもかかわらず、眩《まばゆ》く煌《きら》めく肩まで伸びた金髪からは、ひょっこりと同じ色合いの犬耳が覗いている。さらにスラリと細身かつ豊かな毛を備えた同色の尻尾《しっぽ》が、腰から飛び出している。

何となく見覚えのあるシルエットだ。もしかして食事の際、狩人《かりと》が一瞬見かけたあの影の正体なのかもしれない。

凶悪なぐらい豊かな胸と腰回りを覆《おお》っているのは、申し訳程度に巻きつけられたボロボロの布だけ。

鋭利《えいり》さと野性味が高濃度にブレンドされた精悍《せいかん》な美貌《びぼう》は今、全身を強打して彼女に襲い掛かっているであろう苦痛によって、きつく歪《ゆが》んでいた。

『その子を……放せ……！』

『お見事です、レザード様！　精霊神の片割れの力、さすがですね！』

『下らんおべっかは聞き飽きている。この獣《けもの》も好きにして構わんぞ』

『へへっ、色気もねぇガキで我慢しなきゃならんと思ってたんだが、コイツは儲《もう》けもんだ』

ギラギラと、それこそそこいらの野生動物よりも剥き出しになった獣欲に塗れた男たちの視線が、一斉に獣人の女のほうへと注がれる。

と、少女の背を踏みつけたままだった男の1人が、仲間たちに訊いた。

『このガキはどうするんだ？』

『こんな上玉が手に入ったんだ。余計なのは必要ないだろ。もっと犯しがいのある雌犬《めすいぬ》が、わざわざ自分から出て来てくれたんだからよ』

『そうだな。俺もガキは趣味じゃねぇし——』

少女を踏みつけている男が、腰から長剣を抜く。

「やめろ」と狩人《かりと》の口が勝手に動き、「やめろぉ！」と獣人の女が悲痛に叫ぶ。

男の長剣が、躊躇《ためら》いなく少女の背中に突き立てられた。


『リィイイイナァァァァァァァッ‼』

女の絶叫。彼女は少女のところに向かおうとしたが、痛みによって緩慢《かんまん》にしか動けないのか、のしかかってきた男たちに押さえつけられてしまう。

長剣は少女の腹を貫《つらぬ》き、そのまま地面に突き刺さった。

少しずつ広がりながら、地面に染み込んでいく鮮血《せんけつ》。逆手に剣を握る男の手が剣を動かし、そのたびに自身を貫《つらぬ》く刃に体をこねくり回された少女が、息も絶え絶えに掠《かす》れた悲鳴を上げた。

その一部始終を、狩人《かりと》はゴーグル越しに見つめていた。

少女に刃を突き立てた兵士の一挙一動、凶行の瞬間、兵士がどんな表情を浮かべていたのか。

彼は草むらに潜みながらすべてを目撃していた。

(あの男——笑ってやがった)

その意味を理解した瞬間、狩人《かりと》の中で何かが変化した。

人に会えるのなら誰でも良いと思っていた。そう、確かにそう思っていたけれど。

(ふざけるな。狂ってやがる)

笑って幼い少女に剣を突き立てるような存在を人間だと思いたくはないし、人間扱いしたくもない。

それはもはや人間ではなく、飢《う》えた獣《けもの》や悪魔よりも最悪な、もっとおぞましい何かだ。

そして今の狩人《かりと》は、それを排除するための手段を持ち合わせている。

(だとしたら、クソ野郎を地獄《じごく》に叩き落とさない理由が、どこにある?)

傍らに置いていたライフルへと手を伸ばし、オーソドックスな伏射姿勢に移行。

細く息を吐き出し、全身を弛緩《しかん》させる。

身体中の筋肉が完全に緩みきった段階で、今度は呼吸を停止し筋肉を固定。肉体の動きによる照準のブレを極限まで抑え込む。

まず狙うのは、白づくめのローブの男。

十中八九、魔法使いだ。強力な魔法をこちらに撃ち込まれる可能性がある以上、真っ先に排除しておくべきだろう。砲手や機銃手といった、より大きな火力を持つ相手から真っ先に排除するのは、基本的なセオリーだ。

スコープの十字線を、魔法使いの頭部に合わせる。

真っ白な魔法使いも、剣に貫《つらぬ》かれて悶《もだ》え苦しむ少女を見て、嗜虐《しぎゃく》的な笑みを浮かべていた。

不意にその姿が、狩人《かりと》に無理矢理糞《くそ》を食わせようとしたいじめ集団のリーダー格とダブった。

リーダー格の不良は、狩人《かりと》によって顔面を小便器に叩きつけられ、文字通り鼻っ柱が砕かれる羽目になったのだが。

今度は鉛弾で、ロクデナシの頭部そのものを破壊することになる。

これから実行することに対し、狩人《かりと》は躊躇《ためら》いや罪悪感は微塵《みじん》も生じなかった。

「くたばれクソ野郎」

憤怒《ふんぬ》をその一言にこめて呟《つぶや》くと、ライフルの引き金をそっと絞る。

肩を突き抜ける反動。轟《とどろ》く銃声。

役目を終えて銃から弾き出された空薬莢《からやっきょう》が地面に落下し、すぐに光の粒子と化して消える。

スコープの中で、魔法使いの頭部が爆発した。

せいぜい50メートル程度の距離。ちゃんとした狙撃姿勢を取れていれば、まず外さない近さだ。

やろうと思えば、スコープなしでもやれたであろう。

狩人《かりと》のM14EBRは、標準装備の二脚に加え、命中精度を上げるための高精度バレル（銃身）と、近距離戦での取り回しに役立つフォアグリップ、それに威力を上昇させる（同時に反動も強くなる）強装徹甲炸裂《さくれつ》弾を用いた、彼専用のカスタムモデルだ。

ゲームの中ではシンプルなレベルのカスタマイズだが、性能は十分。扱い方さえ間違えなければ、どんな状況でも対応可能。
跳ね上がった照準を修正。頭の大部分を失ったのに気づいていないみたいに立ち尽くしたまま
の魔法使いの胸元に合わせ、さらに2発。確実にとどめを刺す。
心臓付近でまたも爆発が起きる。ゲームの中では、せいぜい血飛沫《ちしぶき》が散る程度の描写しか狩人《かりと》
は見てこなかったので、肉体の一部が大きく欠損した死体の様子に、新鮮さすら覚えてしまった。
しかし、そんな奇妙な感慨も、すぐに思考の隅へと無理矢理に押しやった。
銃口の向きをやや動かし、次にスコープの十字線を重ねたのは、少女を足蹴《あしげ》にしたまま、何が
起きたのか理解できない様子で呆然《ぼうぜん》としている男。
胴当てに覆《おお》われていない、首の付け根を狙って狙撃。肉体に大穴が空き、後方へぶっ倒れる。
本日2人目の殺人――ザマアミロ、と唇が勝手に動いてしまう。
さらに照準を巡らせ、獣人の女を取り囲んでいた残りの男たちへ。
こちらも事態が把握《はあく》できない様子で固まったままなので、遠慮なく弾丸を送り込む。
小刻みに照準修正しながら、薙《な》ぎ払うようにセミオートの連射を行うと、徹甲炸裂《さくれつ》弾が薄い胴
当てを容易《たやす》く粉砕し、内臓を破壊した。全員が、背中の貫通口から肉片や鮮血《せんけつ》を撒《ま》き散らしなが
ら、バタバタと倒れていく。
視界内の『敵』をすべて仕留めた狩人《かりと》は、素早く身体を起こすと、集落のほうへ近づいた。
ライフルを右肩に押し付けるようにして構えながら、やや前傾姿勢気味に腰を落として、小走
りで移動。

次々と射殺された兵士同様、状況の急転に思考が追いつかず、接近してくる狩人《かりと》を唖然《あぜん》と見つめていた獣人の女のところまであと数メートル、といったところで新手が登場した。

射殺した兵士と、同じ装いの彼らの手には剣。

明らかに、狩人《かりと》が殺した男たちとそっくりな剣呑《けんのん》な気配と血の臭いを、まとわりつかせている。

数は5名――誰何するまでもなく敵だ。

「何だ、きさ――」

相手が何か言おうとしたのを無視して、発砲。移動しながらの射撃なので、的が大きい胴体を狙う。この近さならスコープすら覗く必要もない。正確に胸の真ん中へと、銃弾をダブルタップ（1点への2発連続射撃）でブチ込む。

残り2人を残したところで、M14EBRの弾が切れた。

狩人《かりと》は慌てず騒がず、まずはスリングの付いたライフルを背中に回すと、すぐさま両手を左右のレッグホルスターの下へ。

よどみない動作で、足を止めないまま2丁のデザートイーグルを引き抜くと、まっすぐ腕を伸ばして前方へ銃口を向けた。

まるで香港映画みたいな構え方。

実際の2丁拳銃は実戦に不向きなのだが、パラメータ強化やアーマーの付加効果でいくらでも対策が取れる〈WBGO〉だと、このように2丁拳銃を用いるプレイヤーは珍しくはない。

狩人《かりと》も、そんな2丁拳銃使いの1人。

M14EBRとはまた違う、ハンマーを大木に叩きつけたかのような銃声が重なる。

巨大な拳銃が巨大なマズルフラッシュとともに跳ね、それに相応《ふさわ》しいだけの威力をマグナム弾は発揮した。

まるで、見えないバットでホームラン王のフルスイングを食らったみたいに、新たな兵士の上半身が大きくのけぞりぶっ倒れる。狩人《かりと》の手によって、瞬《また》く間に仲間も後を追う。

最後の1人は、次々と呆気なく撃ち殺されていった仲間たちの姿に恐れをなしたのか、「ひいいいいいっ！」と情けない悲鳴を漏らしながら、身を守る武器である剣を放り捨てると、狩人《かりと》に背を向けて逃げ出した。

(逃がすつもりはない)

お前も、同罪だ。その剣に残った血の跡が、何よりの証拠だ。

「ソイツは虫がよすぎるだろ」

片手だけで構えた右手のデザートイーグルを、逃げていく兵士の背中に叩き込む。

背中にピンポン玉サイズの穴が開き、兵士が前のめりに顔面から倒れ込む。起き上がる気配は皆無。生命反応の消失も確認。

デザートイーグルをいつでも撃てるように構えながら、一帯をスキャン。

心音センサーにも、新しい反応はなし。

この場に残る生きた人間は、狩人《かりと》と獣人の女と、あともう1人。

「そんな、ダメだよリィナ。死んじゃダメだよ、しっかりしてくれ！」

ようやく我に返った獣人の女は、少女に縋《すが》りつくと、小さな身体を貫《つらぬ》く長剣を引き抜いて抱きかかえた。出血量の激しい腹部の傷を押さえるが、狩人《かりと》の目にはどう見ても致命傷《ちめいしょう》に見えた。

リィナ、というのが少女の名前らしい。

ふと、獣人の女の呼びかけの意味が理解できていることに、狩人《かりと》は気づいた。

知らない土地に迷い込んだからには、言語が通じない可能性も考慮していたのだが、どうも杞《き》憂《ゆう》で済んだらしい。

〈WBGO〉では翻訳《ほんやく》機能が自動的に機能していたから、その影響なのかもしれない。

放っておくわけにもいかず、狩人《かりと》もせめて応急処置だけでもできないかと、リィナと呼ばれた重傷の少女の下に近づいてみて……思わず目を見開いた。

目からはとうに光をなくし、血を失いすぎて顔を蒼褪《あおざ》めさせた少女。

問題は、少女の頭上に時計型のアイコンが浮かんでいたことだった。

〈WBGO〉のプレイヤーには見慣れたアイコン。

少しずつ減りつつある円グラフ状のゲージは、もう一刻の猶予《ゆうよ》もないことを狩人《かりと》へ教えてくれた。

「ちょっとどいてくれ！」

「な、何するつもりだよ、アンタ!?」

「いいから、その子を見せるんだ！」

獣人の女を無理矢理少女から引っぺがす。

リィナのかたわらに跪《ひざまず》きながら、装備品リストを捜索《そうさく》。

お目当てのアイテムを見つけ出すなり、すぐさま実体化させる。

ペンシル型の注射器が拳銃と入れ替わりに手の中に現れる。説明の時間も惜しかったので、狩《か》人《と》は無言で先端部分を首筋に押し付けるや、反対側のボタンを親指で思い切り押し込んだ。

ぷしゅ、と圧縮空気が間抜けな音を漏らしたのを合図に、中身の薬液が少女の体内へ流し込まれる。

今度は、狩人《かりと》が獣人の女に突き飛ばされる番だった。

女らしい小さめの手からは想像できない、強烈な膂力《りょりょく》によって胸ぐらが掴み上げられ、怒りに燃えた瞳《ひとみ》が狩人《かりと》の顔を覗き込む。

「リィナに何をしやがったんだい！」

「薬を、薬を打っただけだ！」

その直後であった。

ふぇ？　という呟《つぶや》きとともに、あわや永遠に閉じかかろうとしていた少女の瞼《まぶた》が、ぱっちりと開いたかと思うと、彼女は無造作に身体を起こしてみせた。

顔にも血色が戻っている。

「よかった、ちゃんと効いてくれた……」

目論見《もくろみ》がうまくいったことを理解して、安堵《あんど》で脱力する狩人《かりと》。

獣人の女は、今にも死にそうだった少女が急に元気になったことに驚いて、再び固まった。片手で狩人《かりと》の胸ぐらを掴んだままの姿勢で。

「えっ、あ、あれ？　痛くない、もうどこも痛くないよ？」

「り、りりりりぃな⁉　何で⁉　ほほほ、本当に大丈夫なのかい⁉」

「う、うん。よく分かんないけど多分平気、だと思う……」

獣耳女の顔が、狩人《かりと》へと向けられる。

「ちょ、ちょちょ、ちょっとアンタ、リィナにいったい、何をやったんだよ！」

「……蘇生薬《そせいやく》を打ったんだ。時間ギリギリだったけど、間に合ってくれたみたいだ……」

少女の頭上に浮かんでいた、ストップウォッチ型のアイコン――多分、見えていたのは狩人《かりと》だけだろう――は、蘇生薬《そせいやく》が効かなくなるまでの、タイムリミットを示していた。

蘇生薬《そせいやく》とは、ヘッドショットか一定以上のダメージによる即死以外で、L　P《ライフポイント》がゼロになったプレイヤーに対し、一定時間内に打ち込めば即、L　P《ライフポイント》を回復させるアイテムであり、共闘プレイを行う場合には不可欠なアイテムの1つであった。

少女が死の淵《ふち》から甦ったことを遅ればせながら理解した獣人の女は、喜びのあまりおいおいと感涙の涙を流しだす。

真っ赤に腫《は》れた目元を手でこすりながら、女が少女を腕の中に収めつつ狩人《かりと》の方へ再び向いたのはそれから数分後のこと。

「リィナのことについては心から感謝するけど……アンタ、何者なんだい？」

さて、どう答えればいいのやら。

狩人《かりと》には、良い返し方がまったく思い浮かばなかった。

2 ストレイト・ストーリー

結局、自己紹介は皆殺しの村から去る道すがらに行うかたちになった。

あの場に留まり続けていては、兵士たちの仲間が駆けつけてこないとも限らないからだ。

獣人の女は親しかった住民たちの亡骸《なきがら》をほったらかしにして、ずっと過ごしてきた村を捨てることに対し非常に無念そうではあったが、『虐殺《ぎゃくさつ》を行った連中の仲間が、戻ってこない仲間を探しに来るかもしれない』と狩人《かりと》が丁寧に説明すると、すぐに同意してくれた。

リィナ、と獣人の女に呼ばれた少女は、女に背負われて運ばれている。

腹の傷は蘇生薬《そせいやく》によって塞《ふさ》がりはしたものの、目の前で親しかった人々が皆殺しにされた上に自分も殺されかけたことへの肉体的・精神的な負担が原因で、かなり消耗《しょうもう》してしまっている。

実際、村から離れてすぐに少女は意識を失ってしまった。

細い寝息の音は狩人《かりと》の耳にも届いているから、これでもう大丈夫だとは思いたい。

「妹の命の恩人にまだ名乗ってなかったね。私はレオナっていうんだ」

獣人の女改めレオナが、背中で寝込むリィナを後ろに回した左手で器用に支えつつ、右隣を歩く狩人《かりと》へ右手を差し出した。

村には兵たちが乗ってきたらしき、鞍《くら》がついた馬が数頭ばかり柵に繋がれていたのだが、狩人《かりと》はもちろんレオナも乗馬の経験がほとんどないらしく、仕方なく狩人《かりと》が歩いて来た道とは別方向に延びる街道を、徒歩で移動していた。

狩人《かりと》はグローブを慌てて取り外し、震える手でレオナの右手をしっかりと握り返した。

レオナの手は、外での活動が多いのか少しざらついていたが、それでも十分女性らしくほっそりとしていて……何より温かかった。

夢でも幻覚でもない、本物の人肌の感触と温もり――。

今こうして握手しているのも、彼女と喋《しゃべ》ってるのも、紛れもない現実なんだ――その思いを噛み締めていると、急に目頭と鼻の奥が熱くなってきた。

「ちょっ、アンタいきなり何で泣き出してるんだい⁉」

「わ、悪い、でもこうして誰かと接するのって本当に久しぶりで……グスッ」

慌ててそっぽを向くと涙をぬぐう。

こすってもこすっても涙が次から次に溢《あふ》れるせいで、レオナに向き直れるようになるまでしばらくの時間が必要だった。

「アンタってさ、見た目のわりに涙脆《もろ》いっていうか、顔と性格が合ってないんだねぇ……」

遅ればせながら現在の狩人《かりと》の容姿に触れておくと、まず背丈はやや大柄ながら全身は引き締まっている。一見細身だが実際はかなり筋肉質な肉体を、大気圏外作業用の宇宙服を何回りも細くしたようなデザインの、森林迷彩パターンで塗装された強化アーマーが覆《おお》っていた。

なのでたった今グローブを外した右手を除けば、生身を晒《さら》している部分は首から上のみだ。

顔つきは全体的にやや鋭め。

髪形は本来黒の短髪だったのだが、1年間の小屋生活の間に伸びた髪を紐《ひも》でまとめている。

人種的な特徴も生まれと同じ日本風で、瞳《ひとみ》の色も髪と同じく黒。

それなりに整ってはいるが、10人に聞けば7人ぐらいは無愛想、という感想を抱くであろう、一見とっつきにくそうな面立ちである。

おまけに孤独な生活を半ば強制されたせいで、病んだ目つきの持ち主と化していた。

現実（地球）での狩人《かりと》は顔も背丈ももっと冴《さ》えない見た目だったのだが、今はこの姿こそが現実の狩人《かりと》そのものである以上、受け入れる以外に選択肢はない。

もちろん、ゲーム中のアバターとそっくりそのままな本物の肉体を手に入れてしまった当初は違和感を覚えたものだが、1年以上もこの姿で過ごせば嫌でも慣れてしまう。

どんなことでも慣れなきゃやっていけないのだ。

「そもそも女の子の手を握るのも何年ぶりなんだろ……」

ちょっと切なそうに遠くを見ながら呟《つぶや》く狩人《かりと》。

その間、レオナの右手はずっと狩人《かりと》の両手に握られっぱなしであった。

「あー、そろそろ離してくれたらありがたいんだけど？　片手で背負うのって結構大変なんだよねぇ」

「うわっ、ご、ごめん！　だけど無理しないほうが良いぞ。そっちだって思いっきり吹っ飛ばされたんだし、なんならその子を運ぶの、交代しようか？」

レオナがカンフー映画のやられ役以上に派手に吹っ飛び、地面に叩き付けられた光景を思い出し、狩人《かりと》は心底心配そうにレオナへ声をかけた。

「気にしないでいいさ。恩人にそんなことさせられないし、何よりリィナは私の妹なんだから」

「そうか……俺の名前は渡会狩人《わたらいかりと》だ。よろしく頼む」

「ワタライカリト？　言っちゃなんだけど、おかしな名前だねぇ」

「あー、一応渡会《わたらい》が名字で狩人《かりと》が名前ってことになってるんだけど……」

「ああそういうことかい。でもこの辺りじゃ珍しいね。名字を持つ人間なんて、王都か、そのそばにしかいないって聞いてるんだけど、カリトはそこから来たのかい？」

「いや違う。そもそも俺は、この世界のことはまったく知らないんだ」

「……事情がありそうだねぇ」

「その通り。とんでもなくややこしいと言うか。何もかも情報不足だし、そもそも何でこんなところにいるのか、俺自身チンプンカンプンなんだ」

ふーん、とレオナは相槌《あいづち》を打った。

「まー細かい事情とかは気にしないよ……どっちにしたって、私にとってもリィナにとっても、カリトが恩人であることには変わりないんだからさ」

「そりゃ助かるよ。正直説明しようにも、どっから話せばいいのやら……だけど、そっちは本当に大丈夫なんだな？　あんな目に遭ったばかりなんだし、無理はしないで欲しい。俺もできる限りは力になるから」

「……ありがとう。顔に似合わず優しいんだね、アンタ」

(顔に似合わず、ね)

今の自分の顔を思い出した狩人《かりと》は、苦笑を漏らす。

「そんなんじゃないさ。どっちかって言えば、できるだけ話す機会が欲しいだけなんだよ。これまでずっと1人だったから……お喋《しゃべ》りするのがこんなに楽しいなんて思ったのは、初めてかもしれないいな」

それに、と言葉を区切ってから、レオナと姉の背中で寝顔を見せているリィナの顔を、順繰りに見つめる。

「家族――大切な相手を奪われる気持ちは俺にも分かるしさ」

「……カリトも家族を?」

「事故でね。運転中に酔っ払いの車と正面衝突。よくある話さ、しかも相手も一緒にくたばったお陰で、復讐《ふくしゅう》もできやしないときてる」

いじめっ子グループを血祭りに上げたあの時、両親を奪われた憎しみが腹の中で膨《ふく》れ上がった。復讐《ふくしゅう》の対象を失ったせいで行き場をなくしていた激情が、自分を虐《しいた》げていた彼らへの逆襲というかたちで暴発したのかもしれない――狩人《かりと》はそう分析している。

レオナのほうは、『車』と聞いてまず馬車のことが真っ先に思い浮かんだようだ。馬車同士の衝突事故という、あまり聞かない類《たぐい》の事故の話に一瞬首は捻《ひね》ったものの、だいたいのニュアンスは感じ取ったようだ。

命の恩人であるこの青年も、大切な存在を理不尽に奪われた、ということを。

「アンタも苦労してきたんだねぇ……」

「よくある話だよ。似たような話なんか、そこら中に転がってる……でも、本当に身体は平気なのか？　下手すりゃ死んでても不思議ないぐらいの勢いで、やられてたけど……」

不躾《ぶしつけ》なのは分かっていたが、レオナの身体を上から下まで注視してしまう。

ところどころに掠《かす》り傷などは見受けられたが、酷《ひど》い打撲《だぼく》や骨折といった重傷はなさそうだ。狩人《かりと》はそれが不思議でならなかった。

「当ったり前さ。何てったって私はガルム族、それも誇《ほこ》り高きフェンリルの娘なんだからね！　あのときはモロに食らったせいで、ちょっと動けなくなったけど、そこいらの人間みたいにヤワな身体はしてないよ」

(ガルムは猟犬って意味で、フェンリルは北欧神話だっけ？)

ネットで浅く広く集めた記憶から、該当する事柄を引っ張り出す。

妹を背負ったまま、レオナは鼻高々といったふうに胸を張った。

たったそれだけの動きで、あちこちほつれた襤褸《ぼろ》布を巻きつけただけの胸が小さく揺れる。

「…………」

出会ったばかりのレオナが知るよしもないが、一見、無愛想で異性に興味がなさそうな狩人《かりと》だが、引きこもりに片足を突っ込んでいたことと、つい数十分前に殺人童貞を十数人相手にまとめて失ったことを除けば、その実態は健全な感性を持つ青少年であった。

なので、わずかに身動ぎするだけで震えてしまうぐらいに豊満な膨《ふく》らみをいったん視界に入れてしまうと、狩人《かりと》の視線はすぐレオナの胸元に釘付けになってしまった。

近くで見てみて分かったのだが、ボロ布は完全に胸を隠しきれていない。

ロケット型の膨《ふく》らみの先端から上半分を覆《おお》っているだけである。

なので健康的な小麦色に焼けた残りの下半分は、外気と狩人《かりと》の視線に晒《さら》されている。

下は下で、似たようなもの。

こちらも、上と同じようなぼろ布を腰に巻いただけ。丈はまったく足りておらず、ねずみ色の布の幅は、金色の尻尾《しっぽ》の根元のすぐ下から、股の付け根を隠しているにすぎない。

1歩踏み出すたびに、魅惑《みわく》の三角地帯がチラチラ見えそうになっている。狩人《かりと》の視線もそっちにチラチラ――チラリズムの限界にでも挑んでいるのかと、聞いてみたい衝動に駆られる。

元いじめられっ子だったゆえに、クラスメイトの女子ともまともなやり取りの経験がなかった狩人《かりと》には、相手に悟られずこっそりと美女の肢体を堪能できるような器用なスキルは、持ち合わせていなかった。

(ちょっと屈《かが》んだら、後ろからお尻《しり》も丸見えだろ、これ……つーか下乳スゲェ。ちっとも垂れてないし、先っぽは上向いてるし、そんなのエロゲ以外で初めて見た。てか、中にいったい何が詰まってるんだ)

「無愛想っぽい顔してるくせして、意外と分かりやすいんだね。目が血走ってるよ」

「はっ!」

おっぱい! おっぱい! ちちしりふともも! と喝采《かっさい》したいぐらいの興奮を表に出さないよ

うに必死に取り繕《つくろ》っていたつもりの狩人《かりと》だったが、見られてる側にはバレバレだったようだ。

固まってしまった狩人《かりと》だが、レオナは恥ずかしがるでも頭に血を上らせてひっぱたくでもなく、逆に面白いものを見たとでも言いたげに、ニヤニヤと肘《ひじ》で突いてきた。

「安心していいよ。そんな目で見られるのはしょっちゅうだったし、見られてもそう悪い気はしてないよ。それだけ私が良い雌だって、周りの雄から思われてるって証拠なんだから、むしろ誇《ほこ》りみたいなもんさ」

「確信犯かよ！　つか、もっとまともな服なかったの⁉　ぶっちゃけ、そのスタイルでその恰好は目の毒すぎる！」

心は青少年で性少年な狩人《かりと》の、魂《たましい》の叫びである。

「えー、私ゃこの恰好が動きやすくて気に入ってるし、『月夜の儀』を過ぎたガルム族は、男も女も似たような恰好だよ？」

そういう文化なら仕方ない……いやまったく仕方なくはないが、そういうことで納得しておこう。

「ところで『月夜の儀』ってのは、何のことなんだ？」

「ガルム族はね、12歳になってから最初の満月の夜になると一気に肉体が成長して、それと同時に尾が生えてくるのさ。耳も狼のそれに変化するんだよ、こんな感じに」

ピコピコパタパタ、髪の間からのぞく三角形の獣耳と腰元の尻尾《しっぽ》を、レオナはひくつかせる。

「大人の身体に変身するその日のことを、ガルム族では『月夜の儀』って呼んでて、無事に耳と尾が生えて成長できた者は、その日から一人前扱いされるようになるんだ」

「じゃあ、レオナの妹さんに獣耳と尻尾《しっぽ》が生えてないのは、まだ12歳になってないからなのか」

「その通り。今年で11歳になるよ」

「なるほど、こんな小さな女の子も12歳になったら、ナイスバディのリアル獣耳に成長するのか……」

もう一度レオナの姿を眺める。

楽しみだ。将来が非常に楽しみだ。心の底から狩人《かりと》はそう思う。

「言っとくけど、私はともかくリィナにまで手を出すのは、いくら恩人でも許さないからね！」

「サーセン、自重します」

「変な奴だねぇ、本当」

狩人《かりと》はここまでの自分の言動を顧《かえり》みる。レオナの言う通りかなり躁鬱《そううつ》、いや情緒不安定気味じゃないか自分？　と自己分析。

「ゴメン。俺、本当に他の誰かと話すのが嬉しすぎて、ちょっとテンパってるみたいだ……」

落ち着け自分。深呼吸してから、装備品リストからミネラルウォーターのペットボトル（効果：スタミナ回復小）を取り出してあおる。冷えた液体が、頭と思考を冷却してくれた。

一方で、レオナは突然、何もないところから現れた瓶らしき容器の存在に、目を丸くしていた。

（見たこともない鉄製の杖《つえ》とかも持ってたし、本当に変わった人間だねコイツって）

しかし、悪い人間ではなさそうだ。

どんなに奇妙であっても、少なくとも自分たちの村を襲い、生まれた時から知っていた村人を皆殺しにした連中と比べれば、よっぽど上等だ。

何より狩人《かりと》は、自分と妹の命を救ってくれた人物だ。命の恩人を簡単には嫌いになれない。

姉妹が生まれ育った村が属している国の名は、ベルカニア連合国。

ベルカニアの隣国こそ、かつてこの大陸全土で栄華を誇《ほこ》った大国――アルウィナ王国だ。

(あいつらは、多分アルウィナ王国の連中だろうけど、何でこんなところに……)

その歴史は古く、起源は推定で1000年以上前までさかのぼる。

ほんの300年前までは、それこそ大陸全土を支配していたという。

……だが、それも昔の話。

領地の大半は、今や幾多もの国々に分かれ、残された土地と権力も、周囲を取り囲む国々の包囲網によって現在進行形で削られつつある。

包囲網の構築者には、もちろんベルカニアも含まれていた。

あと1世紀も過ぎれば、その長い歴史に終止符が打たれ、歴史書の記述としてのみ存在する亡国と化しているであろう……と、これまではされていた。

だが、情勢が一変したのは3年前。

滅亡寸前のアルウィナ王家に、新たな指導者が誕生した。

それ以上の詳しい内容を、レオナは知らない。

幼い頃、村から遠く離れたベルカニア連合国の王都へ軍人である父親に連れられていった以外に、生まれ育った村以外の世界を知らないレオナには、他国の情勢など、まさに遠い別世界の話にすぎなかった。

レオナが外の世界の情報を得る手段は、もっぱら数ヶ月に一度村に帰ってくる父親の話か、旅の商人と交わす世間話だった。

ただ、新たな指導者は、強大な力で——精霊に愛された存在であり、アルウィナという国を完全に消し去るべく国境線付近に集結していた多国籍軍を、なんと単独で壊滅《かいめつ》させてみせたのだと、件《くだん》の国境線方面からやってきた旅人や商人から、聞かされた覚えがある。

なんでも普通の魔導師が行使できる規模よりも、何千倍、何万倍もの精霊に守られたその男には、どんな攻撃も届かず、どんな魔法も通じず、何万もの兵が相手になりながらも、その純白の衣装に汚れ一つつけることもできなかったそうだ。

（そういえばあの魔導師も……でも多分違うだろうねぇ。そんなとんでもない化け物が、あんなあっさり殺されるわけ——）

周囲の精霊を拳に一点集中させて殴りつける精霊格闘術は、レオナが父親から直々に伝授された戦い方だ。

精霊を攻撃に用いる場合のデメリットとして、それ以上の精霊を使って迎撃《げいげき》されると無効化されてしまうという、単純だが大きな弱点が存在する。

全身全霊を込めた一撃が容易《たやす》く防がれた時も、あの魔導師は白い発光というかたちで可視化されるぐらい膨大《ぼうだい》で濃密な魔力を操ってはいたが、話に聞かされたほどのレベルではなかった……

と思う。

そもそもそんな存在が、たかだか10人程度の下っぱ兵を引き連れて、辺鄙《へんぴ》な村を襲撃する理由も思いつかなかった。

（父様なら何か知っているかもしれないねぇ）

父親が指揮する部隊が駐屯《ちゅうとん》している都市までは遠いが、自分とこの奇妙な恩人の体力なら意外と早く到着できそうだ、とレオナは思った。

そこで父親に、何があったのかしっかり報告しなくてはならない。

それが生き残った者の義務であり、殺されてしまった村の者たちへの弔《とむら》いでもあると、レオナはそう考えている。

レオナは知らなかったのだ。

アルウィナ王国がベルカニア連合国へ宣戦布告したこと。

レオナたちの村を襲った兵は、侵攻軍のごく一部であることを。

侵攻軍を偵察《ていさつ》すべく、父親が部下とともに駐屯《ちゅうとん》先の都市から離れていたことを。

アルウィナ王国の新しい指導者には双子の兄弟がおり、件《くだん》の侵攻部隊に加わっていたことを。

レオナとリィナ、そして狩人《かりと》はまったく知らなかった。

今はまだ。


「まさか、まさかまさかまさかまさか……‼」

時は夕暮れ。

家屋の大部分が灰と黒焦げた残骸《ざんがい》と化した村にて、立派な髭《ひげ》を生やした軍の指揮官である初老の男が、呆然《ぼうぜん》と同じ言葉を繰り返している。

ピカピカに磨き上げられた男の鎧《よろい》、金糸がふんだんに用いられたマントは小刻みに震え、男の足元だけで局地的な地震が起きているかのように、彼の全身はガクガクと揺れていた。

彼の顔に張り付いているのは、自分が率いていた部下を殺された怒りなどではなく。

村の住人や部下たちの死体の中に紛れて転がる、白い魔導師の死体が意味する、自分に待ち受ける未来に対しての、純然たる恐怖だった。

勝手に陣から離れた部下と白い魔導師──レザードを呼び戻すために、竜騎士を送り込んだまでは良かった。

だがその後、慌てて戻ってきた竜騎士からの報告。それを聞いて自分の指揮下にある兵の一部を引き連れ、件《くだん》の現場に全速力で駆け付けた男が目の当たりにした光景は、彼にとっての悪夢以外の何物でもなかった。

普通の人間よりも、高い身体能力と独自の精霊魔法を行使する獣人も暮らしていたとはいえ、まさかよりにもよって、たかが１００人足らずの人口しかない辺鄙《へんぴ》な村でレザードが返り討ちに遭うなど、思いもよらなかった。

レザードは、現在のアルウィナ王国の指導者、自らを『精霊神』と名乗る者の双子の弟である。

今回の侵攻において、彼は王国の最高指導者である実の兄の命を受け、侵攻部隊の総司令官という役職を与えられていたが、実際に指揮官としての役割は彼の下に就いた参謀《さんぼう》たちが務めており、レザード本人は数人の兵を引き連れては好き勝手にしていただけだった。

攻め込んだ先の住民を、自分の手で殺すなど当たり前。

大規模な攻撃魔法を撃ち込んで、集落ごと消滅させたこともある。

レザードの実際の役割は、戦場における砲台だ。

魔導師としての実力は双子の兄ほどではないものの、彼が行使可能な魔力の規模だけでも、普通の魔導師およそ100人分に達する。

膨大《ぼうだい》な魔力任せで、鼻歌交じりで強固な要塞《ようさい》の1つや2つ、軽く吹き飛ばせるだけの精霊魔法を行使できる、人のかたちをした戦術兵器。

それだけの実力と背景もあって、彼を止められるものは、兄以外に存在しなかった。娯楽代わりに、ここに来るまで既に村を3つ壊滅《かいめつ》させ、何百人もの住民を殺害している。

……だが今となっては、使い手だったという表現が正しい。

ごく限られた例外を除き、死人に魔法は使えないのだから。

レザードは莫大《ばくだい》な精霊の力を用いることで、常時精霊による鎧《よろい》を展開し、身を守っていた。

この世界のあらゆる存在は、大なり小なり精霊の加護を与えられており、精霊の加護を受けていない人間はこの世界に存在しない。

レザードとその兄弟が持つ精霊の鎧《よろい》とは、無意識のうちに使役している精霊が目視できるほど大量に集まったことで自然形成された、白いオーラであった。誰もが持つ精霊の加護に干渉《かんしょう》し、自分を傷つけるあらゆる存在を弾き返してしまう。

まさに無敵の防御――――そのはずだった。

それもまた、今や過去形である。

（これではいかん、このままでは、責任を問われて私が処刑されてしまう！）

本来ならば、ありとあらゆる攻撃を遮断《しゃだん》してきたレザードの精霊の鎧《よろい》を貫《つらぬ》いて、彼の命を奪った存在の正体に恐れおののき、警戒すべきであっただろう。

だが、この指揮官は小物であった。

まず何より頭を支配したのは、最高指導者の弟をむざむざ死なせてしまったことへの責任問題、とどのつまり、自分の地位の保身であった。

「レザード様を殺した下郎《げろう》を探し出せ！　空騎兵も総動員するんだ！　まだそこまで遠くへは行っていないはずだ！」

空騎兵とは、空を飛ぶ幻獣《げんじゅう》――竜・グリフォン・ヒッポグリフなど――に騎乗する兵の総称である。

その任務は、空からの偵察《ていさつ》・兵員や物資の輸送・伝令・奇襲と幅広い。

魔法のブレスを吐ける一部の竜を除くと、幻獣《げんじゅう》たちは遠距離攻撃の手段を持たない。幻獣《げんじゅう》の乗り手たちは、精霊魔法が使える魔導師から選ばれるか、もしくは爆撃用の火炎瓶や爆弾で武装するのが常であった。

「将軍、足跡が2つ、西に向かって続いています。おそらくは、この村の生き残りかと」

「きっとそいつらだ！　すぐに追いかけるぞ！」

せめて、犯人の首を持ち帰り名誉を挽回《ばんかい》しなくては。今代のアルウィナの王は、亜人と役立たずには非常に厳しいのだ。

「さらに1個大隊を動員して目標を駆り立てる！　残りには、我々が戻るまで陣で待機しているように伝えておけ！」

アルウィナ王国軍における1個大隊は、約600名。

この場に連れてきた兵は、150名前後。

計750名の兵で追跡することになる。

動員される兵のうち、大部分は剣や槍を装備した歩兵と、馬に乗った騎兵だ。弓兵と魔導師も若干《じゃっかん》名、配属されている。

「全速力で追いかける！　レザード様を殺した下手人の首を持って帰らねば、我々が王直々に首をはねられる羽目になるぞ‼」

「ここの死体はどうします？」

「レザード様以外の死体は放っておけ！　時間が惜しい！」

「アルウィナの連中が村から出て行きます。どうやら追跡に移るようですね」

林の中に潜む、アルウィナ軍の動きを見張る影。

彼らに共通しているのは屈強な獣人の男であることと、鋼鉄の肩当てに刻まれた彫刻が示す所属先だ。

　獣人は基本身体能力のみならず、五感、特に嗅覚《きゅうかく》・聴力・視力が人間よりも鋭いので、特に偵《てい》察《さつ》任務の適性が高く、亜人が混在している国々では、先遣部隊要員として重宝されていた。

　そう、彼らはアルウィナ王国の侵攻軍を偵察《ていさつ》すべく送り込まれた、ベルカニア連合国軍の偵察《ていさつ》部隊であった。

　この部隊にはもちろん人間も混じっているが、彼らは乗ってきた馬と一緒に少し離れた地点で、待機している。

「どうしますか、隊長？」

　部下に呼びかけられたのは、体格の良い獣人の男たちの中でも一際目立つ、狼の獣人だった。

　何より目を惹《ひ》くのは、銀そのものをより合わせたかのように美しい銀髪と、髪と同じ銀色に輝く獣耳と尻尾《しっぽ》である。

　どんな刃よりも鋭い眼差しは、破壊された建物と放置された村人の死体に固定され、あらゆる名剣よりも切れ味に優れていそうな犬歯が覗く口元は、硬く引き締められていた。

　強く握られた拳からは血が滴《したた》っている。爪が、皮膚《ひふ》を食い破るほどの力がこもっているのだ。

「……二手に分かれる。半分は、連中が展開している陣を見張れ。もう片方は、俺と一緒に追跡部隊の尾行に回る。可能なら先回りして、奴らの目標をこちらで保護するんだ。もしかすると、村の生き残りと出くわすかもしれない」

「了解しました——隊長。きっと娘さんたちは生きていますよ。なんといっても、あなたの子供なんですから」

「……すまんな」

各々の役目を果たすべく、男たちは闇《やみ》に消える。

3 ハンテッド

「――つまりアルウィナ王国は普通の人間だけが住む国で、人間以外の、レオナやリィナみたいな獣人や他の種族の人たちを、国ぐるみで奴隷《どれい》扱いしてるってことなのか？」

「がつがつがつ！　……んぐっ、その通りだよ。あそこの王とか軍人はどいつもこいつも、私らみたいな獣人とかは、獣《けもの》も同然なんだから人間に飼われていれば良いのだ！　って考えてる連中ばかりで……はむはむはむ……時代錯誤にも程があるって父様もぼやいてたよ……がぶがぶごっくん！　……獣人や他の種族が人間の奴隷《どれい》だったのは、もう何百年も昔の話だっていうのにさ」

「というと、今はもう違うのか？」

「あぐあぐあぐ……ふぅ。ああ、なんでも、それまで奴隷《どれい》だった種族とかアルウィナ王国に歯向かっていた人間たちが手を組んで、一斉に反乱を起こしたのがきっかけで、亜人の立場は大きく変わったんだって。

その頃の獣人や亜人は、腕っ節は強くてもあまり技術が発展してなくて、頭も悪かったらしいけど、協力してくれた反乱軍の人間たちが技術や頭を使った戦いとかを教えてくれたお陰で、対等の立場になれたんだ。

今じゃ獣人が王家に嫁《とつ》いだりするのも珍しくないし、獣人が王様やってる国だっていくつもあるそうだよ。

って言っても、私は他の国のことはよく知らないけどね。この歴史だって、父様が教えてくれた話そのままだし」

虐殺《ぎゃくさつ》の村を逃げ出してから、既に数時間が経過していた。

太陽は、地平線の彼方に完全に沈んでしまっている。

街頭などが存在しないこの世界の夜は、地球の街中とは比べ物にならないほど暗い。まるで世界すべてが闇《やみ》の中に沈んでしまったような感覚を、狩人《かりと》は夜が訪れるたびに覚えた。

その代わり頭上を見上げれば、地球の夜空の数倍もの輝く星々が広がっている。プラネタリウムでも、この世界の星空の美しさにはきっと敵わないに違いない。

3人は道の近くにあった森の中で、夜を過ごすことにした。

森の中なら木の枝や葉で煙も散るし、焚《た》き火も、浅く穴を掘り返してその中で行えば、炎をある程度ごまかせる。転移以前、興味本位でサバイバルについて、ネットで調べていた。

「それにしても美味《うま》い！　美味《うま》いねぇコレ。味がちょいとキツめだけど、こんな物を食べるの、初めてだよ！　ほらリィナも遠慮なく食べなよ。かなり血を流したんだから、できるだけ肉を食べて血を補給しないといけないよ」

「う、うん、分かった。だけど変わった袋ですね、これ……」

戸惑いを含んだ不思議そうな視線を、手の中のレトルトパウチへ向けるのはレオナの妹、リィナ。

少し前に、姉の背中で意識を取り戻した。

容体は良好、やや血色が悪いのを除けば、数時間前に内臓を刃でこね回されたのが嘘のように、ピンピンしている。

目を覚ました当初は、意識を失う直前の記憶――故郷の村をアルウィナ兵に蹂躙《じゅうりん》された上、自身も刃に貫《つらぬ》かれた――のせいでしばしの間パニック状態に陥《おちい》っていたものの、レオナの尽力によって落ち着きを取り戻した。絶叫して暴れる妹を胸の中に抱き締め、静かになるまでずっと頭を撫《な》で続けたのだ。

リィナが落ち着きを取り戻したところで、狩人《かりと》は自己紹介をした。

見慣れぬ外見（黒髪黒目）、見慣れぬ恰好（特殊アーマー）、見慣れぬ武器（M14EBR）と、文字通り辺境の村娘からしてみれば未知の塊《かたまり》である狩人《かりと》の存在に最初は驚いていたが、こちらも姉の説得によって負のイメージを抱かれるのは、どうにか免《まぬが》れることができた。

説得の決め手は、『姉と自分の命の恩人』というフレーズであった。

虐殺《ぎゃくさつ》をただ２人生き残った姉妹が、抱擁《ほうよう》を交わして家族愛を確認し終えた、ちょうどそのときである。

『――くきゅぅ』

小動物の鳴き声に似た腹の音が、同時に小さく鳴った。

片方は赤面、もう片方は発生源に手を当てて、「気が抜けたらお腹が空いたねぇ」と漏らした。

どっちがどっちなのかは言うまでもあるまい。

そんなわけで、枯れ木を集め火を起こした3人は、焚火を囲みながら夕食となった。

レオナとリィナは、着の身着のまま荷物も持たず村から逃げてきたので、食料を一切持ち合わせていなかった。いつ追っ手が来るか分からないのだから、それも仕方あるまい。

2人が食べている夕食は、狩人《かりと》が取り出したレーションの自衛隊バージョンである。

最初は初めて見る金属っぽい袋（レトルトパウチ）に戸惑っていたが、中身のハンバーグを1口食べるなりお気に召してくれたようだ。2人とも先程からスプーンを口へ運ぶ手が止まらない。

「おかわり！」

「お、お姉ちゃん！　せっかく助けてもらった上に、大事な食料を分けてもらったんだから、無理を言っちゃダメだよ！」

威勢良くおかわりを希望したレオナへ、即座にリィナからのストップがかかった。

姉はテンションを一転させ、申し訳なさそうに獣耳と尻尾《しっぽ》をペタリと垂らす。

「あぅ、ごめんね、カリトぉ、つい贅沢《ぜいたく》言っちゃって……」

「そんなに気にしなくて良いって。おかわりはまだまだいっぱいあるから、好きなだけ食っても構わないぞ」

文字通り、無限に出せるのである。1年ぶりに言葉を交わす相手なだけあって、狩人《かりと》はとても気が大きくなっていた。

……でも犬というか狼っぽいけど、タマネギ混じってても大丈夫なのかね？　と遅まきながら気づくが、獣耳と尻尾《しっぽ》を除けば人間にしか見えないんだし大丈夫だろう多分、と納得した。

ダメだったら誠心誠意謝ろうと。あと、チョコレートもダメなんだっけ？　と悩む狩人《かりと》。

美味《おい》しい食事におかわりもついて、非常にご機嫌なレオナの気持ちを表しているのか、金色の尻尾《しっぽ》もまた、彼女の背後で元気にパタパタと揺れている。

そんな姿に苦笑しつつ、狩人《かりと》も豚とポテトのシチュー（フランス軍のレーションの一種）を口に運んでから、ふと顔を上げた。いつの間にか、レオナの顔が目の前にあり、思わずのけぞった。

口元からはよだれ。視線の先にはシチュー。

尻尾《しっぽ》が振れる速度は、さっき以上にパタパタパタパタ。まるで羽毛付きの扇風機である。

彼女が何を望んでいるのか。レオナの唇からじゅるりと滴《したた》るよだれが、雄弁に語っていた。

そんな姿を見せられては、期待を裏切るわけにもいくまい。

「……ひと口食べる？」

「良いのかい⁉」

「お姉ちゃん！」

見た目の幼さに似合わず、奔放《ほんぽう》な姉のストッパー役を務めているリィナを無視し、期待に満ちた目でずいとレオナが身を寄せてきた。

その動きに合わせて、深い谷間と大きな乳房も細かく震える。

狙っているのかいないのか（多分後者だ）、どっちにしたってすぐ鼻先にそんな代物を近づけられた狩人《かりと》にとっては激しく目に毒であるが、それでもついつい目を奪われてしまうのが男の性である。

いや……見えるどころか当たっていた。

のしかからんばかりにレオナが身を寄せてくるせいで、彼女のふくらみは、ハッキリと狩人《かりと》の腕へ押しつけられていた。

残念なことに、身体を守る装甲板のせいで、何も伝わってこなかったが。

（もっと薄着にしときゃ良かった……）

後悔を顔に出さないように、狩人《かりと》はスプーンをレオナの口元へ持っていった。躊躇《ためら》いなく、レオナは差し出されたスプーンの先端を口にした。

間接キスだな、などという考えが一瞬頭をよぎったが、今はもっと凄《すご》い状態になっているのだ。だいたい、美少女ならともかく男が間接キスで赤面など、誰得だというのか。

「美味《うま》い！　もうひと口！」

「どこの青汁のＣＭだよ」

アオジルって何？　と言いたげに首を捻《ひね》るレオナ。

スプーンが差し出されると、笑み崩れてもうひと口。尻尾《しっぽ》だけでなく側頭部から覗く獣耳まで、ピョコピョコと楽しげに跳ねた。

「恥ずかしいよ、お姉ちゃんってばもう……」

「仕方ないじゃないか、こんなに美味《おい》しいんだから。ほらリィナもひと口食べてみなよ」

レオナは、狩人《かりと》の手元からシチュー入りパックとスプーンを抜き取り、妹へ差し出す。

「ふぇっ!?………あ、あーん」

姉の行動にちょっとだけ固まったが、結局リィナも姉にならい、餌《えさ》をねだる雛鳥《ひなどり》みたいに口を開けた。口では注意しつつも、実は彼女も姉が絶賛するシチューが気になっていたらしい。

腰を下ろしたまま狩人《かりと》に背を向け、四つん這《ば》いの姿勢になったレオナが、妹にシチューの乗ったスプーンを差し出す。

微笑《ほほえ》ましさとともにそれを見ていた狩人《かりと》だった、が。

それに気づいた瞬間思いっきり噴《ふ》いた。

レオナの腰回りを覆《おお》っているのは、どう見ても思いっきりアウトなレベルの幅しかない、襤褸《ぼろ》布のみ。

そのような恰好で四つん這《ば》いの姿勢になった結果、本来隠されていなければならない、女性にとって大事な部分が、思いっきり曝《さら》け出されていた。

狩人《かりと》にすべて見せつけるような恰好で、だ。

(ちょ、見えてる見えてる。むしろ食い込んでる⁉)

乳房に負けず劣《おと》らず深い谷間の底を隠しているのは、胸の上半分と腰に巻かれた粗末な布と比べると、かなりしっかりとしたデザインの白い布である。

……が、その下着の布地はかなり薄く、レオナの肢体が肉感的すぎるあまり、キュッと食い込んでいる。もはや色っぽいを通り越し、エロいとしか表現のしようがない光景であった。

ぶっちゃけ、割れ目のラインまで丸分かりであった。

そんじょそこいらのグラビアアイドルなんて目じゃない、セクシーさである。

むしろプレイボーイ（本場海外版）クラス？

おまけに催眠術よろしく、ふさふさの尻尾《しっぽ》が揺れていて、見つめていると、少しずつ少しずつ、狩人《かりと》の理性が奪い取られていく錯覚《さっかく》に陥《おちい》りそうだ。

（誘ってんのか？　誘ってんだな、コンチクショウ！）

狩人《かりと》の右手が、フラフラとレオナのお尻《しり》へと伸びていく。

お尻《しり》まであと5センチ、といったタイミングで、くるりとレオナが狩人《かりと》のほうへ向き直った。

中途半端に右手を自分のほうへ伸ばした姿勢の狩人《かりと》を見て——。

「何してんのさ？」

「ハッ⁉　俺は今何を⁉」

我に返るが、時すでに遅し。

レオナは彼が何をしようとしていたのかに思い至ると、不意にニンマリと笑顔になった。

異世界の料理に舌鼓《したつづみ》を打っていた時に浮かべた、純粋な喜びの笑みではなく、悪戯《いたずら》っぽい淫魔《サキュバス》を思わせる、からかいの笑いだ。

「クックック、こっそりそんな真似しなくたって、恩人の望みなら、尻《しり》の1つや2つぐらい、いくらでも触らせてあげるよ？」

「……ゴメンナサイソレハマタコンドノキカイニオネガイシマス」

「楽しみに待ってるよ」

「もう、お姉ちゃんってば、はしたないんだから……」

さすがに幼い女の子（リィナ）の前で、堂々とセクハラ紛いの真似をやれる度胸はないので、グッと我慢。

言質は取ったから機会があれば絶対に実行してやろう、と狩人《かりと》は固く誓った。

狩人《かりと》は今や、レオナにエロゲに出てくる主人公をからかう、妖艶《ようえん》なお姉さんキャラのような印象を抱くようになっていた。

しかし、彼が抱いたレオナのイメージはすぐに覆《くつがえ》されることになる。

「だけど本当……変わった奴だよ、カリトって」

肉付きの良いレオナの生尻目指して伸ばした手を、赤面とともに引っ込めた瞬間。

恥ずかしさから視線を外そうとした狩人《かりと》は、耳朶《じだ》を打った微かな声に反応し、改めてレオナへと顔を向けた。

そして狩人《かりと》は、目撃してしまった——純情な青少年を色香でからかいながらも、相手に不快感を感じさせない独特の爽《さわ》やかさを放っていた彼女の美貌《びぼう》が、一瞬、酷《ひど》く沈鬱《ちんうつ》な感情に覆《おお》われるのを。

狩人《かりと》が自分を見つめているのにレオナは気づくと、すぐさま表情を笑顔に戻す。

瞬間的に彼女の顔を過《よぎ》った暗い感情の正体を、突っ込んで詰問《きつもん》するだけの度胸は狩人《かりと》には湧いてこなかった。

狩人《かりと》は、彼女の笑顔に誤魔化《ごまか》されるまま、手元のシチューに視線を落とした。

狩人《かりと》は、居心地の悪い雰囲気を払拭しようと、別の話題を投げかけてみた。

「そういえばレオナって年いくつなんだ？」

「今年で15歳だよ」

「年下かよ！　その年でそのエロさとか反則だ！　むしろタメか年上かと思ってたのに！」

本人を前にして言うべきではない類《たぐい》の内容だったが、叫ばずにはいられなかった。

「えっと、カリトさんはいくつなんですか？」

「19……いやこっち来てから1年経ってるから、もう20か」

「へぇ、そうなのかい。髪型のせいであまりそうは――っ、ん？」

不意にレオナが上を向いた。何かを探るかのように、獣耳が小刻みに揺れている。

「どうかしたのか？」

「お姉ちゃん？」

「今なんか聞こえたよ。あれは獣《けもの》の鳴き声と……それから人の声だ！」

「――追っ手か！」

すぐさま掘り返した土を穴に被せて焚《た》き火を消すと、途端に3人の姿は闇《やみ》に覆《おお》い隠された。枝や生い茂る葉のせいで、月光も大して届かない。

狩人《かりと》はM14EBRを装備しながら、耳を澄ます。

世界が停止したかのような静寂《せいじゃく》が広がっている。

彼の耳に聞こえるのは、風に揺れる葉鳴りの音だけ。

周囲に目を凝らすが、それらしき姿はない……と言いたいところだったが、こうして闇《やみ》の中で警戒していると、木や草むらのシルエットすらも怪しく思えてくるものだから心臓に悪い。

特にリィナの怯《おび》え具合は凄まじかった。狩人《かりと》の肉眼では輪郭《りんかく》すらはっきり見えていないにもかかわらず、恐怖の感情がハッキリと感じ取れるほどだ。村で味わった虐殺《ぎやくさつ》体験による恐怖が蘇《よみがえ》り、怯《おび》えているのだろう。

「本当に人の声だったのか？」

狩人《かりと》はレオナに確認した。

「ガルム族の耳の良さを舐《な》めるんじゃないよ……だけど、声の響き方とか聞こえてきた方向を考えると、あの声は空の方から聞こえてきたみたいだったんだよねぇ……」

「……空？」

レオナが夜空を見上げた。彼女に続いて狩人《かりと》も頭上を見上げた。

先程から変わらず、暗黒色の海に幾多もの星が煌《きら》いていた。

それに見とれることなく、狩人《かりと》はゴーグルを装備すると赤外線暗視モードを作動。

視界の中の世界が、濃淡《のうたん》ぐらいしか違いのない黒一色から、黒以外にも白や灰色が入り混じる水墨画《すいぼくが》を思わせる光景に変化する。

各物体が持つ熱を色彩化することで、闇《やみ》を見通せるようになったのだ。

星々の光すらも消失して墨を流したような状態と化した空の中に、白色のシルエットが浮かび上がった。

翼が生えた4つ足の獣《けもの》の背中に、人型のシルエットが跨《また が》っているのが輪郭《りんかく》で分かった。

歪《いびつ》で巨大なシルエットは、狩人《かりと》たちの下へ急降下。騎乗している人間が手綱《たづな》から手を放し、右手を突き出す。

「敵襲ー‼」

警告の声と、騎手の右手が瞬《また た》くのは、ほとんど同時だった。

木々の先端を掠《かす》めた光弾が、狩人《かりと》たちから数メートル後方に着弾した。爆発が起き、3人はもんどりうって倒れ込む。

「ホアッチャァ⁉」

素《す》っ頓狂《とんきょう》な悲鳴をあげたのは狩人《かりと》だ。

運悪く狩人《かりと》が倒れ込んだ先は、たった今まで焚火のあった場所で、土を被せてからほとんど時間も経っていなかったせいで非常に熱かった。狩人《かりと》が装備していたアーマーが炎によるダメージへの防御効果がないタイプだったことも不運だった。

すぐに跳ね起き、悶絶《もんぜつ》しながら自分の腹辺りをばしばし叩く狩人《かりと》の頭上を、大きな影が通り過ぎていく。

その正体をレオナはすぐに看破《かんぱ》した。ガルム族は耳だけでなく、夜目も利く種族なのだ。

「今のはグリフォンだ！　魔法を撃ってきたんだから、きっとアルウィナの追手だよ！」

「空からの追撃《ついげき》は、ちょっと予想外だったな……！　今の攻撃は、いったいなんなんだよ⁉」

「マジックカノンだよ！　直撃食らったら1発でバラバラになっちまうから、気をつけな！」

着弾痕《こん》を見やる。地面の抉《えぐ》れ具合と爆発の規模からして、小型の迫撃砲かＲＰＧ（対戦車ロケット弾）クラスの威力と推測された。

普通の砲弾と違って、爆発した際に破片を撒《ま》き散らしたりしないらしい。破片による被害は気にしなくてよさそうだが、危険であることには変わりない。

この威力なら、周りの木を盾代わりにするのも諦《あきら》めたほうが良さそうだ。隠れた木ごと粉砕されるか、爆散した木片の散弾でズタズタに引き裂かれてしまいかねない。

離脱したグリフォンが再び地上に攻撃を行うべく、反転して戻ってくる。

「レオナは、リィナと一緒に向こうに行くんだ。姿勢を低くして先に逃げろ！」

「カリトはどうするつもりだい⁉」

「反撃するんだ！」

姉妹から距離を取りつつ、Ｍ14ＥＢＲの牽制《けんせい》射撃。

これは、グリフォンライダーの気を引き付けるための銃撃だ。消音器《サイレンサー》を付けていない大口径ライフルのマズルフラッシュは、夜闇の中でとても目立つ。

案の定、騎手はグリフォンの鼻先を、発砲炎に姿を照らされた狩人《かりと》の方へと向けた。

これでいい――狩人《かりと》は片膝を突いて膝撃ちの射撃姿勢に移行。

Ｍ14ＥＢＲのセレクターはフルオートに。大きさを増すグリフォンのシルエットに照準。

一瞬呼吸を止めると同時に、発砲。

銃が強烈に暴れるのを抑え込みながら、小刻みに連射を区切る。照準修正を加えながらの指切りバーストにより、あっという間に1マガジン分を撃ち終えた。

放たれた弾丸のうち、10発以上がグリフォンをその乗り手ともども肉を引き裂き、頭部を砕き、内臓を破裂させて、完膚《かんぷ》なきまでに息の根を止めた。

高速の飛行目標にここまで集弾できたのは、〈WBGO〉にて対空射撃の経験を積んできたことが大きかった。〈WBGO〉では機種と当たり所によっては、拳銃でも航空兵器を撃墜《げきつい》できる。

また、油断した騎手が回避機動も取らずにまっすぐ突っ込んできたので、相対的に的が大きくなったことも幸運だった。

「うおっ、危ねぇっ！」

射撃姿勢を解いて横に転がった2秒後、グリフォンと騎手の死体が、狩人《かりと》が立っていた地点に墜落した。グシャッ！　と生々しい激突音が間近で聞こえて、狩人《かりと》は顔を顰《しか》める。

「さらに新手！　4騎近づいてきてる、今度は竜も混じってるよ！」

「ファンタジーだな、まったく！　ところで、やっぱりドラゴンって、炎のブレスとか吐いたりすんの？」

「もちろん！」

「ブレスの射程はどれぐらいだ！」

「えっと、多分50メルト（1メルトは1メートルほぼ同じ長さ）ぐらい？　私も父様から教えてもらっただけで、直接ブレスを放つところとかは見たことないんだけど、とにかく逃げよう！　相手が悪過ぎるよ！」

急かされながら狩人《かりと》はＰＤＡを操作し、装備品とアイテムボックス内の武器を入れ替えた。

呼吸は荒く、心臓も激しく脈打っている。

しかしそんな中でも瞬間的に冷静な判断や対処を下せているのは、限りなくリアルで壮絶《そうぜつ》な戦場を提供してくれた〈ＷＢＧＯ〉のお陰なのかもしれない。

ただし、コンティニューは不可能だ。

対空戦以外の状況下でも言えることだが、こういう時に肝心なのは、こちら側の火力を大きく見せて相手側の攻勢を抑え込むことだと、狩人《かりと》は考える。

ハッタリでもなんでもいい。とにかく戦力を過大に見せつければ、むやみやたらに近づいてこようとはすまい――できれば、そうであって欲しい。

方針に沿って狩人《かりと》が選択した武器は、ファブリック・ナショナル社製のＭＫ46軽機関銃。

自衛隊でも採用されているミニ軽機関銃を特殊部隊向けに改良したタイプで、ベルトリンク式の給弾方式ながら、Ｍ16／Ｍ４アサルトライフルのマガジンも共用できる。

使用弾薬は５・５６ミリＮＡＴＯ弾。威力は落ちるが、瞬間火力はＭ14ＥＢＲを遥かに凌《しの》ぐ。

基本モデルよりも軽量化されているとはいえ、Ｍ14ＥＢＲよりも１キロ以上重い。

その上２００発分の弾帯を装填《そうてん》することで、一層重みを増した軽機関銃のズシリとした重量に、狩人《かりと》は頼もしさを感じながら、森の中を疾走する。

彼のすぐ斜め前方をレオナが先行しており、２人ほどの体力も健脚も持ち合わせていないリィナは、レオナの腕の中に抱えられて運ばれていた。

唐突に世界が光を取り戻した。ゴーグルを外し、首だけ動かしてみる。夜空に眩《まばゆ》く光る光の球が、ふよふよと浮かんでいた。魔法式の照明弾のようだ。

頭上から、牛とライオンを足して割ったような雄叫《おたけ》びが聞こえてくる。

「竜のブレスが来るよ！」

レオナの警告に、狩人《かりと》は横っ飛びと前後反転を同時に行い、獣《けもの》の声が聞こえた方向へ軽機関銃の銃口を向けた。

目標の竜は、約100メートルほどの距離から急速接近中。

高度は20メートル前後。竜のサイズは目測で、軽飛行機ほどか。

照明弾に照らされた体躯は灰色で、自在に空を舞うために得た、分厚い筋肉に覆《おお》われていた。

何かを溜めるかのように首がもたげ、竜の頬と喉元が膨《ふく》らむ。

竜のブレスに先んじて、ＭＫ46が火を噴《ふ》いた。

５・５６ミリライフル弾を、毎秒12発の連射速度で吐き出す軽機関銃。ベルトリンクには５発に１発の割合で曳光弾《えいこうだん》が装填《そうてん》されているので、赤いレーザーのような弾道がハッキリと目に映る。

曳光弾《えいこうだん》の軌跡から照準修正を行いつつ、弾幕を張る。

ドスドスドス！　と竜の肉体にライフル弾がのめり込む音が、銃声の合間に狩人《かりと》の下に届いた。

着弾したのは竜の胸部から長い首の部分までの範囲。痛みに悶《もだ》え苦しんだ竜が、乗り手の存在も忘れて、急激にバランスを崩す。

先程のグリフォン同様、竜は３人の下に突っ込んでくるコースに乗って墜ちてきた。

今度は途中に何本もの木々を巻き込んでへし折りながら、狩人《かりと》とリィナを抱えるレオナの間を突っ切り、それからようやく停止した。

乗り手のほうは無傷に近かった。竜の身体を5・56ミリ弾が貫通できなかったのに加え、墜落時も竜の身体がクッションになったせいだ。

「死ね！　この人族の裏切者――」

わめきながら騎手は短剣を引き抜き、抵抗の構えを見せた。

「知るか、バカ野郎！」

狩人《かりと》は問答無用で掃射《そうしゃ》。騎手が着込む、防寒具も兼ねた分厚い革鎧にブスブスと穴が生じ、男は強制的に死のダンスを踊らされる。

外れた弾丸は、背後に横たわっていた竜に命中する。苦しそうな悲鳴を漏らして、竜が頭を持ち上げた。まだ死んでいなかったのだ。

こんなデカブツ相手じゃ5・56ミリだと威力が足りないか。狩人《かりと》は冷静に分析しつつ頭部に銃撃を加え、今度こそ息の根を止めた。

「凄《すご》いね、まさか竜まであっさり撃退しちゃうなんて……」

レオナの驚嘆の声を無視して辺りを警戒する狩人《かりと》だったが、残りの空飛ぶ騎兵たちが襲い掛かってくる気配はなかった。空中で旋回《せんかい》を繰り返している。どうやら、狙い通り狩人《かりと》の銃撃を警戒し、距離を取っているようだ。

と、照明弾の効果が切れて、森を再び闇《やみ》が包む。お誂《あつら》え向きのタイミングだ。

「とにかく走ろう。どこか隠れる場所を探すんだ」

「だったら、この森を抜けた先に、旅人が休むための砦《とりで》があるって聞いたことがあるよ！　確かこっちの方角さ！」

言うが早いか、駆け出すレオナ。狩人《かりと》もその背中を追いかける。

追手たちが再び照明弾を上げたが、２人は構わずに走る。

踏みつけると滑りやすい草や、地面から突き出た木の根ばかりの森の中を、２人は整地されたグラウンドを駆け抜ける短距離走者なみの速さで疾走した。

やがて森を抜けた彼らの目に、建物の影が飛び込んでくる。

それは荒野の中にポツンと存在する、高い塀に囲まれた石造りの砦《とりで》だった。

「あそこだよ！」

全力疾走。隠れる場所がまったく存在しない空間を、車とタメを張れそうなスピードで２人揃って突っ切り、開け放たれたままの門をくぐって内部に入る。すぐさま門を閉じて閂《かんぬき》をかけた。

人気はまったくなく、最近使われた様子も見られない。

そもそも、アルウィナ王国が侵攻してきたとの情報が伝わった時点で、この砦《とりで》を使うような人々――流れの商人や旅人など――は、アルウィナの国境寄りに存在する、レオナたちの村へは近づかないようにしていたのだ。

念のためスキャンしてみたが、やはり先客は見当たらない。

３階建ての建物の内部は、窓の部分が板戸で塞《ふさ》がれているせいで真っ暗だった。狩人《かりと》はアイテムボックスからケミカルライト（曲げたりすると中の液体が反応して光るアレだ）を取り出して、内部を照らす。狩人《かりと》たちが今いる1階は、食堂らしき雰囲気の空間だった。

室内の片隅に置かれた戸棚の中にランプを見つけたので、それを灯して1階食堂の灯りとする。その場とリィナをレオナに任せ、狩人《かりと》は階段を探して上の階へ向かった。屋上に辿り着くと、なるべく目立たないように身を伏せ、周辺の様子を探り始めた。

いつの間にか、空飛ぶ追手に追いつかれていたようだ。砦《とりで》の周辺では複数の大きな影が旋回《せんかい》をしている。

明らかに狩人《かりと》たちがこの砦《とりで》に逃げ込んだことに気づいており。砦《とりで》に閉じ籠《こも》るこちらの様子を見張っているのは明らかだ。もし砦《とりで》から脱出を試みれば、また追いかけてくるのは目に見えていた。

だからといって籠城《ろうじょう》を続ければ、さらなる増援が現れるかもしれない。

このまま追手に捕らえられたら、レオナとリィナがどんな目に遭わされるか——。

自分の安全よりも、むしろそちらのほうが今の狩人《かりと》には気がかりで、何より恐ろしかった。

「逃げ込んだというよりも、追い込まれたって言った方が正しいよな、これは」

これからどうすべきなのか。

狩人《かりと》は頭を悩ませる。

4 アイアム・ア・ヒーロー

「こちらです、将軍！」

「うむ、あそこが、レザード様を討った逃亡者どもが逃げ込んだ砦《とりで》か！」

狩人《かりと》たちが砦《とりで》に入った数十分後、空騎兵の連絡を受けたアルウィナ王国の軍勢もまた、砦《とりで》がある荒野の手前の森に到着していた。

1個大隊（約600名）を上回る、計750名にも及ぶ兵士たちが、馬や兵員輸送用の馬車から降り、戦闘準備を整える。

「逃げ込んだのは人族の男と少女、それに獣人の女の計3名。我々で捕まえようと試みましたが、男からの反撃に遭い、グリフォン隊と竜騎隊から1名ずつ、損失が出ています」

「グリフォンはともかく、竜をだと？　男は魔導師だったのか？」

空を舞う空騎兵を撃ち落とすのは、大量の弓兵による弾幕か、魔導師による対空砲火を張らない限り、非常に難しい。

報告してきた部下は首を左右に振った。

「不明です。見たこともない攻撃、との報告でした。男が鉄らしき素材でできた杖《つえ》かマジックアイテムを向けたかと思うと、火薬が破裂するような音とともに、攻撃を加えようとしていた空騎兵が撃ち落とされました。連中が砦《とりで》に逃げ込んでから部下に仲間の死体を回収させたのですが、検分したところ、レザード様や亜人どもの村で殺された兵と同じ傷跡が」

「……やはりレザード様を殺したのは、我々が追ってきた奴らで正しいようだな」

「私も同意見です。奴らが砦《とりで》に逃げ込んでからも数回ほど、同じような攻撃が警戒中の部下たちに向けて飛んできたため、今は高度を取って見張らせております」

空騎兵部隊を取りまとめる隊長からの報告を、指揮官は馬に跨《また》がったまま聞いていた。

「こちらが許可を出すまで、貴様らの部隊は攻撃を行うな。もし空からの攻撃で砦《とりで》が崩れれば、レザード様を殺した下手人の死体を、掘り返さねばならなくなる」

空騎兵の主な攻撃手段は、騎手である魔導師による魔法、爆弾や火炎瓶を用いた空爆に、竜が放つ魔法のブレスなど。

そのどれもが高い威力を誇《ほこ》る分、時と場合によっては、味方への誤爆や甚大《じんだい》な付加被害も考慮しなくてはならなくなる。

特に今回の場合、下手人を生け捕りにするか、せめて死体を持ち帰りでもしない限り、王の弟をみすみす死なせた役立たずとして処刑されてもおかしくない立場なのだ。そのような事情から砦《とりで》ごと空から爆撃、という強硬《きようこう》手段はできる限り避けねばならない。

やはりここは、相手が密かに脱出しないよう空から見張らせつつ、膨大《ぼうだい》な戦力差でもって一気に砦《とりで》に突撃、物量で押し潰して討ち取るのが常道か。

空騎兵の役目は、地上の兵が砦《とりで》に辿り着く前に、魔法や爆弾、ブレスを用いて砦《とりで》への突入口を守る敵兵を排除し、行く手を塞《ふさ》ぐ門本体を破壊し、内部への道をこじ開ける手助けを行うことだ。

「各員、隊伍《たいご》を組んで突撃準備！　敵はわずかだが気を抜くな！」

画面の中に表示された赤いグリッドマーク——その数があまりにも多くて、狩人《かりと》は呆れが多分に混じった苦笑いを漏らすほかなかった。

人は、途方もない恐怖や絶望に直面すると、負の感情を表に出すよりも先に、笑ってしまう生物なのである。

「数でフルボッコってレベルじゃねーぞ、これ……」

ＰＤＡの画面が映しているのは、荒野の向こう側の森を上空から捉《とら》えた、リアルタイムの映像だ。

砦《とりで》の上空を旋回《せんかい》していた敵の航空戦力に威嚇《いかく》発砲を行い、泡を食って相手に距離を取らせてから、間隙を突いて偵察《ていさつ》機を打ち上げておいたのである。

その名も〈スイッチブレイド〉と呼ばれる代物で、携行型対戦車ミサイルランチャーのような筒状の容器に収められており、発射すると翼を展開してそのまま上昇、一定の高度に達し次第、自動で旋回《せんかい》に移る。

操作はＰＤＡで行い、そこから得た情報も端末に表示される。

爆薬も搭載《とうさい》しているので、偵察《ていさつ》のみならずカミカゼ攻撃も可能だ。現在は、空騎兵よりもさらに上空を旋回《せんかい》させて、露見《ろけん》を防いでいる。

機首下に備えたカメラが地上の動体目標を捉《とら》えると、赤いグリッドマークで表示する仕組みだ。

ついさっき、狩人《かりと》たちが突破してきた森の中は、今や赤色の光点で真っ赤に埋め尽くされていた。

これらすべてが、アルウィナ王国軍が送り込んできた追手だ。

狩人《かりと》は、たかが3人に、いくらなんでも大人気ない、と叫んでやりたくて仕方がない。

（……もしかしてあの白い魔法使いっぽいの、実はお偉いさんだったとか？）

そう考えれば、躍起《やっき》になって大兵力を動員するのも納得できる。

「どうしたもんかね、こりゃあ……」

屋上まで続く階段の踊り場にて偵察《ていさつ》機を操作していた狩人《かりと》は、戦力差にもはや脱力してしまった。ズルズルと、その場に崩れ落ちる。

孤独に耐え切れず、山小屋から飛び出した。

延々と歩き続けて、ようやく人里に辿り着いたと思ったら、そこは虐殺《ぎゃくさつ》の現場だった。

初めての人殺しまで経験し、唯一生き残っていた獣人の姉妹との触れ合いに、人肌の温かさを噛み締めていた矢先にまた追いかけ回され、その挙句がこの展開……。

精神的にも肉体的にもずっしりと疲れがのしかかってきて、へたり込んだまま肩まで落としてしまう。

ここでうなだれていても、現実は待っちゃくれない。すぐに対応策を練る必要があった。

「…………」

いったん、思考を切り替えると、後は速かった。

どう行動すべきなのか、正しい選択を限られた時間内で迫られる機会は〈ＷＢＧＯ〉では当たり前だった。その経験が、不利な状況下でもパニックにならずに済ませるだけの精神力を育んでくれていた（もっとも、長期間の孤独な生活の耐え方までは、教えてくれなかったが）。

あるいは、本物の人殺しを経験した影響もあるのかもしれない。

目標を定め、取れる手段を取捨《しゅしゃ》選択し……。

悩んだのはほんの一瞬だった。

何を優先し、何を犠牲《ぎせい》にするかなど、分かりきったことだった。

決定を下す。

「――よし」

黙考《もっこう》を終えた狩人《かりと》は、1階に戻った。怯《おび》えるリィナを抱き締めているレオナの姿が、ランプの灯りに照らされている。

「お姉ちゃん、私たちどうなっちゃうの……？」

「大丈夫、安心しなって。今度こそ、私がリィナを守ってみせるから――……」

狩人《かりと》が下りてきたのに気づくと、顔を上げたレオナは安堵《あんど》の表情を浮かべた。

妹の前では平静を保っているが、彼女も、追っ手の軍勢が自分たちを殺そうと手ぐすねひいて外で待ち構えている状況に、かなり憔悴《しょうすい》している様子だ。

妹の頭をひと撫《な》でしてから、獣耳と尻尾《しっぽ》を落ち着かなさげに揺らしつつ、狩人《かりと》の下へと近づいてくる。

「外の状況は？　まだ空で兵隊がウロチョロしてんのかい？」

「もっと悪い。追っ手の本隊が、最低でも数百、向こうの森に集結してる」

「っ……冗談じゃ……なさそうだね………」

無言でPDAを差し出す狩人《かりと》。

PDAの仕組みなぞまったく知らないどころか、電子機器を初めて目の当たりにしたレオナは、戸惑いの視線を、狩人《かりと》の顔とPDAの間で行ったり来たりさせた。

画面を覗き込む。映し出されている空からの映像、その中に映る光点の数と兵たちが掲げている旗の紋章の存在から、PDAの機能と、今置かれている状況がどんなものなのか、漠然《ばくぜん》と理解することができた。

つまり、この手鏡みたいな代物は外の様子を鳥の視点から見れるマジックアイテムか何かで、そこに表示されている赤く光るマークは、全部敵を示しているのだ――。

「は、ハハッ」

乾いた笑いがレオナの口から漏れ出た。彼女も狩人《かりと》同様、アルウィナが自分たち相手に動員してきたその兵力の多さに、諦観《ていかん》の笑いしか出なかったのだろう。

ひとしきり空っぽな笑い声をあげてから、盛大に口元を引きつらせて狩人《かりと》の顔を見つめる。

「こ、これからどうすりゃいいんだい⁉」

「砦《とりで》からの出口は、正面の門と裏口だけ。そこから出ていけば、間違いなく空を飛び回ってる奴らも気づくに決まってるし、いくら足が速くても、馬や竜とかまでは振り切れそうにない……」

「馬だけが相手なら、森の中に逃げ込めれば撒《ま》ける可能性はまだ高いけど、竜やグリフォン相手じゃ、さすがの私も無理だよ。確実に追いつかれちゃう」

「なら、逃げるんじゃなくてどこかに隠れるか――だけど人海戦術で捜索《そうさく》されたら、夜の森の中でもすぐ見つかるだろうし、篭城しようにも危険が大きすぎる。

３人……いや俺とレオナだけじゃ、いくら守る側が有利でも、あの戦力差に対応しきれない。

空と地上から同時に攻められたら、簡単に積むぞ。罠《わな》を仕掛けまくっても、下手すれば魔法とかで砦《とりで》ごと吹っ飛ばされかねない」

罠《わな》系の武器――主に地雷《じらい》やセントリーガンの類《たぐい》――は設置数に制限があり、魔法による砲撃や空騎兵たちの爆撃を受ければ、すぐに無効化されてしまうだろう。ゲームでも同じような対処法が取られてきたから、狩人《かりと》には分かる。

「仮にうまく兵隊どもを撃退し続けても、奴らの援軍がまた駆け付けてくる可能性だってあるんだ。こっちに援軍が来るはずもない以上、籠城《ろうじょう》するよりは、ここから脱出したほうがよい、と俺は思う」

これはゲームではない。明確な指針が定められている作戦でもない。

自分たちの死という敗北条件は分かっていても、具体的な勝利条件の存在そのものが不確かな以上、アルウィナ軍とまともにぶつかる必要があるのかどうかも不明だ。

……いや、むしろこう考えるべきだ。

敗北条件を免《まぬが》れられるのであれば、レオナたちまで数百人の軍隊相手に戦う必要もないのだと。

「というわけで考えてみたんだけど」

「何か策が⁉」

「……策って言えるレベルの作戦じゃないさ」

わずかに声に自嘲《じちょう》を滲《にじ》ませながら、詰め寄ってくるレオナとまっすぐ相対し、狩人《かりと》は言い放つ。

「……俺が囮《おとり》になって連中に突っ込むから、その間にレオナはリィナと一緒に逃げてくれ」

「────────はぁ？」

たっぷり10秒は固まってから、真っ白になった思考が再起動するなり、レオナは狩人《かりと》に掴みかかった。

胸倉を両手で掴んで黒髪の青年を引き寄せる。発達した犬歯も剥き出しに、額同士が触れるか触れないかという近さで睨みつける。

「何言ってんだい、アンタ！　そんな自分から死にに行くような真似、絶対に許さないよ！」

「仕方ないさ、他に良い手が思い浮かばないんだから。このままじゃジリ貧以外の何でもない。3人とも死ぬぐらいなら、誰かが外の連中を引きつけてる間に、残りは逃げた方がまだマシだろ？」

狩人《かりと》はそこで言葉を区切る。

「──そして、囮《おとり》になるのは俺が適任なんだ」

「だからってねぇ、はいそうですかって、あっさりそんな案を認めるわけにはいかないんだよ！俺が適任？　何が適任なのさ！　どうして、アンタじゃなきゃならないんだい！！？」

「……だって、レオナとリィナは家族なんだろ」

「っ……！」

2人の視線がリィナのほうへ動く。命の恩人に掴みかかり、口論している姉を見つめる瞳《ひとみ》が、不安げに揺れていた。

狩人《かりと》はレオナのほうへ向き直り、自分の胸ぐらを持ち上げているレオナの手をそっと外す。少女の手は、暴れ狂う内心を表すかのように小さく震えていた。

「俺には家族も仲間も、この世界には存在しないけど、レオナには大事な妹がいるじゃないか。父親だって生きてるんだろ？　なのに、家族を置いてこのまま戦って死ぬ気か？　何のためだよ、いったい」

「だ、だけど」

「俺に帰る場所はない。だけどレオナには家族が残ってる……だから、これで良いんだ」

「……アンタは、カリトは、どうしてそこまで」

「どうして、か」

レオナの手から力が抜けた。彼女の両手に添えたままの掌《てのひら》から、狼少女の体温がグローブ越しでもじんわりと伝わってくる。口元が勝手に緩んでいくのを、狩人《かりと》は自覚した。

この温かさこそが、理由と呼べるものなのかもしれない。

「映画とかじゃこういう時、もっとこっぱずかしいセリフで決意表明するんだろうけど……」

「な、何言って」

「とりあえず、レオナとリィナには死んで欲しくないと思った——戦う理由はそれだけで十分だ」

家族が死に、高校を中退してからは、自分の世界に閉じこもって死んだように生きてきた。

そして気がつけば、この世界に送り込まれていて。

誰も自分の下に訪れぬまま、来ない待ち人を待ちわびながら小さな世界で孤独に生き、そして孤独に押し潰されそうになって。

孤独から逃げ出して、人を求めて彷徨《さまよ》い歩いた。

誰でもいいから人に会いたかっただけなのに、結果的に初めての殺人を経験する羽目になった。

そして、レオナとリィナに出会って。

逃亡の道程で、焚《た》き火を囲んでのちょっと騒々しい食事の中で味わった、姉妹とのわずかな触れ合いの時間。

それだけで十分だった。

レオナとリィナがくれた温かい思い出の対価に、狩人《かりと》は己の命を賭《か》けることができる。

……出会って1日も経たない相手のために命を懸けて戦うなんて、陳腐《ちんぷ》な映画かドラマみたいな真似を、まさか自分がやる日が来るなんて、思ってもみなかった。

ヒーローみたいな役回りが必要なのだというのなら、全力でやってやろうではないか。

男なら、一生に一度は夢に見る役回りがまわってきたのだから、そんな時ぐらい見栄を張ったって許されるだろう。

「とにかく、俺が奴らをできるだけ引きつけておくから、その間に反対側の森に逃げ込むんだ。

目くらましもばら撒《ま》いておくから、空からの監視も多分、誤魔化《ごまか》せると思う」

狩人《かりと》は一方的に告げると、レオナから身を離し、リィナの傍を通り過ぎて階段に向かう。

しかし小さな手に服の裾を掴まれて、その足が止まった。

「い、行かないでください。死んで欲しくないです……」

恐怖と怯《おび》えに瞳《ひとみ》を潤《うる》ませながらも、少女はハッキリと懇願《こんがん》した。

そのいじらしさに、微笑《ほほえ》ましさすら覚えながら、狩人《かりと》は彼女の頭を撫《な》ぜた。

リィナと同じ金色の髪は滑らかで、どんなシャンプーを使ってるんだろうと、ふと思った。

そもそも、シャンプーがこの世界に存在するのかどうかも、知らないのだけれど。

驚いて力が緩んだ一瞬の隙に、狩人《かりと》は小さな手をそっと振り払うと、〈スイッチブレイド〉の偵察《ていさつ》映像に目をやる。

アルウィナ軍が森の中で陣形を整えているのが分かった。どうやら、向こうも本格的に動くつもりのようだ。

PDAを操作し、装備品とアイテムボックスの中身を総入れ替え。

この作戦で重要なのは、目くらましとハッタリと――そして派手さ。

「せいぜいド派手にやってやろうじゃねぇか……！」

まずは屋上へ続く階段を上る。ゴーグルを光学暗視モード（わずかな光量を増幅して暗くても見えるようにする）に切り替えて、出口の陰からそっと空を見上げる。案の定、翼を広げた竜にグリフォン、よく分からない生き物がグルグルと上空を飛び回っているのがハッキリと見えた。

これで高所から狙撃を行うという方針は消えた。

狩人《かりと》は、新たに入れ替えた装備品の中から、発煙手榴弾《はつえんしゅりゅうだん》を選択。

500ミリリットルのペットボトル大で、本体が白一色に塗られているスチール缶の安全ピンを抜いては屋上に投じるという動作を、景気よく何度も繰り返す。あっという間に屋上だけでなく、砦《とりで》の上層部分が、缶から噴出した大量の白い煙に覆《おお》われていった。

遠目からでは屋上周辺を煙に包まれた砦《とりで》は、巨大な松明《たいまつ》か活火山みたいに見えていることだろう。

すぐさま階段を駆け下りて1階に戻ると、今度は出入り口から外にも発煙手榴弾《はつえんしゅりゅうだん》を投げた。さらに裏口に回って裏庭にもポイポイとばら撒《ま》く。1分と経たず、砦《とりで》全体が真っ白な煙によって包み隠されてしまった。

発煙手榴弾《はつえんしゅりゅうだん》が放つ煙は人体に無害な仕様だ。吸引しても多少咳き込むぐらいで済むから、レオナとリィナも平気のはずだ。

これが催涙弾《さいるいだん》や焼夷《しょうい》手榴弾によって発生したガスや黒煙ともなると、煙そのものが毒性を帯びるのでガスマスクが必要となる。

「ケホッ、こ、この煙は何なんだい⁉」

「これで、周りからはしばらく俺たちの様子は分からないはずだから、2人は俺が暴れ出したら、煙が消えないうちに砦《とりで》から脱出してくれ。塀に沿って進めば、すぐ裏手に廻れると思う」

「でも、カリトだけ残して逃げるなんて‼」

まだ納得できていない様子で叫ぶレオナを振り払い、狩人《かりと》は白煙漂う建物の外へ出ていった。

もちろん、狩人《かりと》だって恐怖は感じている。ヒーローを気取って、数百人相手に立ち向かってやると見栄を張ってみせたって、怖いものは怖い。

しかしもう言ってしまったのだ。決めてしまったのだ。行動に移してしまったのだ。

死への道を、苦難の道を、戦場への道を選んでしまった以上、最後までやり通すしかないのだ。

今さら逃げ出す真似など、できもしないし、したくもない。命をかけると決めた少女たちが、自分の背中を見つめていると知っているから。

「バカだよアンタ、大バカだよ……」

「……自分でもそう思うよ」

煙越しに聞こえてきた声に、小さく呟《つぶや》くと門の前まで進む。

今はゴーグルを赤外線暗視モードに切り替えて、煙の世界を見通している。物体の熱を可視化する機能なので、煙の壁を無視して周囲を把握《はあく》することができる。

閂《かんぬき》を外し、門を開けた。塀の内側に溜まっていた白煙が、あっという間に荒野に流れ出していく。

煙の本流を一身に浴びながら武器を切り替え、ＭＧＬ１４０を装備した。６連発のグレネードランチャー。こちらに装填《そうてん》してあるのも発煙弾だ。

次々発射し、扇状にばら撒《ま》く。新たに生じた白煙が、さらに荒野へ広がる。

もう一度、アルウィナ軍の偵察《ていさつ》映像を確認。

こちらの行動に、動揺しているかのような動きが見られた。砦《とりで》から、アルウィナ軍が布陣している森までの距離は、500メートルほど。

ジリジリと接近中。

「まずは挨拶《あいさつ》からだ」

〈スイッチブレイド〉を、索敵モードから攻撃モードに変更。

PDAの画面に映る映像が、荒野の俯瞰《ふかん》映像から無人機の主観視点に固定。

モード変更によって、操作系統も自動旋回《せんかい》からPDAを用いた直接操作に切り替わり、操縦系の一切合財が狩人《かりと》の手に移った無人機の主観映像が、気流を受けて不安定に揺れた。

タッチパネルに指先を滑らせて、〈スイッチブレイド〉を急降下させた。荒野を局地的に埋め尽くす、数百を超える兵士を表す赤色のグリッドがどんどん大きさを増していく。

さらに指を動かし、爆薬を搭載《とうさい》した無人機の飛行コースを、前線からやや後方へと修正。

狙うは部隊全体を指揮する多数の上官が集まっている、最後方の司令部だ。

目標らしき場所を発見すると、最後の軌道修正を行い、〈スイッチブレイド〉を急加速させて突っ込ませる。画面の中心に据えられた司令部の姿が、どんどん拡大されていく。

PDAが最後に受信したのは、〈スイッチブレイド〉の特攻にようやく気づいた兵士、というよりも騎士と表現したほうがしっくりくる恰好の男が浮かべた、驚愕《きょうがく》の表情だった。

無人機からの映像が途切れる。同時に森の中で小さく閃光《せんこう》が生まれ、一拍置いて爆発音が聞こえてきた。カミカゼ無人機が、最後の役目を果たした証であった。

すぐさま画面を、装備品と着用アーマーの選択画面へ変更。新たな装備品とアーマーは既に選択済みなので、後は装備切り替えの実行アイコンを叩くだけ。

躊躇《ためら》いなどない。

「一世一代のショータイムの始まりだ……！」

半ばやけっぱちで、気障《きざ》な台詞《せいふ》を最後に吐き捨て、狩人《かりと》は実行アイコンを強く押し込んだ。

〈装備選択〉
Ａｒｍｏｒ：Ｊｕｇｇｅｒｎａｕｔ　Ｍｋ３
〈装備効果〉
・防弾性能クラスⅣ：拳銃弾ならびに７・６２ミリ弾以下の銃撃ダメージ無効化
それ以上の口径による銃撃・近接攻撃・衝撃《しょうげき》ダメージを軽減（ヘッドショット除く）
・ゴーグル一体型強化ヘルメット：赤外線暗視機能・光学暗視機能・スタングレネード無効化機能搭載《とうさい》
拳銃弾ならびに７・６２ミリ弾以下のヘッドショット無効化
・対爆防護レベルⅢ：爆発ダメージ減少
・耐火防護措置：炎上によるダメージ無効化
・換気装置内蔵：ガスによるダメージ無効化
・筋力補助：重量物を動かすことができる（ただし装備できる重量の上限には関わらない）

・重装備：移動速度低下
Weapon：M134　Minigun
〈性能〉
・口径：7・62×51ミリ
・装弾数：4000発
・連射速度：毎分4000発
〈装備効果〉
・重武装：ダッシュ不能

「い、いったい何が起こったというのだ！！？」

前兆らしい前兆など、まったくなかった。

100人規模の兵士に攻撃を命じようとした刹那《せつな》、攻撃予定の打ち捨てられた砦《とりで》があっという間に白煙の中に隠れてしまった。すぐさま突撃命令を撤回したその直後、突如として司令部を爆発が襲った。

人員の被害もさることながら、アルウィナ軍にとってより問題だったのは、背後での異変が生み出した動揺が、瞬《また》く間に前線の兵士たちの下へも広がったことだ。

この場の全部隊を指揮する司令部が被害を受けたために、沈静化の命令も届かず、荒野に集まったアルウィナ軍の間に、混乱が広がっていく。

「だ、誰か、さっさと治療魔導師を連れてこないか！」

「何も……何も聞こえない……」

「わ、わたじのあじがぁぁぁぁ!?」

爆発地点である司令部は、阿鼻叫喚《あびきょうかん》の場と化していた。

軽傷であるがゆえに、周囲へ喚《わめ》き散らすだけの余裕が残っている者、両耳の穴から血を垂れ流して彷徨《さまよ》い歩く者、爆発地点に近かったせいで、四肢を失った者。

中には無言で地面に横たわっている者も数名いたが、みな一目で分かるレベルの致命傷《ちめいしょう》を負っていた。

司令部内の最高階級であり、追跡部隊の総司令官を務めていた将軍の場合は、幸運にもほぼ無傷だった。爆発の瞬間、周囲を囲んでいた側近や司令部の護衛に就いていた兵が壁になったのだ。

「な、何が起きたのだ！　誰か報告しろ！」

「分かりません！　砦《とりで》からは魔法が放たれた様子も、まったく見られませんでした！」

〈スイッチブレイド〉の大きさは全長60センチ前後。夜闇では、上空で警戒に当たっていた空騎兵も見逃してしまう程度のサイズだ。

大量の兵が攻撃態勢を整える音に駆動音が掻き消されたのも、着弾の瞬間まで飛来を悟られなかった要因だ。

「ちぃ、小癪《こしゃく》な真似を……！」

司令官は、この爆発を追跡対象からの攻撃であると判断した。それ以外の理由が、見当たらなかったのだ。

司令部に直接攻撃を受け、攻め込むべき砦《とりで》は謎《なぞ》の白煙に包まれ詳細《しょうさい》は不明。

指揮系統が混乱に陥《おちい》っている上に、視界を奪われた状態で兵を突っ込ませるのは愚策《ぐさく》……そう判断できる程度には、将軍は聡《さと》かった。

もしかすると、あの煙は相手の魔導師（？）が作り上げた、結界の類《たぐい》か毒ガスの可能性もある。

これまで見たこともない手段をとってきた相手に対しどう動くべきか、司令官は判断に迷った。

数秒後、彼は決定を下した。魔法による砲撃で砦《とりで》ごと吹き飛ばすわけにはいかないために、出番が見送られていた魔導師部隊を、活用することにした。

「伝令！　魔導師部隊を前へ！　ファイヤーボールによる砲撃で、煙を吹き飛ばすのだ！」

司令官の指示で、全身を包む鎧《よろい》に大型の盾という、完全防備の重装騎士の部隊に守られた魔導師部隊が前に出る。

全員がファンタジーの魔法使いの見本のように、背中にアルウィナ王国の紋章が縫《ぬ》いこまれたローブを身に纏《まと》い、握り部分に宝玉が埋め込まれた木製の杖《つえ》を握り締めている。この世界における杖《つえ》は、魔導師の精霊魔法を増幅する、ブースターとしての役割を担っていた。

「構え！　術式展開開始！」

号令に合わせ、数十の魔導師が、一斉に魔法の発動準備に入ろうとしたその時。

白煙の中で、影が揺れていた。

兵士たちの注目が一斉にそれへと集まり、動きが止まるなか、少しずつ煙の中の影が露《あらわ》になっていった。白煙内のシルエットは人の輪郭《りんかく》をしていたが、妙にずんぐりむっくりしており、フルプレートアーマーを身につけた騎士に似たシルエットだが、別物の気配がする。

足音が近づいてくる。がしゃり、がしゃりと金属がぶつかり合う、耳障りな擦過音《さつかおん》混じりの、人食い熊の闊歩《かっぽ》のように重々しい足音。

白煙を抜け出た奇怪な人影の姿が、数百の兵士の前に晒《さら》された。

人影が妙にずんぐりとしていたのは、大多数の予想通り、全身を守る鎧《よろい》に身を包んでいたからだ。だが白煙から出てきた人物が装着している全身鎧《プレートアーマー》は、この場に集まるアルウィナ兵の誰もが見たこともない、異様なデザインをしていた。

くすんだ黒一色の耐爆スーツの上に、防弾プレート入りタクティカルベストを装着。両肩・前腕・膝から下にもプロテクターを追加し、最低限の機動性を損ねないレベルで、さらなる防御力の底上げが図られている。

タクティカルベストには、大量の弾薬と手榴弾。

次に軍勢の目を引いたのは、全身鎧《プレートアーマー》の人物が背負っているものだ。給弾ベルトを生やした大型のバックパック、その先にあるのは、６本の銃身を備えた電動式ガトリングガン。

もちろんアルウィナ兵の誰も、自分たちに向けられているものがどれだけ危険なものか、知るよしもなかった。

白煙を纏《まと》わりつかせながら、真紅《しんく》の眼光がギラリと輝きを放った。

5 ジャガーノート

『1人殺せば犯罪者。100人殺せば英雄』

どこかの誰かが言っていた言葉だ。

（いや、1万人だっけ？　それとも100万人だったかな？）

どっちにしたって、これから狩人《かりと》が行おうとしていることが変わるわけでもない。

今から狩人《かりと》は、多分何十人、もしかすると何百人もの人間を殺すことになるのだ。

それに気後れする意味も、もはや存在しない。

どう取り繕《つくろ》おうが、狩人《かりと》が殺人者であるという現実が変わらないのであれば、もはやそういったことでうだうだ頭を悩ませる時ではないと、狩人《かりと》は己に言い聞かせた。

また、そんな猶予《ゆうよ》も残されていない。今は、目の前の敵に集中すべきだ。

ほのかな月光と、掲げられた松明《たいまつ》に照らされた数百の兵士たちの視線が自分に集中しているのを肌で感じ、狩人《かりと》の腰がつい引けそうになる。

せいぜい、小学校と中学校の卒業式で壇上《だんじょう》に上がった時ぐらいしか、まともに衆目を浴びたことのない元引きこもりには、きつい状況であるが、ここはぐっと我慢する。

今さらヘタレるわけにはいかない。逃げれば、2人の女の子が死ぬ。

逃がした姉妹の命は、渡会狩人《わたらいかりと》にとって、自身の命よりも遥かに重かった。

狩人《かりと》のちょうど真正面に、重装備の盾を持った騎士たちに取り囲まれた、いかにもな魔法使いらしき集団の姿。今から、一斉に魔法でも放とうとしていたのだろうか。

まずはコイツから片付けよう、とガトリングガンの束ねられた銃口をそちらへ向ける。

航空機の操縦桿《そうじゅうかん》にも似たグリップをしっかりと右手で握り締め、トリガーを引く。バッテリー駆動の６連銃身がゆっくりと回転を開始。

そこでようやく、アルウィナ軍の連中も何らかの手を打とうとしたが、もう遅い。

銃声というよりは、もっと何か巨大な機械の駆動音のようだった。

Ｍ１３４・ミニガンの連射速度は、毎分４０００発。

つまり１秒間で80発以上もの、７・６２ミリライフル弾を吐き出すのだ。その銃声と発砲炎は、まさに凄まじいの一言だ。

ベルトリンクで給弾される弾薬には、５発に１発の割合で曳光弾が混ざっている。１秒間に20発近い割合で発射されているお陰で、その軌跡はほぼひと繋ぎとなってレーザーの如き光条を呈していた。

弾丸が生み出すレーザーが、最前列に並んでいた騎士たちが構える盾に触れた瞬間、凄まじく耳障りな音が闇夜の荒野に響き渡った。

盾の表面に張られていた鉄板が、即座に砕け散る。背後の魔導師部隊を敵からの弓矢や投石攻撃から守るべく、薄い鉄板と堅牢で厚い木板を貼り合わせただけの盾に、軍用ライフル弾の雨を防げるはずがなかった。

銃弾を浴びた盾が、次々と真っ二つに割れていく。

それだけにとどまらず、盾を構えていた兵たちの鎧《よろい》までも、銃弾が易々《やすやす》と貫《つらぬ》く。

鎧《よろい》もろとも、上下に分断されていく兵士の肉体。粉砕された盾と鎧《よろい》と人体の欠片が、小さな爆発を起こしたかのように飛び散り、夜の平原を黒く汚す。

頭部に当たれば、全体を覆《おお》う鋼鉄製の兜《かぶと》ごと消滅する者もいる。

幸運にも弾が丸みを帯びた部分に当たって、弾かれた者もいたが、生き長らえたのはわずかに一瞬。続けざまに数十発の銃弾が集中して仲間の後を追った。これが、毎分４０００発放たれるライフル弾の威力だ。

本来車両・航空機に搭載《とうさい》しての運用を前提に生み出された、敵の殲滅《せんめつ》のみを目的に開発された異世界の兵器――銃。

初めてそれの威力の標的にされたアルウィナ軍は、一気に混乱へと傾きかけたが、それを寸前で阻止した人物がいた。

「怯《ひる》むな！　相手は１人だ！　魔導師部隊は後ろに退《しりぞ》いて再編成！　弓兵、矢を放て！　騎兵と歩兵は奴を取り囲んで、数で押し潰せ！」

無人機の特攻を生き延びた将軍の指示が、ミニガンの銃声にも負けぬ大音量で兵士の耳朶《じだ》を打った。兵たちはハッと我を取り戻して命令に従う。

上から見ると矢印のような形の隊形を取っていたアルウィナ軍の陣、その両翼に位置していた弓兵部隊が長弓――長さが１・２メートル以上の強力な弓――やクロスボウを構えて矢を放つ。

100を超える矢が、飛翔音を伴って夜空を切り裂く。

普通の兵士相手なら、弓矢も十分に効果的だっただろう。

が、今彼らが相手にしているのは、遥かに強力な近代兵器が飛び交う〈WBGO〉でも、最高の防御力を持つ〈ジャガーノート〉アーマーだ。

〈ジャガーノート〉は至近距離のライフル弾も貫通できない防御力を誇《ほこ》る対爆スーツを、最前線での戦闘向けに強化した代物である。

分厚いケブラー繊維と金属層を何重も重ね合わせることで、耐火・防刃性も強化されており（という設定）、さらにパネルタイプの抗弾プレートが、胴体や肩、脚部などに、動きを最低限妨げない程度に何枚も追加されている。

その姿は、もはや現代戦の重装歩兵というよりも、まるで戦国時代の武士の鎧《よろい》のようだ。

頭部全体を覆《おお》う凹凸《おうとつ》の少ないフルフェイスヘルメットも、同等の防御力を誇《ほこ》っているし――ちなみに本来の対爆スーツにおけるヘルメットは、気密構造を取るために筒のような形状をしている――その外側もマフラーよろしく、抗弾プレートが取り囲んでいるので、口元や首周りの防御も万全だ。

加えて、スーツの内側には人工筋肉も組み込まれている。それにより、装甲車すら引っくり返せるというトンデモ性能を与えられているのだが、馬力と防御性能の引き換えに移動速度が極端に低下してしまうのが、この手の高防御性アーマーの特徴だった。

しかし、いくら人の形をしたシェルター、とたとえても過言ではないアーマーに全身を守られていても、装備者の心までが鋼のように強靭《きょうじん》になるような効果は備わっていない。

（ほ、本当に大丈夫なのか⁉　弓矢相手だとケブラーとか貫《つらぬ》けるって聞いたことあるぞ！）

回避行動をとろうにも、降り注ぐ弓矢の効果範囲からはもう逃れられない。

直撃コースで狩人《かりと》に降り注いだ矢の数は、十数本……それらすべてが、アーマーに弾き返された。

それも当たり前だ。この世界の技術レベルは、おそらくはいまだ中世から近代レベル。その時代の弓矢で、高性能爆薬の爆発や軍用ライフル弾をも防ぐ装甲を貫《つらぬ》くのは、まず不可能である。狩人《かりと》は、せいぜい小石を続けざまにぶつけられた程度の、痛くもかゆくもない衝撃《しょうげき》を感じただけだった。

だが実際に弓矢の雨あられを一身に受けるという体験は、非常に心臓に悪かった。鋭利《えいり》な鏃《やじり》が額の辺りに当たった瞬間など、思わず目をつぶって凍り付いてしまった。

両手がミニガンで塞《ふさ》がっていなかったら、その場でどこか怪我《けが》していないか全身を探っていただろう。

飛んでくる様子が見える分、スナイパーに狙われるよりも恐ろしかった。

虐殺《ぎゃくさつ》の村での初めての人殺しは、戦いとも呼べぬ一方的な奇襲だった。

闇夜の森での空からの強襲は、反撃と逃亡で頭が一杯で、恐怖を感じる暇《ひま》もなかった。

だから、相手からの反撃に秘められた明確な殺意を感じ取るのは、これが初めてと言える。

殺しに来たのだから、逆に殺されそうになるのも当たり前だと頭では理解していたつもりだったが、いちいち頭で考えてから意味を悟るのではなく、魂《たましい》で理解したのは、まさにこの瞬間だった。

狩人《かりと》は、今自分がどこの土地に立っているのかも、知らない。

この大陸の名も、この世界の名前も知らない――だが、これだけは分かる。

ここは地球でもゲームの世界でもないが、それでも現実の世界だ。自分は戦場に立っている。

相手は自分を殺そうとしていて、自分も向こうを殺そうとしている――自分たちは殺し合いをしている。

恐怖が、怒りに転換する。

足蹴《あしげ》にされて這《は》いつくばっていたいじめられっ子の自分が、一転反攻に移って不良たちの顔面を砕いてやった時も、こんな感じだった。

何しやがるんだ糞《くそ》野郎。武器も持たない子供すらも、笑って殺そうとした、いや殺した下種《げす》どもの集まりが。

「どいつもこいつも、みんなみんなみんなみんなみんな、くたばっちまえ！！！」

怨嗟《えんさ》と憤怒《ふんぬ》の雄叫《おたけ》びをあげて、緩んでいたミニガンのトリガーを再び絞った。

再び火を噴《ふ》く、束ねられた銃口。

援護を受けて突撃をしていた騎兵たちの下へ、真正面から銃弾が襲いかかる。彼らが跨《また》がる軍馬もろとも、何十人もの騎兵たちが瞬《また》く間に肉片と化していった。

原形を失ってしまえば、馬も人間も区別は困難となる。

血に染まりゆく荒野。

トリガーを引きっ放しにしたまま、全身を捻じるようにして銃口を横薙《な》ぎに振り回すと、それに伴い、曳光弾《えいこうだん》の帯も迫り来る兵士たちを次々と捉《とら》えていき、先頭に立つ者から順に、肉体と鎧《よろい》の原形と命を一緒に失っていく。あっという間に、人体と金属の合挽きミンチのできあがりだ。

頭上から、特徴的な鳴き声が微かに届いた。と同時に、仲間の屍《しかばね》を越えてでも突撃を続けていた兵たちが一挙に反転、狩人《かりと》から距離を取る。

防弾プレートの『襟《えり》』のせいで極端に視界が狭い。身体ごとその方向を向いた狩人《かりと》の視線が、急降下してくる竜の姿を確認した。

迎撃《げいげき》しようと銃口を持ち上げるも、火力に相応《ふさわ》しいミニガンの重さと長大さが仇《あだ》になり、間に合わない。一瞬ホバリングした竜が大きく口を開き、そこから火炎放射器も真っ青な勢いで、炎のブレスが飛び出した。

「うおおおおおおおおおっ⁉」

狩人《かりと》の姿が炎の中に消える。まるで、ナパームによる爆撃もかくやな規模で、突発的に生じた巨大な焚火が、荒野を明々と照らしだした。

着弾地点からそれなりに離れていたにもかかわらず、むせ返るような熱波を浴びたアルウィナ軍の地上の兵から、歓声が起こった。

ドラゴン、それも皮膚《ひふ》が紅い火竜のブレスは、竜種の中でも最強の威力があるとされ、その火力は体長３メルトを超すオーク鬼が相手でも、骨まで焼き尽くしてしまう。

アレの直撃を食らって生きているはずがないと、アルウィナ軍はそう確信していた。

炎のブレスを放った火竜とその乗り手、他の空騎兵たちもこれで終わったに違いないと考え、爆心地《グラウンドゼロ》からはやや遠巻きながらも、無防備に高度を下げていく。

……この世界の常識で考えるならば、彼らの行動や認識は軽挙に過ぎた。

だが、『普通の敵』が相手であれば、彼らの想像通りこれで決着はついていたであろうし、兵たちが気を抜いてしまったのも仕方がなかった。

既に100人を超える被害が出ていたにもかかわらず、彼らはいまだ理解していなかったのだ。

この相手に『この世界の常識』は通用しないし、そもそも『普通の敵』でもない。

炎の中で影が揺らめく。

「お、おい」

「何だよ、どうかしたのか？」

「あれ！　あそこを見ろ！」

がしゃがしゃずしゃり、と。

足音が、燃え盛る炎の狭間《はざま》から確かに聞こえてくる。

アルウィナの歩兵が愕然《がくぜん》と立ち尽くしていた次の瞬間、炎の中から忘れ難きあの弾丸のレーザーが伸び、悠々と勝利宣言の如く高度を落として旋回《せんかい》していた火竜へと、背後から突き刺さった。

眼下の炎が生み出す光を反射しながら舞う、血飛沫《ちしぶき》。火竜の絶叫。同じく弾丸に貫《つらぬ》かれて事切れた乗り手が、一緒くたに墜落していく。

続けざまの対空砲火が、高度を下げていた空騎兵を次々と捉《とら》えていった。瞬《また》く間に空騎兵が数を減らしていく。

可燃物を失った炎が徐々に勢いを失っていく、その中から聞こえてくる、重々しく恐ろしいあの足音。熱波を浴びて、鎧《よろい》の下で汗を浮かべていた兵士たちの背中を、たとえようのない寒気が襲う。

膨大《ぼうだい》な量の汗が兵士たちの全身を濡らしていたが、それは決して熱波や戦場の興奮によるものではなかった。

異形の戦士が、再び姿を現した。

炎に囲まれ、その全身は黒く煤《すす》け、わずかに煙すら立ち上らせていたが、火竜のブレスによるダメージの影響は皆無のように見える。

戦士はゆっくりと、着実に、改めてミニガンを携《たずさ》え、アルウィナ軍に向けて侵攻を再開した。

威圧感を振りまきながら、一歩ずつ悠然と、敵軍勢へ近づく足取りとは裏腹に、狩人《かりと》の顔面にはアルウィナ兵に負けず劣《おと》らず、大量の冷や汗が浮かんでいた。

（マジでビビった！　本気で焼け死ぬかと思った！）

歩兵に気を取られすぎた。〈ジャガーノート〉の装備効果の1つ、耐火防護措置〈炎上ダメージ無効化〉がなければ、間違いなく黒焦げだった。

アルウィナ軍に単独で突っ込むことにしたのも、そもそもは空騎兵たちの目を狩人《かりと》へ集中させて、レオナとリィナの脱出を援護するのが目的だった。

これで、あの姉妹が逃げ切る確率もぐんと高くなった。空からの目を減らすことに成功し、生き残りの空騎兵も狩人《かりと》だけに注目して、レオナとリィナが逃げた森のほうへ飛んでいく気配は見られない。

まだ気を抜いてはいけない。もっと暴れて、追っ手（アルウィナ軍）の目を自分へ縛《しば》りつけるのだ。

退却は、あまり考えていない。

元より、自分の行いは完全な片道切符であると割り切っている。

自分1人の犠牲《ぎせい》で、2人が助かる。単純な引き算の問題だ。

（炎無効化持ちのアーマーを選んで正解だったけど、ミニガンの弾薬も暴発しなくてよかった）

銃器が壊れた場合は使用不可のアイコンが表示されるのだが、高温の炎に炙《あぶ》られながらも、ミニガンは無事だった。

掃射《そうしゃ》再開。

肉片の山が量産される光景を目にするたび、喉から胃液がせり上がってきそうになる。

せめて夕食を吐き出すのはすべて終わらせてからだと、必死に念じて、狩人《かりと》はミニガンを撃ち続けた。

「ば、化け物かよ、こいつはぁ!?」

（なるほど、この世界の人間からしてみたら、今の自分は化け物に見えるかもしれないな）

狩人《かりと》は銃声の合間から聞こえたアルウィナ兵の悲鳴に、納得してしまった。

視界の端のほうへわずかな時間、視線を走らせる。

ゴーグルの内側に表示されている、装備中の武器の残弾数をチェックする。ミニガンに装填《そうてん》してあるベルトリンクの残弾は、1000発を切っていた。アーマーに蓄積されている、部位別ダメージの表示はいまだオールグリーン。

敵の残りは、あと何百人なのだろう？

軽く、100人か200人ぐらいは殺しただろう。

あとどれだけ殺せばいい？　どれだけ殺せば、この戦いは終わる？

狩人《かりと》の全身を疲労感が襲っている。村丸ごとの虐殺《ぎゃくさつ》を目撃し、それを行った兵士相手に初めての殺人を経験し、闇夜の森の中を逃げ回り、今はこうして数百の軍勢にたった独りの戦いを吹っかけている――。

あまりに密度が濃すぎる1日。神経と精神への負担が、肉体に影響を及ぼしつつある。

だから、気づくのが遅れた。防護用マスクのせいで、視野が狭くなっていたせいもあった。

重機関銃と大量の装甲を施した対爆アーマーを装備した狩人《かりと》よりも、さらに重たく、同時に人の二足歩行よりも大幅に速いテンポで足音を鳴らして突撃してくる存在の接近に、気づくのが遅れた。

正面から突撃した味方が瞬《また》く間に溶かされるや、本隊から外れ大回りに、狩人《かりと》の側面から強襲をかけた重騎兵が3騎、鋼鉄製の馬上槍を構えて突撃してきたのだ。

「やっ――!?」

ようやく察知して狩人《かりと》は振り返ったが、間に合わない。

振り向こうと身体を捻《ひね》ったのが幸いし、1人目の馬上槍の先端は、胴体を外れて肩の装甲へ当たった。

それでも衝撃《しょうげき》は凄まじく、対物ライフルが直撃したのかと錯覚《さっかく》しそうになった。なぜ倒れずに済んだのかは、狩人《かりと》にも分からない。

2騎目が襲い掛かる。その時点で狩人《かりと》は、最初の突撃の反動により身体の向きを捻じ曲げられ、半ば強制的に騎兵部隊と相対する姿勢になっていた。

(照準……間に合わない!)

迎撃《げいげき》も回避も無理だ。

咄嗟《とっさ》に足を開き気味にして腰を落とし、避けられぬ敵攻撃の直撃に身構える。

重騎兵の第2撃が的の大きい胴体を襲う。

トラックの体当たりでも食らったかのような衝撃《しょうげき》だった。

重騎兵にとって予想外だったのは、〈ジャガーノート〉の防御力と、分厚い装甲の下に隠された人工筋肉が生み出す膂力《りょりょく》の存在——。

円錐形《えんすいけい》の先端が触れた瞬間、槍を握る重騎兵の半身を貫《つらぬ》いたのは、肉を穿《うが》つ感触ではなく、巨大な鉄鉱石の塊《かたまり》とぶつけ合わせたかのような、硬質の衝撃《しょうげき》だった。

直後、狩人《かりと》の胴体へ槍をめり込ませた騎兵の身体が、おもむろに跨《また》っていた馬の背から浮いた。

要は、作用と反作用の法則だ。全力疾走する馬の加速力を上乗せして放たれた鋼鉄の槍が受け止められたことで、槍の持ち手は跳ね飛ばされた。

重騎兵の身体が、地面へと転がり落ちた。その騎兵にとって不運だったのは、３人目の騎兵が彼のすぐ後に続いていたことだった。

「ひぃ!?」

引き攣《つ》った悲鳴は荒馬の足音に掻き消され、転落した騎兵は仲間の馬に鎧《よろい》ごと踏み潰された。死体に足元を巻き込んだ3騎目が転倒。乗っていた騎兵は、頭から落ちたところへ上から圧し掛かってきた自らの馬がとどめとなり、首の骨を折って即死した。

「が、ぁっ～～～～～～～～……っ！」

唯一無事に走り去った1騎目の足音が遠のいていくのを背中で聞きながら、狩人《かりと》は堪《たま》らず片膝を突く。激突の衝撃《しょうげき》が、狩人《かりと》の内臓を蹂躙《じゅうりん》していた。

苦しい、痛い。腹の中身すべてが口から飛び出しそうな錯覚《さっかく》。なぜ転げ回っていないのか、不思議なくらいの苦しみ。

戦場で見せるには、あまりに致命的な隙。

歩兵たちの後方から飛来した魔法が、完全に動きを止めた狩人《かりと》を取り囲むように着弾。

森の中で襲ってきた竜の乗り手も使っていた、マジックカノンの一斉砲撃。

対戦車ロケット弾クラスの威力と推定されるそれらが地面に触れるなり、盛大に土を掘り返しながら衝撃《しょうげき》波が狩人《かりと》を叩く。気がつくと、装甲服で嵩《かさ》を大きくした彼の身体は、見えない手によって強烈な勢いで後方へと突き飛ばされていた。

「ごふっ⁉」

全身がシェイクされたような感覚。

身体中苦しいくせに、目と耳だけまともなのは〈ジャガーノート〉のスタン効果無効の賜物《たまもの》か。

視界いっぱいに夜空が映っていることから、今自分は仰向けに倒れているのだと数秒かけて自覚する。

アーマーは表面の装甲などが少々傷んでいるが、まだまだ問題ない。

問題は、防具よりも装着者のほうが限界を迎えそうな点だ。が、この対爆スーツベースのアーマーは爆発の威力の大部分を軽減してみせ、どうにか意識を失わない程度の影響に留めてみせた。それでも全身から激痛を発している。むしろ、気絶したほうがマシだ、と思いたくなるぐらいに。

直撃していたら、このアーマーでもどうなっていたことやら、考えたくもない。

視界の右下、現在の使用武器と残弾を示すアイコンに、『武器破損・使用不可』の表示が点滅していた。地面に横になったまま顔だけ上げてみると、ミニガンの電動部分が火花を散らしていた。束ねられた銃身の一部も変形している。

狩人《かりと》とアルウィナ軍の間は、魔法の一斉放火によって巻き上げられた土煙で塞《ふさ》がれていた。

戦場が不意に静寂《せいじゃく》に包まれ、生存者がにわかにざわめく。

「やったか⁉」

(残念、それはフラグだ)

言い返してやりたかったが、声が出てこなかった。脱水症状寸前の犬のように荒い呼吸音が、マスクの中で反響している。

限度を超えて着膨《ぶく》れした恰好のせいで、四苦八苦しつつもどうにか身体を起こす。狩人《かりと》の動きは、夜闇に加え砲撃で生じた煙に隠れ、向こうからは見えていないが、それも時間の問題だ。

破壊されてしまったミニガンの装備を解除し、新たに無傷のＨＫ４１６を実体化。

この銃は、米軍を筆頭に採用しているＭ４カービンをＨ＆Ｋ社が改修したモデルであり、オリジナルよりも信頼性が高いと、もっぱらの評判。

そんな銃に、ドットサイトと１００連ドラムマガジン、Ｍ３２０グレネードランチャーも装着して、大幅に火力を強化してある。

装填《そうてん》弾薬は、敵の大半が防具を身に着けていることを考慮して、徹甲弾を選択。７・６２ミリほどではないが、威力は十分。

１丁、銃を装備品リストから実体化させた。各国で採用されているミニミ軽機関銃の改良型である Ｆ Ｎ《ファブリックナショナル》・ＭＫ46。ＨＫ４１６と同じ５・５６ミリＮＡＴＯ弾を、２００発連続発射可能なボックスマガジンを、装着済み。

「総員、突撃ぃ！」

指揮官の命令を合図に、いまだ戦意を維持した多数の兵士が、鬨《とき》の声とともに一斉突撃を開始する。

歩兵だけでもいまだ3桁《けた》に達する武装した生き残りの兵士たちが奏《かな》でるその足音は、まるで津波や土砂崩れを髣髴《ほうふつ》とさせる、破壊的な威圧感を宿した重低音だ。

突撃を敢行した屈強な兵士たちの足音と咆哮《ほうこう》が、夜の空気を揺さぶる。

怯《おび》えたように空気が震えるのを、狩人《かりと》は重装甲越しからでも確かに感じ取れた。

(ここからが、正念場だ)

重心を落として構える。

十中八九、自分はここで死ぬだろう。

覚悟は姉妹と別れた時点で、決めていた。


煙が晴れる。狩人《かりと》目指してまっしぐらに突っ込んでくる軍勢の姿が、目視可能となった。どいつもこいつも、血走った目で狩人《かりと》を睨みつけ、刃物を振りかざしている。

そんな光景を前にしても、最早《もはや》、恐怖心すら湧いてこなかった。

右手にドラムマガジン付きのＨＫ４１６、左手にＭＫ46。大量の弾丸が装填《そうてん》された銃器を左右腰だめに構え、両の人差し指を同時に絞る。

ミニガンの弾幕には数段劣《おと》るが、それでも自動車の１台や２台が一瞬で蜂《はち》の巣と化す量の弾丸が、アルウィナ軍の歩兵部隊へ真正面から襲い掛かる。

真っ先に狙ったのは、歩兵よりも足が速い分、突出していた騎兵部隊の生き残りだ。反動が大きいアサルトライフルや軽機関銃で正確に狙うのは至難の業だが、弾道は身体が覚えていたし、ＭＫ46もベルトリンク式弾帯には、５発に１発の割合で曳光弾《えいこうだん》が装填《そうてん》されているので、その軌跡を元に容易《ようい》に弾道修正を行うことができた。

弾丸の網に捉《とら》えられた端から、見えない棒で突き飛ばされたかのように、馬上から騎兵が転落していく。撃たれた騎兵の中には弾が馬に命中し、痛みに驚いた馬から振り落とされた挙句、数百キロもの体重が乗った蹄《ひづめ》に踏み潰された者も少なくない。

騎兵の次は、歩兵だ。

照準を変更する頃には、歩兵の群れとの間隔は100メートル足らずにまで縮まっていた。

撃って撃って撃ちまくる。

5・56ミリライフル弾、しかも徹甲弾ともなると、歩兵たちが身に着ける薄い鉄板製の胴当ては無力も同然だった。小気味良い音を発して徹甲弾がアルウィナ軍兵の鎧《よろい》を貫通し、バタバタと倒れ伏していく。

後続の歩兵は足を止めず、二度と起き上がらない仲間の死体を踏み越えていく。目の前の仲間が次の瞬間、死んでいることなど、戦場では日常茶飯事だ。

現代火器による弾幕は、歩兵集団に対し圧倒的な効果を発揮していたが、それでも2丁では限界があった。

ほんの数分前に見事な槍突撃《チャージ》を成功させた騎兵のように、仲間を犠牲《ぎせい》に狩人《かりと》の射界外から回り込んで接近に成功した歩兵が十数名、左右から挟み込むかたちで、狩人《かりと》目がけ、一太刀を繰り出した。

あらん限りの力を籠《こ》めて肩口へと叩き付けられた刃は、がぎんっ‼　と鈍い音を立てて、あっさり弾き返された。

騎兵のチャージすら耐え凌《しの》いでいたのを目撃した時点で、防御の厚さは理解していたから、歩兵は怯《ひる》まずに再度剣やら槍やら斧《おの》やらで攻撃を繰り返す。

このまま袋叩きにしてしまおう、という魂胆《こんたん》が丸見えだ。

「やらせるかぁ！」

そうされれば危険だと、狩人《かりと》も自覚していたから、動く。ミニガンを失い、ダッシュ不能のペナルティから解放されていた。

もっとも、〈ジャガーノート〉自体が防御力とパワーの大幅増強の代償に、移動速度低下というデバフ効果も有しているため、短距離走選手を軽く超越するダッシュ力は発揮できないものの、それでも一応走ることはできる。

己を取り囲もうとする歩兵の群れへ、狩人《かりと》もまた自ら突撃していった。

全身を装甲板で固めた狩人《かりと》が肩からぶつかっていくと、不運にも体当たりをまともに食らった最初の兵士の顔面が砕けた。

背面に、何度も凶器が叩きつけられる衝撃《しょうげき》。勢い良く、振り返りざまに左手のＭＫ46で殴りつける。

無装填《そうてん》でも5キロを超える鉄の塊《かたまり》が敵兵の頭を襲うと、軌道上にいた不運な敵兵の頭部が異様な激突音を奏《かな》でた。不自然な角度に曲がった歩兵は、その場に崩れ落ちる。

そのまま振り回すようにして、軽機関銃から弾丸をばら撒《ま》いていく。

別の歩兵が左手に盾を構え、右手一本でグレイブ（薙刀）を操り、狩人《かりと》の首を刈ろうとした。頭部と胸部の防護を重点において設計された防爆スーツ独特の、後頭部全体をすっぽりカバーするほどせり上がった装甲プレート入りの襟《えり》が、グレイブの一撃を受け止めた。

頭部近くを襲った衝撃《しょうげき》に、視界と脳が揺さぶられる。

〈ジャガーノート〉は近接攻撃のダメージも大幅に減少してくれるが、あくまで軽減であって無効化ではない。

実際、肉弾戦を試みてくる歩兵集団の攻撃によって、狩人《かりと》にしか見えない己のHPゲージは、じわりじわりと減少の一途を辿っていた。騎兵のランス攻撃、魔導師部隊の集中砲火により、現在HPゲージ注意枠、半分以下まで減じてしまっている。

回復薬を使う余裕もない。

先に限界を迎えるのは狩人《かりと》か、それともアルウィナ軍か。

「こんなろぉ‼」

グレイブを叩きつけてくれた歩兵へ、怒りの雄叫《おたけ》びを吐き捨てながら前蹴り。

重装甲の質量と人工筋肉の膂力《りょりょく》が組み合わさった蹴りによって、歩兵の身体は後ろにいた数名の仲間を巻き込みながら、カンフー映画のやられ役よろしく、地面と平行に飛んでいった。

このままだとジリ貧だ。そう判断し、狩人《かりと》はアルウィナ軍による包囲網に生じた小さな空白に逃げ込み、わずかながら距離を稼ぐ。肉弾戦の射程外から逃れつつ、改めて2丁の銃を乱射する。

装填《そうてん》してある弾帯を撃ち尽くすまで、MK46で長々と掃射《そうしゃ》した狩人《かりと》は、弾切れになると同時に軽機関銃をその場に放棄した。ベルトリンク式給弾は、再装填《リロード》に時間を食うからだ。

空けた左手を胸元へ。

狩人《かりと》の左手が、鈴なりにぶら下がったいくつもの各種手榴弾の中から、音響閃光弾《スタングレネード》を的確に選び取った。

突き出すように歩兵へと投げつけると、血河に汚れた夜の平原にまばゆい閃光《せんこう》が生まれた。

スタングレネードは爆風と破片で敵を傷つける代わりに、轟音《ごうおん》と閃光《せんこう》で一時的に敵の視力と聴覚を奪う武器。

開けた空間では効力が落ちるが、夜闇に慣れきっていたアルウィナ軍には効果覿面《てきめん》だった。

狩人《かりと》に迫っていた歩兵の大部分が、視界を真っ白に塗り潰され、本能的に顔を押さえてその場で悶絶《もんぜつ》している。

狩人《かりと》のほうは、〈ジャガーノート〉の一部である、頭部全体を覆《おお》うゴーグル一体型強化ヘルメットが、スタングレネードの効果を無効にしたので無事だ。

強烈な閃光《せんこう》に肝《きも》を潰した歩兵へと、すかさず第二弾を投擲《とうてき》。

今度は破片手榴弾、それも複数だ。

全周囲へ飛散した細かな鉄片が、兵の肉体をズタズタに引き裂き、衝撃波《しょうげき》が内臓を破壊する。

手榴弾から難を逃れた残党は、ＨＫ４１６で処理していく。

するとまたも、光を放つ攻撃が飛んできたのが見えた。今度は純粋な光弾ではなく、火球だ。

「うおっとぉ‼」

ハンドボール大の火球は、狩人《かりと》からやや斜め後ろへと外れた。

すると火球は地面にぶつかるなり、直径数メートルにも膨《ふく》れ上がって周辺に炎をばら撒《ま》いた。

威力は先程の火竜のブレスほどではないが、それよりも相手が乱戦状態の味方にも攻撃してきたことに、狩人《かりと》は驚愕《きょうがく》した。

銃撃と手榴弾で半死の状態だった歩兵たちが、仲間であるはずの魔導師の放った魔法によって焼け死んでいく。

マスクのお陰で人が燃える臭いを嗅がずに済むのが、心底ありがたかった。

次に魔法を放つまでのインターバルを、穴埋めするためだろう、今度は弓矢まで飛んできた。

矢が通用しないのは分かっていたから、狩人《かりと》は矢の雨を悠然と浴びながら、ＨＫ４１６へ新たなマガジンを差し込んだ。

しかしすぐに発砲せず、右手をマガジン挿入口前方の、Ｍ３２０グレネードランチャーへもっていく。

「角度はこんなもんか？」

ライフルの銃身下に装着されたグレネードランチャーを斜め上に向け、発射。40ミリ擲弾が煙を突き破って飛び去る。

間を置いて、新たな爆発音が轟《とどろ》く。重なる悲鳴。魔導師集団の中心で炸裂《さくれつ》したのが分かった。

破片と爆風が命を奪っていく。

次弾装填《そうてん》。たいていのアサルトライフルに装着できるグレネードランチャーは、砲身を前方にスライドさせるタイプだが、M320は、砲身が横方向にスイングする中折れタイプである。

煙の中からさらに2発砲撃を加えた頃には、煙もほぼ消え去ろうとしていた。

その頃には、五体満足で生き残っている魔導師はほんの数名だけで、護衛役の兵士たちの頭越しに砲撃を食らった魔導師部隊は、もともとの数が少なかったこともあり、ほぼ壊滅《かいめつ》状態だった。

数多くの歩兵を失い、それでも往生際悪く狩人《かりと》の殺害を諦《あきら》めない将軍は、効果はなくとも牽制《けんせい》はできるだろうと、弓兵にもう一度矢を放つよう命令を下す。

兵が命令を実行するよりも早く、それを察知した狩人《かりと》が前進しながら、M320を弓兵部隊に向けて発射。魔導師に続き、弓兵部隊を爆発が襲い、一気に統制が乱れた弓兵たちは、弓を放つのに失敗する。

捨てた軽機関銃はそのまま放置し、HK416だけを構えて、5・56ミリ弾による追撃《ついげき》を加える。

模範的な肩付け射撃の構えを取り、ババババン、ババババッと、身体に染みついたリズムで連射を小さく刻む。

少しずつアルウィナ軍との距離を詰めながら、正確に的確に、とにかく目に映る限りの敵に向けて、銃撃を加え続ける。

引き金を絞るたびに、誰かが倒れていった。

殺して殺して、殺して、殺し続けた。

何人殺したかなど、もうどうでもよかった。

「ば、化けもんだコイツ。こんなの相手にしてられっか！」

「不死身だ、コイツは不死身なんだ、こんなの、俺たちがかなう相手じゃねぇ！　殺されるぞ！」

「ま、待て、怯《ひる》むな！　敵前逃亡は許さんぞ、それでも誇《ほこ》り高きアルウィナの兵か！」

「ふざけんじゃねぇ、こちとら傭兵《ようへい》だ！　命あっての元ダネなんだよ！」

及び腰を通り越し、もはや狩人《かりと》に背を向ける兵がちらほら現れる中、その連中に向かって馬の上で喚《わめ》いている、ひときわ、上等そうな装備に身を包んだ男の姿を狩人《かりと》は捉《とら》えた。

(多分あれが、指揮官だろうな)

集団の頭は、完膚《かんぷ》なきまで叩くに限る――思考が一瞬だけ冷静さを取り戻す。

セオリーに従い、すぐさま馬上の指揮官を撃った。

弾丸で胸部・前頚部・顔面を穿《うが》たれ、顔が半壊した指揮官の肉体がゆっくりと傾き、やがて階級が遥か下の雑兵と同じく、荒野に転がる死体の仲間入りを果たす。


それが決定打となった。

最初は数名、次の瞬間には数十名、やがて生き残っていたアルウィナ軍３００名弱が一斉に身を翻《ひるがえ》し、森の中へと逃げ込んでいった。

部隊の総数が約750名なので、5割以上の犠牲《ぎせい》が出たことになる。

むしろよくぞ今まで戦い続けたものだと、逆に賞賛してもいいぐらいだ。

もしくは、そうなるまで退却を選ばなかった指揮官の責任でもあるが、張本人は既に己の命でもって代償を支払っている。

動ける兵が狩人《かりと》の視界から消えていなくなるまで、ほんの数分足らず。

荒野に残されたのは、屍《しかばね》の山と狩人《かりと》だけ。

目の前の光景の意味を、狩人《かりと》の頭が理解するまで、少々の時間が必要だった。

HK416をぶら下げたまま、しばしその場に立ち尽くす。

今や、聞こえるのは自分の息遣いと、心臓が太鼓のように脈打つ音、それから、小さくくすぶり続ける炎の弾ける音ぐらいだ。

「…………終わった、のか」

まったく現実味が感じられない様子で、呆然《ぼうぜん》と呟《つぶや》く。

手からアサルトライフルが滑り落ち、空いた両手が頭部に伸びてヘルメットに触れる。外し方がすぐに分からず、戸惑うことしばし。

苦労してヘルメットを外してから、ゆっくりと背後に振り向く。

数え切れない死体の数々。月光が、平原に転がる大量の死体を、ぼんやりと照らし出している。

前に視線を戻す。背後と似たり寄ったりの光景が、広がっている。

急に体重が何倍も増えたようなだるさが、全身を襲った。

狩人《かりと》が疲労感に満ちた溜息を吐き出し……軽く鼻から空気を吸い込んだ途端、強烈な吐き気に襲われた。

今、彼が立っているのは戦いが繰り広げられた地、そのど真ん中だ。周囲には何百体もの死体が転がっている。鉄錆《てつさび》と腸《はらわた》、火薬と炎の臭いが一帯に澱《よど》み、強烈な死臭を生み出していた。

死の臭いが、狩人《かりと》が数百人を殺したばかりの大量虐殺《ぎゃくさつ》者であるという現実を、叩きつける。

自分が人殺しの仲間入りをしたことを理解していても、精神が耐えられるかどうかはまた別だ。

遂に我慢しきれず、四肢で這《は》い蹲《つくば》って胃の中身をすべて吐き出した。

手を突いた地面は、酷《ひど》く湿っぽかった。暗夜でなければ、目の前の地面が、染み込んだ鮮血《せんけつ》によって赤黒く変色していたことに気づいただろう。

一刻も早く、この場から離れたい。

だけど、身体がいうことをきいてくれない。

残りのＨＰが今や危険域に突入しているのに、回復剤で己の治療を行うことすら酷《ひど》く億劫《おっくう》だった。

倦怠感に耐え切れず、狩人《かりと》は近代版全身鎧《プレートアーマー》を着込んだまま、地面に仰向けに横たわった。

数え切れぬ星々と幻想的な月光を浮かべた夜空が、凄惨《せいさん》な戦場跡のど真ん中で大の字になっている狩人《かりと》を見下ろしていた。

それらを眺めていると、自分がどれだけちっぽけなのか、教えられる気分になる。

「…………もう、限界」

男はそれだけ呟《つぶや》き、死体に囲まれながら気絶した。

6 人間の証明

ゴミで溢《あふ》れる自室を離れ、狩人《かりと》は洗面所に入った。

鏡にはボサボサ頭で死んだ目をした、不健康そうな青年が映っている。

水道の蛇口を捻《ひね》り、かがんで両手にすくった冷水を自分の顔に浴びせる。

次に顔を上げた時、鏡には別の顔が映っていた。

〈WBGO〉においての、狩人《かりと》のアバターの顔だ。

顔立ちはまったく違うが、昏《くら》い眼差しだけはそっくりだ。

もう一度、両手に水を溜めて顔を洗う。

……水だと思っていた液体は、鮮血《せんけつ》に変貌《へんぼう》していた。両手が真っ赤に染まっている。

それどころか、いつの間にか血のシャワーでも浴びた直後のように、狩人《かりと》の全身が血まみれになっていた。

呆然《ぼうぜん》となりながらふと、自分の周りを見回す。そして気づく。

大量の死体で埋め尽くされた荒野の中心に、自分がいることに。

その中に、見覚えのある顔。

事故で死んだ狩人《かりと》の両親、そして身命を賭《と》して逃がしたはずのレオナとリィナが、光を失った眼で狩人《かりと》を見上げていた。

頭を小突かれたような衝撃《しょうげき》を受けて、狩人《かりと》は現世に帰還した。

狩人《かりと》は状況が掴めず、えらく身動きのとりづらい身体を捩《よじ》りながら、なんとか起きようとしたところに、突然レオナの顔が横からどアップで出現した。

「やっと目が覚めたんだね！　ああもう、心配させんじゃないよもう！」

「レオナ……？　死んだのかと」

「アンタが命がけで、逃がしてくれたんじゃないか！」

「おま、叩くな、叩かないでくれ……」

爺臭くどっこいしょ、と漏らしながら狩人《かりと》はムクリと起き上がった。どうやら自分とレオナは馬車の中にいるようだ。彼女の反対側にはリィナが腰を下ろしていた。

木か竹っぽい枠組みの上に幌《ほろ》を被せた、荷台を覆《おお》った幌《ほろ》馬車だった。

気絶する直前に脱いだヘルメットとHK４１６、それに軽機関銃も隅のほうに立てかけてあった。どうやら、死体まみれの戦場からわざわざ見つけて拾ってくれたらしい。

と、リィナがアーマーで着膨《ぶく》れした狩人《かりと》の二の腕を小さな手でひしと掴むと、無人の砦《とりで》で別れた時と同じように涙で目を滲《にじ》ませながら、身を寄せてきた。

「私も心配したんですよ……？」

「あー、ゴメンな。心配かけてほんとゴメン」

戦場で気絶しているところを荷馬車に乗せられたらしいのだが、いろいろと疑問が湧いてくる。

狩人《かりと》が事情を聞こうとするよりも早く、レオナが口を開いた。

「カリトが出ていっちゃったあとね、言われた通り反対側の森の中に、リィナを連れて逃げ込んだんだ。でもしばらく走ってると、偶然アルウィナ軍を偵察《ていさつ》しに来た兵隊と、合流できたんだ。しかもその部隊を率いてたのが、私らの父様でね。必死にお願いして、せめてアンタがどうなったのか確認しに引き返したら、アルウィナ軍の追手連中は退却してるわ、そこいら中、死体の山だわ、そのど真ん中でアンタは気絶してるわで、本当驚いたよ」

おまけに〈ジャガーノート〉の脱がせ方も分からず、厳重すぎる装甲のせいで怪我《けが》の有無も判別不能な上に、重くて馬車に乗せるのもひと苦労だったんだからね？　と一気に説明をするレオナ。

とどのつまり、レオナはわざわざ狩人《かりと》のために戻って来てくれたのだ。

運良く友軍と合流できたとはいえ、せっかく逃がしたのに戻ってきたことを怒るべきか、危険を冒してまで戻って来てくれたんだと喜ぶべきなのか。

狩人《かりと》の心中は複雑だ。

〈ジャガーノート〉については、まあ彼女の文句も仕方ない。対爆スーツだけでも50キロ近い重量に加え、追加された防弾プレートや人工筋肉によって、さらに大幅増加しているのだから。

今も着膨れたまま馬車の真ん中で寝転んでいたせいで、両側に位置するレオナとリィナは微妙に狭そうだ。狩人《かりと》は横に寝かせたら馬車の幅が足りず、足か頭が外にはみ出そうなサイズだった。

「よくそんなもん、1人で着れたね。っていうかさ、会った時から気になってたんだけど、どっから出したんだい、そんな鎧《よろい》。あと武器とか食べ物とか」

「それはまあ。企業秘密ってことで……とりあえず今脱ぐから」

取り出したるはＰＤＡ。

指先１つで、お化けじみた対爆スーツから、一般的な迷彩服の上下に服装を変更した。

一部始終を目の当たりにしたレオナとリィナが、驚きに目を見張る。

「本当、どういう原理なのかねぇ」

「マジックアイテムなんですか？」

「ノーコメント。それよりも、口の中が気持ち悪ぃ……」

吐くだけ吐いてそのまま気絶すれば、当たり前か。口の中に得体の知れない後味が広がっていて、非常に落ち着かない。

ミネラルウォーターのペットボトルをアイテムボックスから出して、中身を口に含む。馬車の中に吐き出すわけにもいかないので、口に含んだまま幌《ほろ》を持ち上げて、頭を外に突き出した。

外を歩いていた人物の顔とぶつかりそうになり、危うく毒霧攻撃を浴びせかけそうになった。

馬車と併走している人物は、壮絶《そうぜつ》な迫力を放つ銀髪の男性だ。

「む、目を覚ましたのか」

「………………」

身振り手振りで『今、口の中に物が入っているので、喋《しゃべ》れないからちょっとそこどいて』と伝えると、銀髪の男は馬車から離れてくれた。

男性に飛沫がかからないように、水を吐き出す。口を拭《ぬぐ》いつつ銀髪の男の顔を見た。

最初に見た時は近すぎて気づかなかったが、銀髪の男も、レオナと同じガルム族だった。

彼も銀髪の犬耳と尻尾《しっぽ》の持ち主で、上半身には鋼鉄製の胸甲と肩当て、それに手甲以外、服らしきものは身に着けていない。

胸から下は、男の狩人《かりと》が惚れ惚れしてしまいそうなぐらいに逞《たくま》しい腹筋をアピールしていた。

「レオナとリィナを助けてくれた兵隊さん、ですよね？　２人を助けてくれて、本当にありがとうございました」

「いや、礼には及ばない。むしろそれはこちらの台詞《せいふ》だ」

「え？」

馬車に合わせて足を止めないまま、まさに野生の狼を人間の顔へ近づけたらこうなるだろうと言いたくなるほど精悍《せいかん》な顔立ちの男性は、深く頭を下げる。

「娘たちを助けてくれてありがとう――レオナとリィナは妻の忘れ形見なんだ。あの子たちを助けてくれた上に、２人を逃がすために君はアルウィナ軍へ単独で戦いを挑み、そして見事に勝利した。その勇気に心から敬意を表そう」

「もしかして……レオナとリィナの親父さん、ですか？」

「ああ、娘たちの命の恩人に名を名乗っていなかったな。私は、城塞都市シタデルの防衛軍で小隊長を務めているオーディという。ここにいるのは皆、私の部下だ」

銀髪の男……オーディが手を伸ばしてきた。反射的に狩人《かりと》も手を差し出し、握手を交わす。

今になって気づいたが、オーディだけでなくガルム族や普通の人間らしき兵隊が数名、馬車を護衛するかのように取り囲んでいた。

ガルム族の兵はオーディ同様徒歩だが、人間の兵は馬に跨《またが》っている。ガルム族は、馬に乗らず自分の足で歩くのが一般的らしい。そういえば、レオナもそんなことを言ってたような気がする。

「父様はね、戦での活躍によって、王家から直々に勲章を授与されたこともある英雄なんだ！　しかもガルム族の中じゃ数百年に一度しか生まれない、銀色の毛を持ったフェンリルでもあるんだよ！」

後ろから、狩人《かりと》にのしかかるようにしてレオナも顔を突き出してきた。

「うおっ、ビックリした！」

耳元で大声を出されたものだから、狩人《かりと》は耳鳴りに襲われた。

すると、娘のそんな行動に、父親が怒りの表情を見せた。剥き出しになった口元から、常人よりも発達した鋭利《えいり》な犬歯が覗く。

「何をしている、レオナ！　自分の恩人にはもっと敬意をもって接したらどうだ！」

「キャン⁉　ご、ごめんなさい、父様！」

すぐさま狩人《かりと》の背中から離れて、ペコペコ頭を下げるレオナ。

軍人らしいとでも言えばいいのか、礼儀正しくはあるが、躾に厳しい性質らしい。

「すまない、どうにも上の娘は、誰にでも馴れ馴れしすぎるものでね」

「いいえ、これぐらいなら別に構いませんよ……こっちも気持ち良かったですし」

のしかかってくるレオナのおっぱいが、背中に接触という意味で。

後半は小さな声でうっかり漏らしてしまったのだが、目の前のオーディにはしっかり聞こえていたようだ。

「……いくら恩人といえど、不埒《ふらち》な考えで娘に手を出したらただでは済まさないからな？」

前にも言ったが、狼としての因子を持つガルム族は聴力に優れているのだ。

「き、肝《きも》に銘《めい》じておきますサー！」

割と本気でオーディの眼光が恐ろしかったので、狩人《かりと》はなぜか敬礼までして馬車の中に頭を引っ込める。

しかし自分が名乗っていないことを思い出し、すぐにまた外へと顔を出した。

「こっちも自己紹介が遅れました。俺は渡会狩人《わたらいかりと》っていいます。渡会《わたらい》が名字で、狩人《かりと》が名前です」

「そうか、目的地の街までまだ少しかかるが、娘と一緒にカリト君ももうしばらく、馬車の中で待っていてくれないか。到着してからまた、詳しい話を聞かせてもらいたいが、構わないかな？」

「ええ構いません。ていうか、俺も人のいる街とか村とか目指して旅してたんで、むしろありがたいと言いますか、とにかくわざわざ気絶してた俺を運んでくれた上に、街にも連れていってもらえるなんて、本当にありがとうございます」

今度こそ馬車の中に引っ込むと、ニヤニヤしたレオナと目が合った。

「ふふ～ん、やっぱ顔に似合わず正直だよねぇ、アンタって」

「そりゃ悪うござんしたね……」

「だけど、私らだってビックリしたんだからね！　煙の向こうから物凄い音が聞こえてくるから、リィナを父様の部下に預けて砦《とりで》の近くまで戻ってみたら、もう戦いは終わってて、アルウィナ軍の死体がそこいら中にごろごろ転がってる。カリトはカリトでヘンテコな鎧《よろい》を着て、死体だらけの中で気絶してたときてる。連中と刺し違えたのかと思って、凄《すご》い焦ったんだからね！」

それを聞いて、狩人《かりと》はしかめっ面に顔を歪《ゆが》めてしまった。

意識を失う直前、自分がその手で量産した死体へのショックに耐え切れず嘔吐《おうと》した挙句、そのままぶっ倒れたのは記憶に新しい。

情けなくもあり、恐ろしくもある。よくもあんなところで、意識が手放せたものだ。

もしレオナよりも早くアルウィナ軍の兵隊が1人でもあの場に戻って来ていたら、無防備に殺されていたかもしれないのだ。

それ以上に、たった1日で数百人を殺《あや》めてしまった自分自身が恐ろしかった。

そんな思いが顔に出ていたようだ。

「カリトさん、泣きそうになってます……本当に大丈夫なんですか？」

リィナが切ない声を漏らした。

「……まだちょっと疲れてるだけさ。大丈夫だ、問題ない」

かつて元の世界で一世を風靡《ふうび》したネタで誤魔化《ごまか》してみたものの、リィナの心配そうな表情は消えない。むしろリィナのほうが今にも泣き出しそうな、悲痛な表情を浮かべていた。

すると幌《ほろ》に外の光が遮《さえぎ》られ、薄暗かった馬車内が、唐突に暗さを増した。

具体的には、狩人《かりと》の視界だけ真っ暗になった。

顔面に密着している、温かくて柔らかいナニカ。

レオナに頭をかき抱かれ、彼女の豊満な谷間に顔が埋まっているのだと把握《はあく》するのに、少し時間が必要だった。

「――変な奴だよ。私らを最初に助けてくれた時は、あれだけあっさり容赦《ようしゃ》なく人を殺してたのにさ」

「あの時は……咄嗟《とっさ》だったたし、頭にも血が上ってたから」

「もしかして、人を殺したのはあの時が初めてだったのかい？」

「………ああ」

「私はアンタじゃないから、人を殺したことをどう思って悩んでるのかは、完全に理解できはしないさ」

「…………」

「だけど、アンタがやったことを肯定するくらいはできるよ。アンタのやったことは、少なくとも私らにとっちゃ紛れもない、救いの手だった。だってアンタのお陰で、今こうして、私もリィナも生きていられるんだからさ」

狩人《かりと》は無言で、レオナに抱き締められたまま動かない。

動けない。

「辛いんだったら、私にぶつけたって構わないんだよ。カリトは恩人なんだし、男の弱音を受け止めるのも女の甲斐性《かいしょう》さね」

しばらくの間、車輪がガタガタ揺れる音だけが、馬車の中を支配した。

狩人《かりと》は無言のまま。このまま彼が消えてしまいそうな頼りなさを不意に覚えたレオナは、そんな彼の頭を抱える両腕に力をこめた。

しばらくして、狩人《かりと》はレオナの肩に手を乗せ、悶《もだ》えだした。

「……！　……！」

「お、お姉ちゃん？　もしかして力入れすぎて、カリトさん苦しいんじゃ……」

「へっ？」

パッとレオナが身を離すと、狩人《かりと》は「プハッ」と深呼吸を繰り返して、酸素を貪《むさぼ》る。

「慰《なぐさ》めてくれるのはありがたいし、ホロリとしそうにもなったけど、途中から死ぬかと思ったぞ⁉」

「あっはっはゴメンゴメン。だけど、ちったぁ気は紛れたかい？」

「──ああ。だいぶマシになった。ありがとう、レオナ」

「どういたしまして」

レオナの笑顔は、その金髪や快活な雰囲気も相まって、まるで初夏の太陽の輝きのような眩《まばゆ》さだった。

ほんの数秒ではあるが、狩人《かりと》はまじまじとレオナの笑顔に見とれた。

「ゴホン、っあー、とにかく俺はもう大丈夫だから、そろそろ離れてくれたら、えー、ありがたいんだけど」

我に返った狩人《かりと》は、非常に気まずそうに、名残惜しそうに、顔を逸らす。

狩人《かりと》は、両足を投げ出すように座っていた。レオナは、彼が開いた股の間で膝立ちになっているので、頭の高さはレオナのほうが上にある。

レオナの恰好は、これまでと変わらず、丈の合っていない粗末な襤褸《ぼろ》切れを巻きつけただけ。なので彼女を見上げると、必然的に上半分しか隠されていない胸元、布に隠されていないその下の部分が鼻先に晒《さら》されていた。

……あ、先端見えたかも。

「変なところで奥手というか、何て言うかさ、そんなに気になってるんだったら、むしろ触ってくれたって構わないって、さっきから言ってるだろ？」

「そう言われてもさぁ！　明け透けすぎても困るから、普通！　だいたい、妹さんが見てる前でそんな真似できないから！」

「わ、私は目をつぶってますから、気にしないでいいですよ⁉」

「許可出さないで⁉　目を覆《おお》うフリしたって、しっかり指の隙間から覗いてるの、バレバレだし！」

リィナの予想外の裏切りに、狩人《かりと》大混乱。

本人や周りからお許しが出ても、いかんせん最低限の女性経験しか持たない狩人《かりと》には手に余る展開だ。

「私らのために数百の兵隊を相手にする度胸はあるのに、女の胸を触る度胸はないなんて、変なの」

「それとこれとは話が別！　つかさ、出会って1日も経ってない相手に、ホイホイ身体、許すのは正直どうかと思う！」

受け取りようによっては激怒したっておかしくない言葉だったが、言われたレオナは「んー？」と軽く首を傾げて言った。

「別に私は構わないけどね。カリトは顔は悪くないし恩人だし――何より強いし」

「……強い？　俺が？」

今度は、狩人《かりと》のほうが首を捻《ひね》る番だ。

本当に強ければ、そもそもこんなところにいなかっただろう。

強くなかったから、いじめの主犯連中の顔面を砕くまで虐《しいた》げられたのだ。

アルウィナ軍を退《しりぞ》けた武器や装備の数々も、リィナの命を救った蘇生薬《そせいやく》も、元は〈ＷＢＧＯ〉内のアイテムに過ぎない。

ゲームの中でなら、誰もが使えた品々ばかりだ。ただ道具を使うことに特別な力なんて必要ないと、狩人《かりと》は自嘲《じちょう》する。

「死にかけてたリィナの命を救ってくれて、たった1人で数百の兵隊を相手にして、挙句勝っちゃうような奴が弱いはずないじゃないか」

「……それは俺の力じゃない。武器のお陰さ」

「でも、私たちが見たこともないような武器を使えるってのはさ、きっとそれも1つの『強さ』なんだと私は思うよ」

薄暗い馬車の中で、レオナの双眸《そうぼう》がギラリと闇夜に浮かぶ満月のように浮かんでいる。

男の精気を糧にしようと妖艶《ようえん》に誘惑してくる淫魔《サキュバス》みたいな笑みだが、目つきは至極真面目だった。

屈《かが》みこんできたレオナの鼻先が、額を撫《な》でる。

野性味溢《あふ》れる外見の割に、日頃から身嗜《みだしな》みは整えているのか、身を清める暇《ひま》もなく一夜を越していながら、不快な体臭を漂わせたりはしていない。

むしろ、甘酸っぱい果実のような匂いが鼻腔《びこう》をくすぐり、狩人《かりと》の理性に強烈なパンチを食らわせてた。

「そしてメスは、『強いオス』の子種を求めるのが本能ってもんなのさ。だからむしろ、私は大歓迎なんだよ、少なくともカリトに限っては、だけど」

そーいや、クラスにも不良連中にしょっちゅうすり寄ってる女子がいたなぁ。それと似たようなもんなのか？　と、封印したい時代の記憶が狩人《かりと》の脳裏に蘇《よみがえ》った。

半分、現実逃避だった。

「いや、だからってこんなところで……馬車の外にはレオナのお父さんがいるんだし、つか妹さんの前で生々しいことぶっちゃけすぎじゃないか⁉」

「これぐらい、今の時代じゃ当たり前のことじゃないか。私らガルム族じゃなくても、どこも似たようなもんだよ。遅かれ早かれ、リィナだって理解するさ」

「が、頑張る！」

「何を頑張るんだ！」

リィナが恥ずかしそうに言う。

「それに父様だって、母様が亡くなってからも母様一筋ではいるけど、昔から若い妾《めかけ》を囲って種を授けてくれって、方々からお願いされてたらしいよ？」

「マジか！」

「呼んだか？」

「呼んではいないけど、ナイスタイミングです！」

過激な恰好の美少女に迫られるという稀有《けう》な体験に、狩人《かりと》のテンションは少々暴走気味だ。

オーディの登場は、今の狩人《かりと》からしてみれば救いの手だ。ここはガツンと娘にストップをかけてもらいたい。

「……大方の話は私にも聞こえていた。カリト君！」

「は、はい！」

「私はついさっき、『不埒《ふらち》な考えで娘に手を出したらただでは済まさない』といったが……娘の意思は、できる限り尊重しようと考えている」

「……はい？」

いきなり雲行きが怪しくなってきた。

「できることなら、もう少し君の人柄などを見極めておきたいところだが、今のやり取りを聞かせてもらった限りではなかなか見どころがあると私も感じている。力に自惚《うぬぼ》れず、自分の行いの意味や限界を理解できている者というのは、意外と少ないものだからね」

「はぁ……」

「レオナも『月夜の儀』を済ませて早数年、もう立派な大人だ。そろそろ私の部下や村の中から見どころのある男を選んで、番《つが》いにさせようかと、考えていたのだが――」

「隊長、街が見えました！」

オーディの部下らしき男の声に、狩人《かりと》は幌《ほろ》を捲《めく》って首を突き出した。

馬車が進む街道の先に、昨夜逃げ込んだ砦《とりで》を数十倍にしたかのような規模の、長大な塀に囲まれた都市が広がっているのが、遠目からでも見えた。

「――スゲェ」

いかにも頑強そうな石造りの壁に囲まれた大きな街。狩人《かりと》の口から感動の呟《つぶや》きがこぼれた。

横からひょこひょこと顔を出したレオナとリィナも、壮大な光景に目を輝かせる。

「あれが城塞都市シタデルだ。すまないがこの話はあそこに着いてから、もう一度しよう」

7　シャンプー台のむこうに

『城塞《シタデル》』の名を冠す通り、シタデルは1つの街そのものが2段構えの高い城壁によって囲まれた城塞都市である。

街が生まれたのは約150年前、ベルカニア連合国の領土が現在よりも小さく、アルウィナ王国との国境線がもっと内陸寄りだった頃に、遡《さかのぼ》らなくてはならない。

もともとこの城塞都市は、国境付近でたびたび挑発や小規模な攻撃を繰り返してくる当時のアルウィナ軍に対する示威《しい》行為として、作り上げられた場所であった。

やがて、各国との連携によってアルウィナ王国の権力が少しずつ削り取られた。それに従い国境線が後退するうちに、シタデルは前線基地としての重要性も次第に失っていった。それがだいたい100年ほど昔のこと。

さらに月日が過ぎるうちに、今度は元アルウィナ王国の土地へ入植したベルカニア国民が、いくつかの集落を作るようになった。

そこで作られた特産品を仕入れるためにやって来る旅の商人が、シタデルを中継点として使うようになり、やがてその数は増大。

反比例的に、国境際の前線基地としての役目を失ったシタデルに駐屯《ちゅうとん》する兵の数は減少。使われなくなった施設や敷地を借りられるよう、商人たちが当時の基地の司令官に交渉し、人や金や物が集まるようになった基地には、また新たな人が集まるようになった。

今度は建物が足りなくなったので、押しかけた人々は勝手に住居や店を作り始めた。

それを何度か繰り返した結果、シタデルは現在の城塞都市に変貌《へんぼう》を遂げたのである。


オーディが、狩人《かりと》の方に向きなおった。

「現在も、国境付近に展開している兵たちへの物資や交代の人員を届けるための中継基地として利用されているし、シタデルのさらに先にある村々から集まる特産品や従軍商人も集まっていたお陰で、かなり賑やかな街……だったんだがね」

狩人《かりと》はキョロキョロ観察しながら答えた。

「ものの見事に人気がないというか、兵隊ばっかりですね」

「アルウィナ軍が一気に侵攻を開始して、ここに近づいて来ているのは、耳の早い商人たちのあいだではとっくに知られていたからね。しかし、街の反対側には、避難途中の住民たちがまだ大量に残っているはずだ。せめてアルウィナ軍がここに辿り着くまでに、避難が完了すればいいんだが……」

２人の言葉から分かる通り、今のシタデルはまっとうな街としての賑わいは失われ、一般市民らしき者の姿はほとんど見当たらない。

すれ違うのは、いずれも武器と鎧《よろい》を装備した街の警備兵、もしくは戦の臭いを嗅ぎつけて金儲《もう》けにやってきた、傭兵《ようへい》らしき男たち（稀《まれ》に女）ばかりであった。

街の中心部を貫《つらぬ》くメインストリートを進んでいるのだが、どの店も営業している様子は皆無。ここいら一帯にはアルウィナ軍が向かってきているので、いち早くこの地区の住人たちは避難したと見える。

とはいえ、現代の日本では滅多にお目にかかれない、中世ヨーロッパのような石造りやレンガ造り、はたまた木造の建物が乱立している街並みだ。

通り過ぎる兵たちの恰好や見た目――普通の人間だったり、女性だったり、尻尾《しっぽ》と耳が生えてたり、翼が生えてたり、4足歩行だったり、そもそも人っぽく見えなかったり――非常に興味を惹《ひ》かれた。

長年、村以外の世界を知らなかったレオナとリィナも、住んでいた村とは比較にならないぐらいの規模で密集している建築物の姿に、見とれている。

厳戒令《げんかいれい》下の風景も、この3人にとっては十分に楽しめる内容だったらしい。

3人のその様子に、オーディは苦笑を禁じえなかった。

オーディの部下が先導されて狩人《かりと》たちが向かっている先は、この街を運営している役人たちが働いている市庁舎……に隣接している、警備部隊の兵舎だ。

そもそも、市庁舎は前線基地時代の司令部として建てられた。今はアルウィナ軍の侵攻に伴い司令部としての役目を取り戻しており、人の出入りが激しい。

やがて一行は、兵舎に辿り着いた。

石造りの元市庁舎と兵舎は深い堀に囲まれていて、砦《とりで》としての雰囲気をこれでもかと漂わせている。

橋を渡った馬車は、兵舎の前に停まった。建物の面積は、中規模の小学校ぐらいありそうだ。

「私は司令部へ報告に行く。部下に兵舎を案内させるから、３人は空いている部屋で休んでいてくれ。他の者は、装備をまとめて次の作戦に備えて手入れをしておけ」

「分かったよ、父様」


「お世話になります」

オーディと別れ、狩人《かりと》は兵士に案内されて兵舎の中へ入った。

兵舎では、慌《あわただ》しく兵たちが行き来をしていた。鞘に納まった長剣の束を抱えた中学生ぐらいの少年が、駆け足で通り過ぎて行ったことに、狩人《かりと》は驚きを覚える。

下っぱのようだが、あれぐらいの子供も兵士なのだろうか？

やがて案内された先は、３階建ての建物の端に位置する角部屋だった。

デスクや椅子、２段ベッド、物入れ兼即席の椅子や、机にもなる細長い木箱が置かれたシンプルな間取り。手入れされず汚れてはいるが、姿見も置いてあった。

「申しわけないが、寝泊まりできる部屋で今空いているのは、この部屋しかない。アルウィナ軍の侵攻に対し、王都方面からの増援や義勇軍を受け入れているせいで、兵の寝床に余裕がないんだ」

「えーっとそれはつまり……？」

「3人でこの部屋を使ってもらいたい。隊長の娘さんとその恩人であることはよく理解しているが、今はこのような扱いしかできないんだ。我慢してもらえないだろうか」

「父様の部屋じゃダメなのかい？　それなら、この部屋も使わずに済むと思うんだけど」

「機密上の問題が……重要な報告書なども置いてありますので、隊長のご家族といえど、部外者をおいそれと立ち入らせるわけには。このことについては、事前に隊長からも言い含められております」

「なら仕方ないねぇ。あ、それじゃせめて、お湯と拭く物を持ってきてくれないかい？　森の中駆けずり回ったりしたからね。妹だけでも、身を清めてあげたいんだよ」

「今は非常時なのですぐには無理ですが、後ほどお持ちします」

「すまないね」

兵が出ていく。

途端にぶっはあ、と盛大に空気を吐き出したレオナは、ベッドの下段へ飛び込んだ。狩人《かりと》とリイナも、大きな溜息とともに木箱の上へ崩れ落ちる。

「「「疲れたぁ～……」」」

一字一句違わず、3人の呻《うめ》き声の内容が一致した。

虐殺《ぎゃくさつ》に巻き込まれた上、夜通し追いかけられて死闘を繰り広げたのだから、疲労が蓄積していないほうがおかしい。馬車に乗っていた時も、固い荷台の中で不規則な揺れに悩まされ続けていたせいで、お世辞にも寛《くつろ》げたとは言いづらい。

一気に腑抜《ふぬ》けた3人は、思い思いの姿勢でくつろいだ。

狩人《かりと》はズルズルと両足を投げ出して、壁にもたれかかった。ベッドにうつ伏せになったレオナの獣耳と尻尾《しっぽ》は、へにゃりとへたれて微動だにしない。

もっとも幼くて体力のないリィナに至っては、船をこぎ出したかと思うとそのまま横に倒れ、隣に座っていた狩人《かりと》の太ももに顔をうずめた。すぐに寝息が聞こえた。

「そりゃ疲れたよな……悪いレオナ、ちょっと場所空けてくれる？」

「んー……」

渋々レオナが身体を起こしてスペースを開けると、狩人《かりと》は軽々とリィナの小さな身体を抱き上げてベッドへ運んだ。

そっと、リィナをベッドに横たえる。身動ぎはしたものの、起きる気配はない。

気怠そうにしながらも、レオナはそっと自分と同じ輝きを持つ髪を梳《す》いてやる。

「父様のところに逃げ込めたし、しばらくは安心ってところかな。だけど、またすぐにアルウィナ軍の連中は、ここにも攻め込んでくるんだろうね……」

「だけど、アルウィナ軍が本格的に攻め込んでくるには、もう少し時間がかかるんじゃないか？」

「何でだい？」

「俺のせいさ。俺があそこで殺した兵、あれが全体の何パーセントなのかは知らないけど、あれだけの兵を予想外の戦闘で一気に失ったんだから、少なからず混乱しててもおかしくない……と思う」

「そりゃそうだ。つまりアンタはたった1人で、アルウィナ軍を足止めしちゃったってことじゃないか」

「どれだけ時間を稼げたかは分からないけどな。向こうの総戦力がどれだけなのかも、分かってないし」

木箱のところに戻ってぐったりと脱力しながら、ぼんやりとした口調で狩人《かりと》は答えた。

そんじょそこいらの山賊や民兵の集まりなどではなく、れっきとした一国の正規軍なのだから、狩人《かりと》が相手した兵で全部だとは、到底思えなかった。

もしかすると、兵力は万単位でもおかしくない。アルウィナ王国の具体的な国力を知らない狩《かり》人《と》は、思考を巡らせる。敵の過小評価は最悪の判断だが、過大評価は、しすぎても足りないぐらいだ。

「カリトはこれから、どうするつもりだい?」

「難しい質問だな。行く当てもないし。レオナはどうするんだ?」

「そうだね。とりあえずは父様にお願いして、この街の防衛軍に入れてもらおうかと思ってるよ」

拳をもう片方の手の平に叩きつけながら、レオナは躊躇《ためら》いなく言った。

その目は、剣呑《けんのん》な復讐《ふくしゅう》心に燃え盛っている。

「逃げ回ってばっかりってのも性に合わないし、なにより村の皆を皆殺しにしてくれたアルウィナの奴らに、この手で目に物見せてやんなきゃ、気が済まないよ。たとえ父様に止められたって、構うもんかい！」

「リィナはどうするんだ？　まさか、ほったらかしにするわけにはいかないだろう」

「あう、そうだよねぇ、やっぱり。でも、ここまでアイツらの相手はカリトに任せっぱなしだし、このまま一矢報《いっしむく》いてやんなきゃ、ガルム族の名折れだし……」

耳が完全に倒れてしまうぐらい、意気消沈するレオナ。口惜しいやらじれったいやら、非常にもどかしそうだ。

「そりゃレオナの気持ちも分かるし、復讐《ふくしゅう》そのものを止めるつもりもないけど……せめて優先すべき物の分別は付けたほうがよいと思う」

「分かってるんだけどねぇ、それぐらい……ああもう、それもこれも全部アルウィナの連中が悪いんだーっ‼」

うがお～～～～～～っ‼　というレオナの怒りの雄叫《おたけ》びは、まさに狼の遠吠えそっくりだった。声が漏れて部屋の外まで聞こえやしないか、狩人《かりと》は慌ててしまう。

「バカ、しーっ、しーっ！　リィナちゃんが寝てるんだから！」

「ご、ゴメンよぉ。つい我慢できなくて」

起こさずに済んだようだ。

狩人《かりと》はやれやれと後頭部に手をやる。頭を掻こうとした指先が、後ろでまとめた髪に触れた。

髪を切ろう、と唐突に狩人《かりと》は決心した。

腰を上げると、姿見の前に移動した。

アイテムリストの項目から、散髪に使えそうな道具を探す。

役立ちそうなアイテムが見つかったので、すぐさま実体化させる。出現したのは、やや大振りのナイフだった。グリップ部分が普通よりも太い。

〈WBGO〉は、銃火器による銃撃戦が主体のゲームだが、この手のゲームには漏れなく近接戦用のナイフも実装されている。もちろん種類も様々。

狩人《かりと》が今出現させたのは、その中でも変わり物としてある意味有名な代物だ。

よく見ると握り部分と刀身が2つに分かれ、中央部分で固定されている。ハサミとしても使えるナイフなのだ。

開いた2枚の刃を、束ねた髪の毛の根元へもっていく。

1年の間、伸びるがままに放置した黒髪は、じょきん、という音を伴って呆気なく切れた。

たった今切断した髪の束をじっと見つめる。狩人《かりと》から切り離された髪の毛は、手の中に存在している。

――もしこの世界で死んだら、自分はどうなるのだろうか？

死体は朽《く》ち果て、地面の養分となるその瞬間まで、この世界に留まり続けるのか。

それとも、役目を終えた〈WBGO〉のアイテムのように、光の粒子に変貌《へんぼう》して、何も残さずに消え去ってしまうのか？　いったいどちらなのだろうか？

この手で殺したアルウィナ軍の兵士の仲間入りをするのか、はたまたそれすら許されず、存在を完全抹消されてしまうのか――。

「――カリト？」

心配そうなレオナの声で、我に返る。

「やっぱりカリトも疲れてるんじゃないのかい？　無理しないほうがいいよ。刃物持ったままボーっと突っ立ってたら危ないし」

「そう、だな」

「……仕方ないねぇ」

レオナも姿見の前に立つ。デスク前に鎮座《ちんざ》していた椅子を持ってきて、狩人《かりと》を座らせた。

「ほら、ハサミを貸しな」

「え？」

「そんな状態で自分の髪切ったら、絶対に失敗するよ。代わりに、私が散髪してあげるって言ってるのさ」

狩人《かりと》の手からあっさりとハサミを取り上げたレオナは、彼が止める間もなく黒髪へハサミを入れ始める。

意外と手馴れた手つきで、リズミカルにじょき、じょきと、少しずつ狩人《かりと》の髪を刈り取っていく。狩人《かりと》の服に付かないよう、毛先を摘んだままハサミで切っては、足元に落とす、というやり方を繰り返すレオナ。

髪に触れるたびに掠《かす》めるレオナの指先の感触が、妙に心地良かった。

「えらく手馴れてるけど、どこで覚えたんだ？」

「んー？　家でね、リィナの髪が伸びた時は、私が切ってあげてたから、その時に覚えたのさ」

この世界にも、理髪店は存在するのだろうか？　あるとしても、もっと人の多い、大きな町に行かないと見つからないのではなかろうか。

「リィナは小さい頃から大人しかったから、そう手間がかからなかったけど、他の家の子供はどこもわんぱく揃いでさ。ジッとしていられなくて、母親から逃げ回ってるのを、しょっちゅう見かけたもんさ――」

不意に髪を切る手が止まった。

狩人《かりと》は鏡越しに、背後に立つレオナの様子を覗き見る。

肩を落として、俯《うつむ》き気味に立ち尽くしている。

鏡に映る彼女の姿が、妙に小さく感じた。顔を下に向けたまま、レオナの口元がわずかに動く。

「――だけどもう、あの子たちもみんないなくなっちゃったんだよね」

寂しげに呟《つぶや》くレオナ。

感傷を振り払うように散髪を再開した狼少女に、狩人《かりと》は何も言ってやれなかった。陳腐《ちんぷ》な慰《なぐさ》めの言葉を吐いたって、何の意味もないように思えたからだ。

しばらく無言の時間が続いた。部屋の中に響くのは、髪の毛を切る音と、リィナの静かな寝息

だけだった。その間、狩人《かりと》の視線は、鏡越しにレオナの姿を追い続けた。

「……こんなもんでどうかな」

視線の焦点《しょうてん》を鏡の中の自分に合わせた時、狩人《かりと》は思わず驚きの声を上げそうになった。

そこに映っていたのは、この世界に迷い込んだ当時の自分自身の姿だった。

〈WBGO〉の上級プレイヤーとして、仮想空間の戦場を駆け抜けていた時とまったく同じヘアスタイルの自分。レオナが当時の髪形を知っているはずがないから、これは偶然なのだろう。

「お気に召したかい？」

次にレオナの顔を見た時、彼女は普段の表情を取り戻していた。勝気で野性的な雰囲気の少女が、鏡の中で狩人《かりと》に微笑《ほほえ》んでいる。心の傷を押し殺して。

「——ああ、ありがとう」

この瞬間、どんなことをしてでも彼女たちを守ろうと、狩人《かりと》は固く誓った。

幕間 オーディーズ・リポート

兵舎に隣接する、かつての役割を取り戻した司令部の建物。6階建ての最上階に設けられた会議室に、様々な種族や立場の代表者が、一堂に会していた。

敵味方の種類や規模を示す、多種多様な駒が各所に置かれた大規模なジオラマセットを連想させるテーブル型の地形図を取り囲む面々を前に、オーディは休めの姿勢で直立していた。

「では報告を頼む」

主にこの城塞都市の政治を取り仕切る市長として、王都から送り込まれてきた初老の男性が、オーディに報告を促す。

「まずアルウィナ軍の本陣の位置ですが、私の部下が偵察《ていさつ》した時点では、ここ……シュレム村から馬で1時間ほどの地点に、陣を張っておりました」

シュレム村は、レオナとリィナが暮らしていた村の名である。

今となっては、過去形で表現するのが正しい場所だ。

「既にそんな近くまでか！　それでは遅くとも、明後日の明け方にはここに攻めてきてもおかしくないぞ！」

オーディの報告に鼻息荒く吠えたのは、彼の上官でありシタデル防衛軍の司令官である、ケンタウロスの男性だ。

筋骨隆々《きんこつりゅうりゅう》な人間の上半身部分もさることながら、へそから下の馬としての肉体もかなり大柄で、人間よりも大きな種族の出入りも考慮し、高く設けられた天井へ頭を擦りそうになっている。

「その地域まで、いくつか村があったはずだけど、やっぱり潰されちゃってたのかねぇ？」

そう問いかけたのは、金糸で複雑な模様が織り込まれた漆黒《しっこく》のローブを、頭から被った人物である。

声から女性と判別できるが、ローブに隠れて顔は見えない上、老婆とも若い女性とも取れる声色のせいで、年齢の判別がつかない。

トントンと地形図の枠を叩いた指先は、ほっそりと女性らしいものの、肌の色が、血色が悪いのを通り越し、死人の手のように血の気がまったく感じられないくらい青白いのが特徴的だった。

「我々が辿り着いた頃には、既にシュレム村も……私の娘たちと他1名を残して壊滅《かいめつ》状態でした。他の村も、同様かと」

「そいつは災難だったねぇ。オーディ坊やの娘が無事だったのは喜ばしいけれど、まだ若いあの子らには酷な体験だよ。一段落したら、あの子たちに付き添ってあげな」

「はっ、ありがとうございます」

市長が顎から生えたヤギ髭《ひげ》をしごきながら、非常に難しい表情を浮かべる。

「するとなると、アルウィナ軍は、かなりの物資を襲った村々から調達できたに違いない。あの地域の村々は、ほとんどが食料品を特産品としていたからな」

「この街の食糧事情も、大部分が向こうの地域頼りでしたからな。王都は補給線について、何か考えておりますので？」

オーディが問いかける。

「はい、もともとこの街は対アルウィナ用の前線基地でしたので、補給線についても手抜かりはありません。十分な規模の補給を、王都方面より送れるだけの道も、整備されております」

そう答えたのは、増援とともに王都から送り込まれてきた、メッセンジャー役の神経質そうな眼鏡の青年だ。

ベルカニア連合国の指導者の代理人でもあるので、この場での権力は市長よりも高い。

「こちらの補給は、今はまだ心配しなくても良いということか。それで、具体的なアルウィナ軍の規模は？」

市長がオーディの方を向いた。

「は、かなりの規模です。部下によれば、少なくとも2個師団は下らないかと」

一瞬、会議室が完全な沈黙に覆《おお》われた。

この世界における数別の部隊編成の分け方は、中隊は200名。

大隊は600名。

連隊は2000名。

旅団は4000名。

師団は1万。つまりオーディの言葉通りならば、この城塞都市シタデルは、2万を超えるアルウィナ軍に襲われようとしていることになる。

「いったい、どこからそれだけの数を集めてきたというのだ、奴らは！」

「おそらくは、かなりの数の傭兵《ようへい》をかき集めたのでしょう。相場の数倍の報酬《ほうしゅう》を餌《えさ》に、各地からアルウィナの手の者が人間の傭兵《ようへい》をかき集めていたとの情報を、王都は得ております」

「連中は昔から金回りだけはよかったからな。国がもっと大きかった頃に支配してた土地の鉱山から、ありったけの金銀銅や財宝を根こそぎかき集めた名残を、アルウィナはまだまだ山ほど手元に残してるはずだ」

「単なる人間の兵だけではありません。報告ではオーク鬼、トロール鬼で構成された部隊も混じっていたとも」

「オークにトロール！　そいつは厄介《やっかい》ですな！」

耳が痺《しび》れそうな大音量を上げたのは、顔の下半分を長くもさもさした髭《ひげ》で覆《おお》った、ドワーフである。

こちらは連合国軍に正規に所属している兵ではなく、アルウィナ軍の侵攻を聞きつけて馳せ参じた、義勇軍の代表者だ。いかにも頑丈そうな、分厚い胸甲や肩当てを装備しているあたり、彼もまた前線で戦う歴戦の兵士であることを示している。

しかし、ドワーフという種族の最大の特徴であり短所である、人間の子供並みの背丈の低さのせいでそのままでは地形図を覗き込めないため、台の上に立って作戦会議に参加していた。

その姿は、彼の男臭さ全開の雰囲気と相まって、何ともミスマッチだった。

「まさかアルウィナ軍が亜人、それもオークにトロールを部隊に加えるとは……。まったく、血に飢《う》えた獣《けもの》どもが！　どうせ殺戮《さつりく》目当てに、あちらに加わったに決まっている！」

ドワーフの兵士の発言は、まさにこの場にいる者たち全員の内心の表れだった。

アルウィナ王国やごく一部の人間を除き、亜人や他種族との生活が当たり前となったこの世界において、オークやトロールは長年にわたり忌み嫌われる、亜人の代表格であった。

両者に共通しているのは、醜悪《しゅうあく》な見た目と人間や大概の種族を遥かに超える巨体と腕力、耐久力であり、そして肝心なのは、どちらも強い殺戮《さつりく》衝動を持つという点だ。

古今東西、彼らによって村やキャラバンが襲撃され、犠牲《ぎせい》が出た例には事欠かない。

厄介《やっかい》なのは、見た目やそういった凶暴な生態の割に、知能も悪くないことだ。

徒党も組むし、単純ながら戦術も駆使《くし》して襲いかかってくるので、油断すれば簡単に返り討ちに遭う。一部の戦では奪った土地の住民を好きにしていいという条件付きで、オークとトロールの軍勢が雇われた事例もいくつか残っている。

男や若い子供、年寄りは殺戮《さつりく》衝動のままに皆殺しにされるか、生きたまま食われるか。

若い女性の場合はさらに、繁殖《はんしょく》のため彼らの拠点に連れ去られるのが大方の末路だ。

そう、オークもトロールも人間や亜人の女を無理矢理孕《はら》ませることで、繁殖《はんしょく》しているのである。

「どうせそいつらも、いざって時の捨て駒さ。魔導師部隊の規模は、判明してるのかい？」

漆黒《しっこく》のローブを被った女性が声を上げる。

「そちらも1個大隊は下らない規模との報告です。加えて空騎兵も同等規模との報告でした」

「そりゃまた豪気だねぇ」

この世界でいう『魔導師』という存在は、マジックキャノンほか、遠距離攻撃系の精霊魔法を行使できる者を指す。いわば大砲を使って砲弾を放つ代わりに、杖《つえ》を持って魔法をぶっ放す砲兵と同じ認識だ。

だいたい200から300人に1人の割合で、他の者よりも多くの精霊を操ることができる人間が生まれる。それが魔導師としての素質を持った人間だ。

精霊魔法に関し、種族としての人間とその他の亜人の間には、1つの大きな壁が存在する。

それは人間以上に精霊魔法の行使に長けたエルフを除き、亜人は、精霊を己の身体から切り離して放出できない、という欠点だ。

もう少し具体的に言うと、亜人も一応、精霊魔法は行使できるが、魔導師のように遠距離攻撃用魔法の発動ができないのだ。具体的な原因は、いまだ判明していない。

かつてアルウィナ王国が、身体能力そのものは人間を遥かに超える亜人たちを一方的に弾圧し、大陸の大部分を支配できた原因も、まさにそれである。

亜人が主に行使できる魔法は、精霊による身体強化。ただでさえ強靭《きょうじん》な身体能力がさらに底上げされても、遠方から一方的に砲撃魔法を撃ち込まれては、敵うはずがない。

また他種族への弾圧を見かねた一部の人間が亜人と手を組み、反乱を起こすまでは、遠距離攻撃魔法のノウハウをアルウィナ王国が独占していたのも、王国が大陸支配を成功させることのできた遠因だ。

現在は、攻撃魔法のノウハウの大部分が各地に流出したものの、遠距離攻撃用精霊魔法に関する技術は、今もアルウィナ王国は他国の一歩先を進んでいる。

他にも、アルウィナ王国では、なぜか魔導師の才能を持つ人間が生まれやすい、という特徴もあった。ゆえに軍隊内の魔導師の比率も、他国の軍と比べかなり高い。

逆にベルカニア連合国は亜人の比率が高い分、魔導師の数が他国よりも少ない傾向にある。

これまでベルカニア連合国は、他国と連携し、アルウィナ軍が対応できる以上の規模での攻勢を同時多発的に行うことで戦力を分散させ、じりじりと押し潰すやり方で、長きにわたる戦いを優位に進めてきた。

が、それもどうやらここまでのようだ。

戦争の流れは、アルウィナ軍に傾きつつある。

「こちら側の現在の戦力は？」

市長がオーディに聞いた。

「常駐の防衛軍が２５００、現時点で送られてきた王都方面からの増援は４０００となっております。うち空騎兵が今は合計１００名ほど、さらに同規模の兵が補給物資とともに送り込まれる予定となっておりますが、部隊の編成や行軍に、最低でも３日はかかるでしょう」

「義勇軍はどうなっている」

「今時点では、５００に達するか、というところでしょうな。大半が人間以外の種族ですから、相手の顔を見ながらの殴り合いにはもってこいではありますが、オークや魔導師の部隊相手はちと厄介《やっかい》ですな」

「ここの防衛戦力で使える魔導師は、どれくらいなので？」

代理人の青年がローブの女性を見る。

「使い物になるのは1個小隊30人いくかいかないか、ってところだね。私を含めてもちょっと分が悪いよ。この国では魔導師は、貴重だから」

顔は見えないが、おそらくは苦々しくしかめっ面を浮かべているだろう。容易《ようい》にそれが想像できそうな、声と口調だった。

7000対2万。戦力差は最低でも3倍近く。

防衛戦では篭城する側が有利とされていても、戦力差が開いていれば、その程度のアドバンテージも吹けば飛んでしまう、ささやかなものに過ぎない。

なによりも、魔導師や航空戦力の質が違いすぎる。

魔導師の戦力差は、火力差を示す。特に魔導師が得意とするのは、城や街など固定目標の多い篭城戦・攻城戦だ。

一握りの優秀な魔導師に至っては、単独で城の1つや2つは消し飛ばせるだけの力を持っている。空騎兵による制空権の有無がどれだけ重要なのかも、言わずもがな、だ。

それに、空騎兵も約半数は魔導師で構成されているので、実質300名分の火力も追加されるかたちになる。つまり、現時点で彼ら防衛軍側は圧倒的に不利なのであった。

下手をすると、篭城している建物ごと生き埋めにされかねない。

「その侵攻軍を率いてる指揮官が誰なのかは、判明してるのかい？　もし例の新国王様が直々に出陣してるんだったら、それこそ面倒だよ」

ローブの女性の言葉に、またも、会議室内を沈黙が張り詰める。

アルウィナ軍をその目で確認したオーディが首を横に振った瞬間、彼以外の面々はあからさまに安堵《あんど》の溜息を漏らした。少なくとも最悪の展開ではない。

今のところは、だが。

「いいえ。部下が偵察《ていさつ》した際には、発見できなかったとのことです」

オーディたちがシュレム村に接近した時には、レザードの死体は先に到着していたアルウィナ軍の手により、布に包まれて本陣へ運ばれた後だった。

「おそらくは、新国王の腹心の将軍たちが率いているものと思われますが……しかし報告しておくべき事柄がいくつかあります」

「何でしょうか？　事態は切迫しておりますので簡潔《かんけつ》にお願いします」

オーディは、青年の眼鏡越しの眼光にまったく怯《ひる》まず報告を続ける。

「――実は我々がアルウィナ軍を捕捉《ほそく》するよりも先に、アルウィナ軍と接触・交戦を行った者が存在します」

「何だと？　君たち以外に出撃した部隊が存在するのかね？　――バルムンク殿」

「少なくとも我々の配下の者ではありませんぞ。オーディ部隊長の部隊以外に斥候《せっこう》の命令は出しておりませんし、彼らにも戦闘は許可しておりません。アルウィナ軍の侵攻を聞きつけ、勝手に動いた土地の住民の可能性はありますが」

「その、勝手に動き回ってぶつかった奴についての手がかりは？」

「……正体は未確認ですが、アルウィナ軍部隊の衝突による戦闘の痕跡《こんせき》を発見しています」

「それで？」

「シタデルから徒歩で半日ほど離れた旅人向けの砦《とりで》周辺に、空騎兵や魔導師、参謀《さんぼう》長クラスの指揮官を含む、アルウィナ軍部隊約1個中隊分（２００名前後）の死体を確認しました」

三度目の、沈黙。

どう反応すべきなのか分からないと言いたげに、困惑した表情でそれぞれが視線を交わし、それからオーディに集中させる。

「それは真《まこと》のことなのかな？」

「はい。それは私がこの目で確認しています。原形を留めていない死体も少なくありませんでしたが、最低でも魔導師部隊1個小隊（30名）を含めたアルウィナ軍部隊が、壊滅《かいめつ》状態にありました」

「それだけの戦闘が行われていたというのならば、貴様らも気づいていてもおかしくなかったのではないか？」

「はい、ですが我々が激しい戦闘音を聞きつけて現場に辿り着いた時には、既に戦闘そのものは終了していました。

大量の兵士の死体が散乱し、爆発の痕跡《こんせき》も多数刻まれておりました。砦《とりで》から離れた森の中には無数の人や馬の足跡も。状況から見て短時間のうちにアルウィナ軍部隊は極めて大きな打撃を受け、壊走した可能性が非常に高いと、私は判断しております」

「つまりその未確認勢力は、最低でも魔導師を含めたアルウィナ軍1個中隊を叩き潰せるだけの戦力ということになりますな」

「数百人相手に真正面から勝てるような勢力がそこら辺に潜んでたなんて話、私ゃ噂《うわさ》でも耳にしたことがないよ。どこのどいつなんだろうねぇ。そのツラを拝んでみたいもんだ」

ローブ姿の女性がオーディのほうを向いた。闇夜の中で獲物を見つけたネコ科の獣《けもの》よろしく、フードの向こう側で笑みを浮かべているようにも見える。

オーディは直立不動のまま、毛ほどの動揺も見せない。

「数的な優位か質的な優位、どちらの理由で圧倒できたのかはともかくとして、その謎《なぞ》の勢力は、少なくともアルウィナ軍と敵対しているのは確実でしょうな！」

「しかし、今は勢力の正体については放っておくべきではないか？　オーディ隊長、1つ聞いておきたいのだが、君が発見した指揮官は、本当に上位クラスの将官だったのかね？」

「間違いありません。軍服の種類や装備品からして、かなり高位の指揮官であったのは確実です」

「そうだとすれば、多少なりともアルウィナ軍の指揮系統に混乱が生じている可能性が高いな。うまくすれば、増援が来てくれるまでもつかもしれん」

「だからといって、そのような偶然を当てにし続けるわけにもいきませぬぞ。アルウィナ軍が攻めてくる前に、できる限り防御を強固なものにしなくては！」

「外側の守りを突破された場合に備え、避難を終えた地帯の主だった道に、作れる限りのバリケードを築いて、封鎖《ふうさ》してはどうですかな？　急ごしらえの代物でも、敵の足を鈍らせるには十分だと思うのですが」

「ならば、大規模な部隊も通行できそうな広い道は、特に強固に――」

話の内容は、オーディの報告から城塞都市の防衛策についての議論に次第にシフトしていった。

城塞都市のジオラマに駒を配置しては、ひっきりなしに動かし、白熱した討論を繰り広げる市長やケンタウロスたちから離れたローブの女性は、オーディのところまで歩み寄った。

「それで、何を隠してんだい。珍しいじゃないかい、坊主が嘘を吐くなんてさ」

「やはり貴女《あなた》にはお見通しですか。それからいい加減、『坊主』と呼ぶのはおやめください」

「ふっふっふ、良いじゃないかい、本当のことだろう。どれだけお前さんが歳を食おうが、私との差が縮むわけじゃあるまい」

「……」

「けどまぁ、わざわざ説明してくれなくても別に構わないよ。自分で探してみるとするかね。覚えのない気配は、私にはすぐ分かるよ」

「……なるべく騒動にはしないでくれ。娘の命の恩人だ」

◆◆◆

「――王からのお言葉を伝える」

アルウィナ軍本陣。

その中心部、移動式作戦司令部として設置された天幕内を、凛《りん》とした女性の声が包む。

炎よりも激しく、鮮血《せんけつ》よりも濃い紅色の長髪をポニーテールにした女騎士を前にして、今回、ベルカニア連合国への侵攻軍を指揮する主立った将官たちが、揃いも揃って地面に跪《ひざまず》き、深く頭を垂れていた。

引き締まった肉体の上に、眩《まばゆ》い白銀を放つミスリル鋼の鎧《よろい》を身につけた彼女の腰には、鍔《つば》の部分に宝玉が埋め込まれた長剣が、佩《は》かれている。

女騎士からは、跪《ひざまず》く将官の顔は隠れて見えないものの、抑え切れない肩の震えと追い込まれたネズミみたいな怯《おび》えた気配から、顔中のみならず、全身に滴《したた》るほどの冷や汗を浮かべているであろうことは容易《ようい》に想像できた。

無様な姿を晒《さら》す彼らを冷たく見下ろしながら、彼女は言い放った。

「３日だ。３日以内に敵拠点を攻略してみせれば、あのお方は王の弟君様１人守れぬカカシ以下の愚者である貴様らに、情けをかけてやろう、と仰せになられた」

「そ、それは真《まこと》ですか⁉」

「王から直々に伝言を言付かった私を疑うというのか」

「め、滅相もございませぬ！」

「ならばさっさと動け。時間は有限だぞ」

8 マジシャンズ・デッド

あれからいろいろあって、狩人《かりと》はいったん部屋から離れることにした。

「ハァ〜〜〜〜〜〜〜〜〜……これからどうしたもんかねぇ」

自分以外の人物が近くにいない以上、愚痴《ぐち》をこぼしても誰かが答えてくれるわけもなく。

部屋を出た狩人《かりと》は、屋上に上がる階段に腰を下ろした。

自分以外の誰もが忙しなく右往左往し、アルウィナ軍が攻め込んできた時に備えせっせせっせと準備している。そんな中、部外者が1人ポツンと手持ち無沙汰で突っ立っている状況に耐え切れず、誰もいない場所を探しているうちにここに辿り着いた。

屋上も屋上でしっかりと見張りがすえられていたので、こんな中途半端な場所しか人目につかない場所が残っていなかったのだ。

次の交代の見張りが来るようだったら、諦《あきら》めてレオナたちの部屋に戻ろう。

「それにしても、武器が壊れたのは痛かったな。もうショップも使えないってのに」

〈WBGO〉では、武器の破壊も珍しくなかった。銃弾の命中、もしくは至近距離での爆発時にランダムで発生し、使用中の武器が使えなくなった場合は、そのステージ内では予備の武器を装備するか、死んだ敵の落とした新たな武器を拾うなどの対応を取らなくてはならない。

ただ、〈WBGO〉における武器の定義はかなり幅広く、銃や爆弾・ナイフのみならず、武器アイコンが表示されていれば、鉄パイプに酒瓶、椅子にレンガなども武器として使用することが可能だった。そのような、銃器以外の変わった武器を使って得られる称号も〈ＷＢＧＯ〉には存在したし、中には現地調達できる武器オンリーで戦い続ける、変わり種のプレイヤーすら存在した。

一応、狩人《かりと》もそれに関する称号やスキルは、コンプリート済みだ。スキルの効果は現地調達の武器による近接攻撃や投擲《とうてき》攻撃の威力・精度の向上ほか、専用コンボの取得などである。

それはともかく、破壊された武器は使用不能となり、その場で遺棄《いき》せずアイテムボックスに収納した場合は、ＰＤＡでショップに接続すれば修理に出すことが可能。

……が、この世界に来た時点で、狩人《かりと》のＰＤＡは装備の変更とアイテムの出し入れ以外の機能は封印されていた。

そのはずだった。

「せっかく所持金も無限なのに、これじゃ宝の持ち腐れ……？」

ＰＤＡを操作しながら漏れていた狩人《かりと》のボヤキが不意に途切れた。

画面の中で、何らかの更新が行われたことを示すアイコンが点滅している。

この世界に来てから初めての変化。狩人《かりと》の身体がわずかに強張《こわば》り、すぐにそのアイコンを叩く。

《ＢＰ《バトルポイント》が一定値貯まりました。ＳＨＯＰを開放します。ＳＨＯＰ内での各種装備の購入が可能になりました。更なるポイントを取得すると、支援要請《ようせい》も可能になります》

ＢＰ《バトルポイント》とは〈ＷＢＧＯ〉内における経験値を指し、マーセナリー・モードなどでミッションを成功させたり、敵を倒す副目標を達成するなどして、獲得できる。

ＢＰ《バトルポイント》は各種パラメータに割り振ることで、プレイヤーの能力を強化する以外にも、累積によって各種制限が解除されていき、ＳＨＯＰ内で高性能な装備の購入や強力な支援も、要請《ようせい》することが可能となる。

狩人《かりと》にとって重要なのは、そこではない。

山小屋にいた頃は使用不可能だったＳＨＯＰが開放された理由。あそこにいた時と今との違い。ポイントの獲得とその理由。

とどのつまり。

「あそこで敵を殺したからなのか？」

思いつく理由はそれしかない。

〈ＷＢＧＯ〉内では、チュートリアル後に受けられる練習用ミッションをクリアすることでＳＨＯＰが使えるようになっており、それを踏まえるとこのような推測しか考えつかなかった。

一瞬、元の世界に戻る手がかりになるんじゃないかという予想が、脳裏をよぎった。

ポイントが貯まるにつれ他にも特典が開放されるとなれば、最終的には元の世界に戻れるようになるんじゃないか？

そんな期待は、ポイント獲得時の状況ログをＰＤＡで呼び出すと、すぐさま消沈した。

案の定、ポイントを取得していたタイミングは、決まってアルウィナ軍を殺した時だった。

レオナとリィナを助けるために、最初に人を殺した時にポイントのことを気づかなかったのは、山小屋時代にポイントに関するメッセージが表示されないよう、狩人《かりと》本人が設定をオフにしていたためだ。

「ふざけてんのか、畜生《ちくしょう》……！」

本物の戦場で行った本物の人殺しが、まさしくゲームそっくりに現実に反映される。いささかブラックすぎて笑えない展開だ。人の命を冒涜《ぼうとく》しているようにすら感じた。

狩人《かりと》は無性にPDAを壁に投げつけてやりたい衝動に駆られたが、歯を食いしばり衝動を抑え込むと操作を続ける。

SHOPで開放されたのは、アイテムの購入と修理、それから一部の支援要請《ようせい》。

とはいえ、狩人《かりと》の長年のプレイの成果によって一部のイベントや期間限定のレア装備を含めたアイテムが全種類揃っているほか、所持数も無限なので、アイテム購入に特に新たなメリットは存在しない。

だが装備品の修理が可能になったのは幸運だった。再び使用できるようになるまで一定の時間が必要だが、武器以外にも、傷ついた〈ジャガーノート〉のようなアーマーも修理できる。

修理にも金が必要だがそちらも無限状態なので、放棄しない限り武器を失わずに済むようになったのは、この状況下ではありがたい。

問題は支援要請《ようせい》について。

支援要請《ようせい》の中身は大まかに分けると、特殊な装備や兵器そのものを召喚《しょうかん》する支援物資の要請《ようせい》、もしくは、目標を指定するとどこからともなく要請《ようせい》に応じた攻撃が行われる、支援攻撃要請《ようせい》の２

種類。

現時点で要請《ようせい》可能な支援の種類は、初歩的な代物ばかり。だが、文明レベルが中世から近世クラスにすぎないこのファンタジー世界では、どれもかなりの驚異となるであろうことは、狩人《かりと》にだって漠然《ばくぜん》と理解できた。

今は使用できない他の支援要請《ようせい》も、戦いに加われば順次、開放されていくに違いない……が、それだけの理由で積極的に戦闘に参加するつもりは、狩人《かりと》にはない。

少なくとも、今のところは。

「支援要請《ようせい》もできるようになったのは正直ありがたいけど、ちゃんと発動してくれんのかな」

さすがにこの場で試すわけにもいかないので、時と場所を変えて次の機会に試してみることにした。

階段の上から話し声と足音が聞こえてきたので、そろそろあてがわれた部屋に戻ることにした。

狩人《かりと》は、忍び足でその場を離れる。

忙しそうな兵士たちとすれ違うたびに肩身の狭さを覚えながら部屋へ戻る。狩人《かりと》は、開けっ放しにされた扉のそばにローブ姿の人影を見つけた。

お客様のようだが、頭を含めほぼ全身をローブで隠しているので、どういった人物なのかは、もっと近づかなければ分かりそうにない。

狩人《かりと》は、ローブ姿の人物のすぐ後ろまで、あっさり近づくことができた。手を伸ばせばすぐの距離まで近づかれても、相手は気づいた様子がない。その背後から部屋の中を覗き込んでみると、そこにはレオナと、こちら側に背中を向けたオーディの姿。

先に気づいたのは、レオナではなくオーディのほうだった。

「ああ良かった、戻ってきてくれたのかい」

「む？　誰に言って――」

ローブ姿の人影の中身が女性であることを、狩人《かりと》は声ではなく感触によって知った。

闇《やみ》を切り取って作り上げたような漆黒《しっこく》のローブは、それなりに布地が厚かったが、それ越しに伝わってきた柔肌《やわはだ》の感触は、間違いなく女性のものだった。

「うぉおぅ⁉」

文字通り飛び上がって、驚きの大きさを教えてくれたローブの人物だったが、ジャンプした衝《しょう》撃《げき》で頭部を隠していたフード部分がずり落ち、その顔が露《あらわ》になった。

ハッキリ言って、一目見ただけで目が離せなくなってしまうぐらいの美貌《びぼう》だった。全体的に知的な印象の強い顔立ちで、目元、鼻筋、口元が鋭いラインを描いている。

しかし、彼女の美しさ以上に個性的な特徴が2つある。

1つは彼女の肌の色。まるで氷の彫像そのものが肉体を得たかのように、皮膚《ひふ》が青白かった。

もう1つは彼女の瞳《ひとみ》。瞳孔《どうこう》周辺が白く濁っている。彼女は盲目なのだ。

「えーっと……どちら様で？　オーディさんまで、何かあったんですか？」

「この方が君と話がしたいそうでね。彼女を部屋まで案内していたんだ」

「そうだったんですか。すいません、わざわざ訪ねてきたのに勝手に部屋から離れてて――」

「ちょいと失礼するよ」

「はい？　てちょ、冷たっ⁉」

言うが早いか、ローブ姿の盲目美女の指が狩人《かりと》に触れた。

両手が1つ1つ感触を確かめるかのように狩人《かりと》の上半身を弄《まさぐ》っていき、そのまま上に移動していくと、今度は狩人《かりと》の顔全体に指を這《は》わせていく。彼女の指先は氷のように冷たかった。

「うーむ、こりゃあ驚いた。顔はまあ悪くないみたいだけど、こんな存在、初めてお目にかかったよ」

「だから、どちら様なんですかね」

「おっとごめんよごめんよ、つい珍しい相手に出会ったもんだから夢中になってしまってねぇ。私はマリアン・エンゲルハートっていうもんだ。これでも一応、魔術師さね」

「何が『一応』ですか。この方はねカリト君、ベルカニア連合国の生き字引と呼ばれる、国内最強の魔術師なんだよ」

「生き字引って呼ばれてるくせに、実はとっくの昔に死んでるんだけどね。そんな大層なモンじゃないさ。流行病《はやりやまい》にかかってポックリ逝《い》くはずが、なぜかもっぺん生き返っちまっただけの女さ、私ゃ」

「いろいろと聞き逃せない単語が聞こえてきた件について」

最強クラスの魔術師というのは、まだなんとなく分かる。いかにも魔法使いっぽいローブも、よく見るとかなりの高級品らしき雰囲気だし、きっと強力な効果が付与された魔法のローブなんだろう。彼女自身が放つ気配も、決して只者のものではない。

『生き字引』ということは、見た目以上に歳を食っている可能性が極めて高い。まあ、魔法の世界なんだから、若返りの薬や不老不死の人物も実在しているのかもしれない。

しかし『とっくの昔に死んでる』だの『ポックリ逝《い》くはずが生き返った』だのとまで言われては、さすがに無視するわけにはいかなかった。

「すいませんけど、話がよく見えないんですが……」

「へぇ、もしかして聖霊人ってヤツなのかい？　父様から話は聞いてたけど、本物を見るのは初めてだよ、私」

「お、お姉ちゃん、そんな言い方はちょっと失礼だよ」

「リィナの言う通りだ。初対面、しかも目上の人間の前でそんな言い方は許されんぞ！」

ゲンコツの鈍い音と犬っぽい悲鳴。直後に狩人《かりと》が口を開いた。

「……そもそも、聖霊人って一体何なんです？」

アリアンが狩人《かりと》から手を離した。

「聖霊人というのはね、一度死の世界に送られながら、再びこの世界に黄泉返りを果たしてみせた人物のことを指すんだよ。もちろん、そのような存在には滅多になれるものではない。いくつかの条件を満たしたごく一部の高名な魔導師しか、なれないんだ」

「その条件って？」

「まずは、とても強力な精霊魔法の使い手で……それも人間の魔導師に限られる。死に方にも条件があって、戦場での傷や毒によるものとかじゃダメなんだよ」

「つまり、病気とかで自然に死んだ凄《すご》い魔導師じゃなきゃ、その聖霊人になれないってことなのか」

「だいたいはそれで合ってるよ。聖霊人ってのは、要は血潮《ちしお》の代わりに精霊の力で身体を動かす以外は、人間と大差ないんだよ。痛みを感じなけりゃ暑さも寒さも感じないし、剣で貫《つらぬ》かれたって血も流れやしないあたりは、まさに死人そのものだけどね。

得する部分があるとすりゃ、身体が消滅しない限り、擬似《ぎじ》的な不老不死になっちまうことだけど、それだって生きるのに飽きりゃ苦痛でしかないのさ」

現実に経験した者だけが出せる重みを含んだ声で、マリアンがしみじみと語った。

常人を凌駕《りょうが》する長寿ゆえの悲哀というのは、地球では腐るほど出回っているネタだ。目の前の美女がどんな経験をしてきたのか、なんとなくだが狩人《かりと》にも見当がついた。

「苦労されてきたんですね」

「今も苦労してるよ。またどこぞの時代遅れのバカどもが、わざわざデカいこの国に戦争を吹っかけてきたばかりだしねぇ。何度、どっかの山の中に引っ込んで静かな余生を過ごそうと考えたこと……」

「それは分かりましたけど、どうしてまた俺を触りまくってるんでしょーか」

「仕方ないだろう、私は目が見えないんだから。若い頃に流行り病で3日3晩熱を出してぶっ倒れたら、見えなくなっちまってたのさ。しっかし、こうしてみればみるほど珍妙だねアンタ——

そういえば、まだアンタの名前を知らないままだったよ。この年寄りに教えてもらえるかな?」

「わ、渡会《わたらい》、渡会狩人《わたらいかりと》っていいます。渡会《わたらい》が名字で、狩人《かりと》が名前です」

「変わった名前だねぇ。東の海の向こうの大陸に住んでる連中に似てるけど……聞かせておくれ。カリトは一体、どこからやって来たんだい?」

どう答えようか一瞬悩んだが、狩人《かりと》は正直に告白したほうが良い気がした。

「……一言で言うと、遠い世界からです。ぶっちゃけ、別の世界と言いますか」

「別の世界ね。なるほどなるほど、それなら納得だ。どうりで私の『眼』でも見えないわけだ」

納得した様子で、マリアンがうんうんと頷く。他の者たちは、告白した狩人《かりと》も含め、魔導師の反応に首を捻《ひね》った。

「カリトさんがどうかしたんですか?」

レオナが首を傾げる。

「それがだね、このカリトって坊主からは、精霊の気配がこれっぽっちも感じられないんだよ。だから、私の精霊眼ではこの坊主が見えなかったのさ」

「くーんくーん……っ、あー痛かった。で、精霊眼って何なんだい?」

愛の鉄拳2発目。

「ふむ。私はね、目が見えないけれど、魔法の才を持ち合わせていたせいか、生物やモノが持つ精霊が見えるようになってねぇ」

「彼女曰《いわ》く、人や物の輪郭《りんかく》が様々な色の粒で構成されたシルエットとして浮かび上がって見えるのだそうだ」

五感の１つを失う代わりに残る感覚が敏感になるという話は、狩人《かりと》も耳にしたことがある。

創作の世界に至っては、たとえ目が見えなくなっても他の感覚を極限まで研ぎ澄まし、脳内で擬似《ぎじ》的に視覚を再現できるキャラも存在するが、マリアンの場合は、そのファンタジー版のようなものか。

「それを自分で『精霊眼』って名付けたのさ。その存在が持つ精霊の力をそのまま見ることができるから、精霊眼。

我ながら安直な名付け方だと思っちゃいるけど、これがまた便利でねぇ。ある程度の範囲なら、壁の向こう側の様子だって分かるし、後ろから近づかれてもすぐ察知できるのさ。おまけに精霊の規模や流れなんかも、正確に視て取れるようになったもんだから、つい面白くなってね。効率的に魔法を改良していくうちに、気がついたら当時の王宮のお抱え魔導師に選ばれてねぇ。あの時は無邪気に喜んだもんだよ」

「それはいったい何年前の話で」

「んー、いつだったかね。少なくとも１５０年は前、いや２００年、だったかねぇ？」

文字通り死体そのものな顔色の悪さはともかく、この美貌《びぼう》で２００歳（推定）。

……まさにファンタジー。

いや、この場合、異邦人は自分のほうなのだから、むしろ自分の存在がこの世界ではファンタジーということになるのか？

「話を戻すけど、声をかけられるまで私がカリトの存在に気づけなかったのは、この坊主からはまったく精霊の気配が感じられなかったからなんだよ。まるで、精霊の存在しない世界からやって来たみたいにね」

皆の視線が狩人《かりと》へ集中した。一斉に注視され、威圧感すら感じた彼はついたじろいだ。

「……娘の恩人に、このように問い詰めるような真似をするのは非常に心苦しく思う。だが、この際ハッキリ教えて欲しい——君は、何者なんだ？」

可能ならば正直に話して欲しい。そんな気配を漂わせながらも、泣いた子供も凍りつきかねない顔つきでまっすぐ見つめてくるオーディの威圧感。

狩人《かりと》は、耐えることができなかった。


「——つまり、気がついたらこの世界に迷い込んでたってこと、だね？」

「平たく言えばそういうことになります、はい」

「突飛《とっぴ》ではあるが、それなら、ある程度は納得できるねぇ。精霊も魔法も存在しない世界からやって来たっていうんなら、精霊の気配をカリトの坊主からまったく感じないのも、納得できるよ」

「君が持つジュウという武器……最初に見た時はマジックアイテムの類《たぐい》かと思っていたが、まさか魔法もなしに、あれほどまでに複雑な形状の武器を鋼鉄で作り出せるとは。君の世界の技術力は凄まじいのだな」

白状した内容は、真実4割と嘘6割。

自分は魔法が存在しない『地球』という世界の『日本』という国の兵士であり、実戦を想定し完全武装した状態での訓練中だったが、気がついたらこの世界にいた……と狩人《かりと》は説明した。

正直、嘘をつくのは非常に心苦しかったし、見破られないか恐ろしくて（特にオーディに）、狩人《かりと》は内心、ビクビクものであった。

〈WBGO〉についてはその説明だけでかなりややこしいことになりかねず、特にVRMMO云々《うんぬん》については、ビデオゲームという概念自体存在しないこの世界では、説明するだけ無駄に思えてしまったのだ。

せっかく知り合えた異世界の人々から、擬似《ぎじ》的に戦場を体感して遊ぶという娯楽にハマっていたことへの顰蹙《ひんしゅく》を買いたくなかった、という保身的な思惑もあった。

真実よりも嘘の比率が高い狩人《かりと》の事情を、オーディたちはあっさり信じてくれたようだった。突飛《とっぴ》な話だが物証も実績もあるので、話を信じるしかなかったのだ。

「うーむ。異世界の者とはいえ、兵士なのであれば手を借りたいところだが……いや、これ以上巻き込むわけにもいかないな。カリト君、レオナ、リィナも聞いてくれ」

「はい、何ですかお父様？」

オーディは下の娘と視線を交わし、上の娘の肩に手を置きながら、とても真剣な表情で告げた。

「明日の夜明け頃になったら、お前たちはカリト君とともにこの街を出るんだ。明後日にはアルウィナ軍もここに到達するだろう。その前にこの街から脱出するんだ。

――この街も、もうすぐ戦場となる」

それが、昨日の話。

「…………」

むっつりとへの字に唇を歪《ゆが》めるレオナをチラリと見やり、狩人《かりと》はつい溜息を吐きたくなった。

レオナの横に腰を下ろしているリィナは、不機嫌丸出しの姉と進行方向に、視線を行ったり来たりさせている。彼女も、不機嫌そうな姉の姿が気になる様子。

3人は、最初にこの街を訪れた時とは反対側、王都まで続く街道へ通じる門に向かう、小型の馬車の中にいた。

彼ら以外にも、馬車には多数の同乗者が存在した。正しくは狩人《かりと》たちのほうが彼らに無理を言い、家財道具でギュウギュウ詰めの荷台に同乗させてもらっているのだ。

「う～～～～～～、む～～～～～～」

興奮した狼そっくりの唸り声が、レオナの喉から漏れている。音が鳴るほど盛大な貧乏揺すりを繰り返し、苛立《いらだ》たしげにしている彼女の姿は、他の同乗者を怯《おび》えさせるほどだ。

「分かってるんだろ、レオナ。オーディさんは、お前とリィナに安全な場所にいて欲しいからこそ、避難してくれって言ったんだ」

「分かってる、分かってるんだよ、それぐらい！　それでも、それでも悔しいんだよ！　アルウィナの連中に1発もかましてやれないまま、逃げ回ってばかりなんてさ！」

歯ぎしりをして吠えるレオナ。親子らしいリィナと同じぐらいの少女と、少女の大人版と言ってよいそっくりな女性が、身を寄せ合いながらビクリと震えた。

2人が頭とお尻《しり》から生やした茶色の猫耳と尻尾《しっぽ》の見事な直立っぷりが、彼女たちの怯《おび》え具合を表していた。

母娘は、このシタデルでオーディの行きつけの酒場を経営していたという一家であり、馬車を曳《ひ》く馬の手綱《たづな》を握っているのは、夫であり父親である酒場の店主だ。

父親は普通の人間だが、母親は猫の獣人。娘はハーフで母親の血を色濃く受け継いでいる。

「お、お姉ちゃん落ち着いて！」

「う〜〜〜〜〜……はぁ、情けない。情けないねぇ、私ってばさ……」

ガックリと肩を落として、レオナは首を垂れる。こめかみからやや斜め上に突き出ている三角形の犬耳も、彼女の意気消沈ぷりを示すようにぺったり倒れ伏していた。

「しっかし進まないな」

狩人《かりと》は荷物を乗り越えて御者台に出ると、進行方向の大通りを見ながら目を細める。

2段構えの城塞に囲まれたシタデルを出るための門は、2ヶ所。さらに、王都方面へ向かう街道へ出る門は、たった1つ。そのせいで、避難し損ねた住民たちが、1つしかない街からの出口へと殺到しているのだ。もう1つの門は、防衛陣地を敷くために封鎖《ふうさ》されていた。

ゴーグルで門のほうをズームしてみると、避難民が押し合いへし合いしているのが見えた。

避難民を誘導している防衛軍兵士の怒号は、兵士以上に数が多い避難民のざわめきにかき消されて、ここまでは届いてこない。まるで暴動寸前だ。

「アルヴィナ軍が迫ってるもんなぁ……でもまだ余裕はあるってオーディさんも言ってたし、攻めてくる頃には街から出れてるよな――」

――ツドォォォォオン‼

狩人《かりと》が言い終える直前、爆発音が轟《とどろ》いた。

突如として、轟音《ごうおん》で耳朶《じだ》をぶん殴られた狩人《かりと》は、耳を押さえて身を竦ませた。爆発音はさらに2度、3度と続く。

爆発音が聞こえた先……王都側の門のほうへ、恐る恐る顔を向ける。

つい先程まで避難民で溢《あふ》れかえっていた門が、煙に包まれていた。いや、煙だけではなく、チラチラとオレンジ色の炎も、門周辺で揺らめいている。

立ち上る黒煙と陽炎の向こう側に、いくつものシルエットが見え隠れしていた。

人を背に乗せた獣《けもの》たち。何人かはその背に旗竿を背負っている。

夜の平原で目撃したのと、まったく同じ旗印。

影の正体を看破《かんぱ》した狩人《かりと》の口から、現在の状況を端的に表すうってつけの言葉が飛び出した。

「――クソッ」

9 バトル・イン・シタデル①

いまだ薄暗さの残る、夜明け前。

鶏も鳴かない時間帯にもかかわらず、勤勉な兵士たちが城塞都市シタデルを囲む二重の城塞を守るべく、見張りに当たっていた。

特に門の辺りには強固な防衛陣地が敷かれており、弓兵や魔導師だけでなく、当たれば竜さえも一撃で倒せる威力を誇る巨大な《ほこ》クロスボウ――バリスタも多数、城壁上部に設置されている。

兵たちの警戒心は、主にやや離れた場所に存在する森に注がれていた。

シタデルからは、平原を挟んで森の中まで街道が整備されており、アルウィナ軍の大部隊がまともに行軍できるルートは、その街道に限られている。連中はまず間違いなく、森の中から姿を現すに違いなかった。

とはいえ、夜明け前はもっとも緊張が緩みやすい時間帯だ。城塞を守る兵の中には、しっかりと敵の襲来に備えて城塞上を巡回しつつも、眠気を誤魔化《ごまか》そうと仲間と雑談に興じる者も少なくない。

「ようパトリック！　いつになったらプロポーズするんだ？」

「彼女、王都に避難しちまうんだろ？　のんびりしてると、別の奴に彼女を撃墜《げきつい》されちまうぞ」

先輩兵士にからかわれた若さの残る警備兵が、顔を赤くしながら反論する。

「む、無駄話してる場合じゃないでしょ！　いつアルウィナ軍が攻めてくるか分からないんですから！」

「真面目なのは良いが、気を張り詰めすぎると、いざって時に身が持たないぞ。まぁ、若いお前さんじゃ仕方がないがな」

「子供扱いしないでくださいよ！」

「俺らからしてみりゃ、お前さんもまだケツの青いガキだよ。それにアルウィナの連中がここまで辿り着くには、もう1日かかるって話、聞いてねぇのか？」

「ですけど、斥候《せっこう》とかを先に送り込んできて、牽制《けんせい》してくる可能性だって」

「そりゃ言えてる。だとしても、こういう時は足の速い軽騎兵か空騎兵をせいぜい1個小隊（4騎）ってのがお約束さ。空騎兵相手ならともかく、馬に乗って剣しか持たない軽騎兵の1個小隊ぐらい、どうってことないさ。矢や魔法が届かない森からは、出てこないだろうしな」

弓矢の射程は、種類にもよるが、平均で約300メートル。

魔法も一部の大規模攻撃魔法を除けば、だいたい同じぐらいだ。

城塞《シタデル》と森の距離は、もっとも狭まっている地点でも1キロは離れている。十分安全圏だ。

「だがな、パトリック。正直に言うが、俺たちだってあの娘《こ》には幸せになってもらいたいと思っているし、お前にだったら任せても良いと思ってるんだぞ」

「そうだそうだ。あの娘だって、お前に気があるのは見え見えじゃないか。そのくせなかなかくっつかないもんだから、俺はなけなしの金もってかれたんだぞ。お陰で今月は文無しだ」

「言っただろ、３週間じゃ短すぎるって。だいたい、今月分の給料を丸々賭《か》けるお前が、バカなんじゃないか」

「人の恋路で賭《か》けをやらないでくださいよ！」

若者の悲鳴が聞こえたのか、城砦《じょうさい》のそこかしこから男たちの押し殺した笑い声が聞こえてきた。

タイミングを同じくして夜明けが訪れ、朝日が姿を現す前兆として、地平線より漏れ出た光により空全体が白んでいく。

直後、兵士たちの笑い声が見張り台からの警告にかき消された。

「報告！　森に敵兵の姿を確認！」

「言ってるそばからこれだ！」

空気が塗り変わる。気配が、ピリピリとした剣呑《けんのん》さを帯びていく。

多数の兵が森へと視線と殺気を向け、若い兵士もそれに倣《なら》う。日の出によって明るみが増した世界の中、確かに森と平野の境界線上に不自然な影が蠢《うごめ》いていた。

先程までの話に出てきた、軍馬に跨《また》がった騎兵だった。

そこまでは良い。

城砦《じょうさい》を守るシタデル防衛軍の兵が、一様に愕然《がくぜん》とした理由——。

「何なんだよ、あの数は……！」

「ありゃ斥候《せっこう》じゃない。規模がでか過ぎる！　まさか直接本隊を送り込んできたってのか⁉」

「そんな、早過ぎますよ！　アルウィナの本隊が攻めて来るには、あと１日かかるって言ってたじゃないですか！」

ゾクゾクと森の中から姿を現す、アルウィナ兵。

その数は、男たちの両手両足の指ではとうに足りない規模に膨《ふく》れ上がっており、風にはためくアルウィナ王国の旗竿──国旗は、交差した杖《つえ》と剣を背景に背負った王冠というデザイン──が友軍ではないことを証明していた。

半ば恐慌《きょうこう》状態に陥《おちい》りながらも、シタデル防衛軍は迅速に戦闘態勢に移る。

ある兵は弓を構え、ある兵は第2射に備えて仲間の背後に続き、またある兵は城門に取りつかれた時に備えて真下に投げ落とすための石やレンガの位置を確認し、腕力自慢の亜人の兵は取り扱いに特に体力と腕力が必要なバリスタへ取りつく。

アルウィナ軍の突然の出現の報を受け、城塞を守る兵たちの動きもにわかに慌《あわ》ただしくなった。

パトリックと呼ばれた若者も、既に弓矢を手に取って待機していた。

「空にも敵影あり！　空騎兵部隊に出撃を要請《ようせい》しろ！」

顔を森に向けたまま、パトリックは瞳《ひとみ》だけを空へ向けた。秒単位で白みが増しつつある空に、いくつも染みが生じていた。

次第に大きさを増し、輪郭《りんかく》もハッキリしていく影。四本足に大きな翼を生やした獣《けもの》の背中に人の姿。

グリフォンやヒッポグラフ、そして竜。

竜だ！

１匹で小さな村を滅ぼすだけの火力を持つという魔物の登場に、若者の膝が震えた。彼の内心を示すかのように、弦に番《つが》えられた矢の先端も、また不安定に揺れていた。

「合図を待てよ、若造。しっかり引きつけてから射るんだ」

「分かってますって……！」

アルウィナ軍の規模はより一層巨大化し、おそらくはとうに数千を超している。それを理解した途端、パトリックの喉が一瞬で干上がった。

弦を引き絞ってからその瞬間まで、どれだけの時間が経ったのか、パトリックは覚えていない。右腕全体が引きつりかけ、指先に滲《にじ》んだ汗のせいでよもや暴発しそうになったその時、遂にアルウィナ軍が動いた。

『ＡＡＡＡＡＡaaaaaaaaaaaaaaaaaaaa！！！！』

轟《とどろ》き渡る、数百の蹄《ひづめ》が奏《かな》でる足音。

先陣を切った騎兵の大部隊が、大の大人を超える長さの円錐状の槍《ランス》を腰だめに構え、一斉に突っ込んでくる。

分厚い鎧兜《よろいかぶと》で全身を固めた兵士が馬に跨《またが》り、一団となってこちら目がけ突撃を敢行してくるその迫力は、遠く離れた城塞の上から見下ろしている若者へ、原始的な恐怖心を植えつけた。

「まだ射るなよ！」とすぐ横で怒鳴る先輩兵士の声がなければ、とっくに無駄弾を使っていただろう。

「陸の連中ばかりに気を取られるなよ！　敵の空騎兵も近づかせないようにしろ！」

指揮官の警告。地上部隊の突撃を掩護《えんご》するために、空から空騎兵による爆撃も同時に行われるのがこの世界における攻城戦の定石だから、頭上にも注意を向けなければならない。

案の定、疾走する騎兵部隊の上空をアルウィナ軍空騎兵が通り過ぎ、一直線に城壁へと飛来してきた。今度こそ恐慌《きょうこう》に駆られ、パトリックは弓を放とうとする。

と、そんなパトリックたちの頭上を一瞬だけ影が覆《おお》った。

ハッとなって反射的に見上げる。正体は、司令部から出撃してきた防衛軍側の空騎兵であった。平野上空で、アルウィナ軍側の空騎兵と正面から激突。敵の航空支援が抑え込まれる。竜のブレスと乗り手が放つ魔法が、交錯《こうさく》する。

「よーく狙えよ！」

ハッとなったパトリックは、慌てて注意を地上に戻した。改めて、矢の照準を騎兵部隊の先頭に合わせる。細く息を吐き出し、大きく跳ねる胸の鼓動《こどう》のせいで、震えそうになる指先を必死に抑える。

ドドドドドドドド――――まるで地鳴りだ。

数え切れない数の馬が奏《かな》でる蹄《ひづめ》の轟《とどろ》きによって、防衛軍側の兵士たちは足元の城塞そのものが揺れているかのような錯覚《さっかく》すら覚えた。

そして決定的な瞬間が訪れる。

「放てぇー！！！」

巨大な鳥の羽ばたきにも似た、風切り音の大合唱。曙の空を大量の矢が埋め尽くす。

――シタデル攻防戦の始まりだ。


燃え盛る地獄《じごく》と化した王都側の門。

巻き込まれた避難民の断末魔《だんまつま》の呻《うめ》きや助けを求める悲鳴が、狩人《かりと》たちの下にもハッキリと届いてきている。苦悶《くもん》の声の合唱に、狩人《かりと》は耳を塞《ふさ》ぎたくなった。

すると次の瞬間、甲高《かんだか》い嘶《いなな》きとともに大きな影が煙を突き破った。

現れたのは、初めて見る類《たぐい》の動物だった。

動物というよりは、恐竜のヴェロキラプトルに近い。

サイズは馬と同クラス。ただし映画や恐竜図鑑で見たヴェロキラプトルとは違い、まるでカエルのように収縮を繰り返す袋のような物体を持っていた。

すると突然、その恐竜もどきが口から炎の塊《かたまり》を吐き出した。

派手さと規模は、夜の平野で相手にしたドラゴンよりも劣《おと》っていたが、逃げ惑う避難民を松明《たいまつ》に変えるには十分な威力の火球であった。

「ありゃもしかして、地走竜かい⁉」

「何それ⁉」

「名前のまんま、空を飛ぶよりも地上を走る方向に成長した竜のことだよ！　だけど竜と一緒で、魔法のブレスも放つことができるんだって！」

騎手を乗せた地走竜がさらに数頭、門に姿を現す。

地走竜は人を乗せているとは思えないほどの跳躍《ちょうやく》を行い、避難民の頭を掠《かす》めるように飛び越していった。着地点にいた避難民を、そのまま踏み潰す。

乗り手たちは手を突き出すと、マジックキャノンや火球やレーザーみたいな攻撃魔法を、逃げ惑う避難民へ、無差別にぶっ放しだした。あるいは背負っていた爆弾を次々投げ込んでいき、そのたびに直撃を食らった避難民の肉体が四散する。

城砦《じょうさい》上部に就いていた防衛軍が、慌てて反撃を開始した。だが、地走竜は近くの建物の屋根へとまず跳び乗り、すぐさま屋根を蹴って城砦《じょうさい》上部に到達してしまった。

炎のブレスを吐きかけると、直撃を浴びた兵たちが断末魔《だんまつま》の叫びを上げながら火達磨《ひだるま》になり、城塞から転落する。

アルウィナ軍が侵攻してくるであろう国境側の門に、防衛軍の戦力は集中していた。そのため、王都側の門を守る兵は、住民の避難誘導用に最低限の数しか廻されていなかった。

一応配置されていたなけなしの魔導師も、地走竜のブレスに巻き込まれ、反撃できないまま死んでゆく。

今やこの街唯一の脱出路は、炎によって封鎖《ふうさ》されてしまった。

追加の部隊が城塞の外側から現れる。純粋な人間で種族が統一された、完全武装の兵士たち。

「あ、アルウィナ軍だぁぁぁぁ！！！」

その絶叫をきっかけに、避難民は完全なるパニックに陥《おちい》った。

人波が一斉に逆流を開始する。

大混乱に陥《おちい》った避難民たちは、たった今まで大事に抱えていた荷物も投げ捨てて、元来た道を必死に戻ろうと試みる。捨てられた荷物に躓《つまず》こうものなら、次の瞬間には後続の避難民に踏みつけられ、蹴り倒され、挙句、誰にも手を差し伸べられないまま、かつての隣人に足蹴《あしげ》にされて死んでいく。

そんな光景がそこかしこで繰り広げられていた。

恐慌《きょうこう》状態に陥《おちい》ったのは、人間だけではない。人々の混乱に当てられた馬車曳《ひ》きの馬も、連鎖的に暴走を開始。人間を上回る巨体に跳ね飛ばされ、蹄《ひづめ》に肉体を粉砕される者も続発する。

そんな中、馬車に乗ったまま人の奔流《ほんりゅう》に取り残された狩人《かりと》は、地走竜の乗り手たちが、門から離れようとする避難民――すなわち、狩人《かりと》たちの方向へ狙いを定めているのに気づいた。

跳躍《ちょうやく》しては避難民を押し潰し、ブレスや魔法の餌食《えじき》に変えていく。

「やばいやばいやばい！　馬車から降りて、今すぐここから逃げないと！」

「わ、分かった！」

だが馬車から降りてどうする？

このまま他の避難民みたいに見晴らしのいい大通りを逃げ惑うだけでは、確実にアルウィナ兵に追い詰められてしまうだろう。

（迎撃《げいげき》する？　ダメだ、避難してる人が邪魔で、流れ弾に巻き込みかねない！）

「そこの煉瓦《れんが》の建物に飛び込んで！　レオナたちも、早く！」

「あいよぉ！　リィナ、しっかり掴まっときな！」

「う、うん！」

言うが早いか、わずかな助走をつけて狩人《かりと》は御者台から跳躍《ちょうやく》した。避難民の頭上を飛び越え、数メートル先に見える煉瓦《れんが》の建物の入り口へ着地する。

彼の後に続いたのは、リィナを抱きかかえたレオナだ。積み上げられた家財道具によじ登ってからジャンプする。子供１人抱えていながら、軽々と狩人《かりと》の下に到達した。

３番手は猫の獣人の母娘。レオナと同じく、危なげなく人間のハードルを飛び越してみせる。なるほど、猫の因子を持っているだけあって、なかなかの身軽さだ。

最後に遅れて、店主が避難民の奔流《ほんりゅう》を何とかかき分け、皆の下に辿り着く。その頃には地走竜が狩人《かりと》たちからそう離れていない距離まで、接近していた。

振り返ると、地走竜の頭部が狩人《かりと》たちのほうへ向き、喉の袋が倍以上に膨《ふく》らんでいる。

もう時間がない。建物の扉は鍵《かぎ》がかけられていたが、狩人《かりと》とレオナが同時に突き出した強烈な前蹴りにより、あっけなく開いた。

「中の奥のほうへ――来るぞおおおおぉぉぉぉぉぉっ‼」

絶叫しながら、狩人《かりと》は皆を建物の中へ押し込む。

そして遂に、地走竜が炎のブレスを吐き出した。

「がっ！　ぐぅ、げほごほごほっ！！？」

強烈な熱波が狩人《かりと》の背を突き飛ばし、もんどりうって顔面を痛打した。剥き出しのうなじ辺りがヒリヒリし、生え際の毛も焦げてるような感じがする。

息を吸おうとした途端、灼熱で熱せられた空気を取り込んでしまい、咽《むせ》た。

溶鉱炉《ようこうろ》のような熱が、建物の中にも押し寄せてくる。熱波に晒《さら》されたせいで、全身から汗が噴《ふ》き出てしまう。

身体を起こしながら扉のほうを向く。入り口の周囲は炎の海と化している。戻ることは不可能だろう。

アルウィナ軍が迫ってきている。この場から離れたほうが良い。

「そこに裏口があります。ここを出て、路地を通って移動しよう」

「だ、だがどこに逃げようというんだい？」

店主の質問に、狩人《かりと》はしばし黙考《もっこう》してから返答する。

「――司令部です。あそこなら保護してもらえる。守ってくれる味方はいるに限ります」

10 バトル・イン・シタデル②

王都側の門が、地走竜を率いるアルウィナ軍の騎兵部隊の奇襲を受けて制圧されたという知らせに、司令部は大混乱に陥《おちい》った。

だが後続の歩兵・魔導師部隊が都市内部に侵入したとの報告が入る頃には、混乱から立ち直っていた。

司令部は即座に、防衛戦力として温存していた部隊を、王都側の門へ送り込む決定を下した。

予想外の方向から防御を破られた以上、市街地戦で迎撃《げいげき》する以外に別働隊を足止めする方法は残されていない。

別働隊の戦力は推定約５０００。

対して、防衛軍側が絞り出したなけなしの戦力は６００前後。戦力差は10倍近く。

しかし、部隊を構成しているのはただの兵士ではない。人間だけでなく、ガルム族を筆頭とした獣人やケンタウロスなど、常人を遥かに超える腕力や俊敏さが売りの亜人を多数含む、混成部隊だ。

装備の度合いも、種族ごとに特徴がみられた。

人間の騎士は普通に鎧《よろい》を着込んでいるが、ガルム族を筆頭に全般的に素早い動きを得意とする種族は胸甲と肩当てに手甲と、最低限の防具だけを身に着けて身軽さを殺さない装備。

対照的に、文字通りの馬力に優れるケンタウロスや、子供並みの体格からは信じられない体力と腕力の持ち主であるドワーフは、全身を人間のそれ以上に重く頑丈そうな防具で包んでいる。

その姿は、体格以上の威圧感を周囲に振り撒《ま》き、気の弱い者なら一目見るなり逃げ出しかねない迫力だ。

部隊の指揮を執るのは、ガルム族出身で、数百年に一度、類稀《たぐいまれ》なる能力とどのような銀細工よりも美しい銀の毛並を持って誕生するとされる、伝説の特異種フェンリルであるオーディ。

オーディを筆頭とした亜人は、２本だったり４本だったりする自前の脚で移動する。

人間やドワーフは馬に跨《また》がったり、輸送用の馬車を操って各々の愛用の得物と持てるだけの装備品とともに、市街地と司令部を隔てる深い堀に架けられた跳ね橋を走り抜け、戦場に向かう。

「全員渡り切ったら跳ね橋を上げろ！　我々が戻ってくるまで、絶対に橋を下ろすなよ！」

「了解しました！」

振り返って橋の操作役の兵士にそう命令したあと、オーディは王都側方面の空に立ち上る黒煙へと、一瞬だけ視線を向ける。

唇に犬歯が食い込む。容易《たやす》く表皮を突き破った唇の痛み。鉄サビの味が口の中に広がる。

娘たちとその命の恩人である青年を、避難させるために王都方面の門へ向かわせたのは、オーディ自身だ。今となっては、隊舎に残らせていたほうが安全だったろうが、それはもはや過ぎた話でしかない。

もしかすると、既に娘たちはあの煙の下で、アルウィナ軍の手にかけられて――。

（余計なことを考えるな、今は部下を生かし、攻めてくるアルウィナ軍を抑え込むことだけを考えろ！）

オーディや彼の部下であるガルム族の兵士の移動速度は、それこそ馬以上だ。先頭を切って走り続け、他種族の亜人や常人の兵を乗せた馬がその後に続く。馬に跨《またが》る者の中には、シタデルでは数少ない魔導師も含まれていた。

「ここにバリケードを敷く！　何でも良いから、積み上げて壁を作れ！」

いつ道の向こう側や空から、敵が現れないか分からない。兵士たちは、放置されていた避難民の荷物や、道の両側に並ぶ建物の中にある家具を、次々と積み上げていく。

弓を持った兵や魔導師は、建物の屋上に上がって射界を確保。より見晴らしの良い位置から、警戒に当たる。

「工兵は爆薬を設置しろ！」

短小な体躯からは信じられないほど身軽に、バリケードをヒョイと飛び越えたドワーフが、護衛の兵に周囲を取り囲まれながら、持ってきた爆薬を手際よく数軒おきに設置していく。

ドワーフは険しい山岳地帯に居を構える種族であり、特に採掘技術に秀でている者ばかりなので、発破の扱いもお手の物だ。火薬を生み出したのは人間だが、先に使いこなすようになったのはドワーフのほうだ、なんて逸話も存在するぐらいだ。

この世界の火薬は、ドロリとした粘性の高い液体状だ。油に数種類の秘薬を混ぜたのち、魔導師が精霊の力を注ぎ込むことで完成する。

その製法内容から、生産量と魔導師の数は比例すると言われており、この火薬を最初に生み出したのもアルウィナ王国だという。

材料の都合上、火か精霊魔法に反応して爆発するので、起爆させたい時は火矢か魔法を撃ち込めば良い。より起爆を容易《ようい》にするため、火薬の周りに油の入った皮袋と可燃物も置いておく。

別働隊は間違いなくこの大通りを進んでくると、オーディは確信していた。

なぜなら、大部隊が行進できるルートは、門から司令部まで続くこの大通り以外に存在しないからだ。まともな区画整備も行われず、人が増えるに合わせて雨露をしのぐための住居が勝手に建てられていった結果、シタデルという街は、歪《いびつ》な碁盤《きばん》の如き様相を呈するようになった。

そのため、オーディたちがバリケードを張った大通りしか広い道が存在しておらず、一歩大通りを外れてしまうと、そこにはこの街を熟知する住民でもなければおいそれと抜け出せぬ、迷宮と化した裏路地が待ち受けているのだ。

もちろん、細い路地を通って司令部近くまで到達できるルートもあるにはあるが、土地勘をまったく持たぬアルウィナ軍には、無理な話だろう。

「敵部隊を発見！」

「よし、総員構え！」

屋根の上の弓兵からの報告を受け、バリケードに取りつく。

ガルム族の鋭敏な聴覚が、行軍の足音を捉《とら》えていた。それは同族の兵も同様であり、短い毛に覆《おお》われた三角形の聴覚器をピクピクとひくつかせて、緊張した表情になる。

若干《じゃっかん》カーブした大通りの向こう側から、アルウィナ軍の別働隊が姿を現した。道幅一杯に隊列を広げており、まるで人の形をした鉄砲水のようだ。進路上の人命を根こそぎ奪う点で、よく似ている。

別働隊の頭上を、人の乗ったグリフォンがフライパス。明らかに友軍ではない。防空網を抜けてきた敵の空騎兵か。

バリケード目がけ急速接近してくる。オーディの視力は、乗り手が爆弾を投げつける体勢を整えているのを、正確に捉《とら》えていた。

「ジャベリンを」

「はっ！」

部下がオーディに槍を差し出す。

その槍は従来の槍よりも短くバランスが調整された、投擲《とうてき》用の槍だった。握り具合を確かめてから、臍《へそ》の下に力を込める感じで意識を集中させると、オーディの全身を薄い光の膜が覆《おお》った。

精霊による身体強化魔法が、発動したのである。

握り締めた短槍の柄が、危うく握り潰されそうになるほどの強さで保持。

「うおおおおおおぉぉぉぉぉぉっ‼」

気合一閃《いっせん》、軽く助走をつけてから、ジャベリンを投擲《とうてき》した。優れた亜人の筋力に魔法による身体強化が上乗せされた状態から、理想的なモーションでオーディの手を離れた短槍は低空飛行中のグリフォン目がけ、まっしぐらに空気を切り裂く。

槍が突き刺さったというよりは、むしろ鋼鉄のハンマーを叩きつけたと表現したほうがしっくりきそうな骨肉を粉砕する命中音とともに、ジャベリンはグリフォンの胴体を乗り手ごと斜めに貫《つらぬ》いた。大穴が空き、体内で爆発でもしたかのように、背中から鮮血《せんけつ》と肉片が舞う。

短槍に串刺しにされた両者は、バリケードからはなれた建物の軒先へ墜落する。空の友軍が撃《げき》墜《つい》されたのを目の当たりにした別働隊の足が、不意に止まった。

バリケードを挟み、剣の達人同士のように睨み合う、オーディ率いる防衛軍とアルウィナ軍の別働隊。

アルウィナ軍の戦列は、盾と長槍を前面に構えた重装歩兵を先頭に、じりじりとバリケードへにじり寄ってくる。次第に詰まる距離。張りつめていく緊張感。

その時、主戦場の方角から一際巨大な爆発音が轟《とどろ》く。

それを合図に、別働隊が一斉に速度を上げて突撃を開始した。

咆哮《ほうこう》を上げて左手に大盾を持ち、長槍を腰溜めに保持した重装歩兵を先兵として、別働隊とバリケードの距離がどんどんと詰まっていく。

互いが矢と魔法の射程内に収まった途端、戦列の後方部分に配置されたアルウィナ軍の弓兵たちが足を止め、突撃を続行する歩兵への援護射撃を開始した。

仲間の頭上を飛び越えバリケードに降り注ぐ矢弾の雨、そして魔法。

仲間の大盾に護られながら前に出てきた魔導師部隊が、精霊魔法で構築した半透明の防壁の展開によって対抗する。高位の魔導師ともなれば、大きな建物１つ丸々取り囲める規模の防壁を展開し、魔法や攻城兵器の一斉攻撃を受けても、小揺るぎ1つしない防御力を誇《ほこ》るという。

半円状の膜に触れた矢は呆気なく弾かれ、光弾や炎球は幕の表面で爆発を起こす。

魔法防壁を展開している魔導師はその衝撃《しょうげき》に顔を歪《ゆが》めるが、急ごしらえのバリケードは無傷だ。

重装歩兵はなおも接近中。

今度はオーディたちの番だ。

「屋根の上にいる者は各自の判断で、一番奥の建物を狙って撃て！」

指示に従い、建物の上に陣取っていた魔導師と弓兵が、マジックキャノンと火矢を爆薬を仕掛けた建物へ放つ。

数発の火矢と魔法が軒先に吸い込まれてから一拍置いたタイミングで、大爆発が起きた。

ちょうど突撃してきた歩兵が、その建物の前に達した瞬間の出来事だ。最高のタイミングで爆風と凶器と化した建材の破片が、別働隊の戦列を横合いから殴りつける。

煙が晴れると、そこに広がっていたのは死屍累々《ししるいるい》の光景だ。

破片に全身をズタズタに引き裂かれた者。爆風に四肢を引き千切られた者。一見外傷が見られなくとも、体内に浸透《しんとう》した衝撃《しょうげき》波によって臓器を損傷し、あらゆる穴から血を流している者もいれば、高熱の爆風に気道を焼かれ、ゆっくりと窒息《ちっそく》している者も混ざっている。

仲間の死に、爆発を逃れた後続の足が鈍る。指揮官に叱責されて戦友たちの屍《しかばね》を踏み越えようと試みるが、彼らの動揺をオーディは見逃さない。

「放てぇー‼」

合図と同時に、新たな矢と魔法が別働隊の頭上へ降り注ぐ。

新たな激闘の幕は、こうして切って落とされた。


一方、その頃、狩人《かりと》たちは——。

「次はどっちに曲がればいいんだ？」

「ここは確か右に曲がれば良いはずです」

「でも、さっきもそう言って行き止まりにぶち当たってたじゃないか。本当に合ってるんだろうね？」

「お姉ちゃん！　せっかく案内してもらってるのに、そんなこと言っちゃダメだよ！」

「うう、すみません。子供の頃とだいぶ、変わってしまっているので……」

裏路地で道に迷いかけていた。

地元民である、元酒場経営者一家の娘の案内は頼りなく、本当に司令部へ向かっているのか、みな次第に不安が募りつつあった。

もしかして遠ざかってやしないだろうな——。

「偵察機《ていさつ》を使えれば楽なんだけど……」

狩人《かりと》はボヤきつつ狭い路地から空を見上げる。頭上を４騎１個編隊を組んだアルウィナ軍の空騎兵が通り過ぎていった。

制空権はアルウィナ軍に握られているらしく、そんな状態で〈スイッチブレイド〉を打ち上げても、発見されて撃墜《げきつい》されるか、最悪発射地点から狩人《かりと》たちの居場所がバレかねないので、断念せざるをえない。

地獄《じごく》の釜そっくりの様子を呈した大通りを離れて、路地裏へと逃げ込んだ一同。

15分もすると、狩人《かりと》はその選択を早くも後悔しかけていた。なにせ、異世界の路地裏には住所表示や案内板が置かれていなかったし、路地裏そのものが、あまりにも混沌《こんとん》としていたからだ。

道幅も様々、長さも様々、荷物や露店らしき物のせいで通りにくかったり見通しが悪かった。スキャンして障害物を透視したり、レオナや酒場の母娘の鋭い五感がなければ、何度アルウィナ軍の兵士と鉢合わせする羽目になっていたか。

「ストップ。そこの角に敵だ」

先頭に立つ狩人《かりと》が、かれこれ何度目かも忘れた、スキャンによる索敵で敵影を発見。握った拳を掲げ、すぐ後ろに続くレオナたちへ合図を送る。

壁越しに捉《とら》えた反応は4つ。こちらに近づいてくる。運悪く狩人《かりと》たちが潜む角までは一本道で、隠れる場所も逃げ場もない。

(クソッ、仕方ないか)

ふぅ、と過剰な緊張を吐き出してから、手元の銃に初弾が装填《そうてん》されているのを確認。

今狩人《かりと》が装備しているのは、サイレンサーとドットサイト付きのTDI・クリス・スーパーVサブマシンガン。またはクリス・ヴェクターとも呼ばれている銃だ。

威力の割にコンパクトで反動も少なく、サイレンサーとの相性も良いので、こういう狭い場所での隠密《おんみつ》行動・遭遇《そうぐう》戦には持ってこいの銃である。装填《そうてん》されているのは45口径の徹甲弾。音速以上の速度で飛ぶ弾丸は、衝撃《しょうげき》波を発生させて周囲に音を響かせやすいのだが、ヴェクターが使用する45口径弾は亜音速弾なので、より消音効果が高く発揮される。

弾速の代わりに弾頭の重さで威力を補っているので、パンチ力は高いが、超音速の9ミリパラベラム弾よりも貫通力は低い。徹甲弾を装填《そうてん》しているのは、胸甲など防具の類《たぐい》を身に着けているこの世界の兵士への対策だった。

「1、2ぃの……3！」

カウントを自ら口ずさみながら躍り出る。

突然の出現に驚きの声を上げる暇《ひま》も与えず、胴体の高さを狙って弾丸をばら撒《ま》いた。ヴェクターの連射速度は毎分1200発。

狭い路地、逃げ場はない。

兵士たちが身に着けていた胸甲は、動きやすさ重視の薄いタイプだったので、徹甲弾はあっさりと貫通した。防具も穴が空き、貫《つらぬ》いた拳銃弾が肉体を破壊する。

バタバタと血反吐《ちへど》を吐いて、兵士たちは崩れ落ちた。

他の兵士が駆け付けてくる気配は、ない。呻《うめ》き声1つたてる間も与えず撃ち倒したし、そもそもサイレンサー越しの銃声を聞いたことがないこの世界の人間が、音の正体に気づくまい。

高い連射サイクルの弊害《へいがい》により一瞬で弾切れになったヴェクターをリロードしながら、ちゃんと仕留められたのかどうかを確認すべく、狩人《かりと》は血だまりに沈む兵士の下へにじり寄る。

1人だけ、生き残っていた。狩人《かりと》と同年代かそれよりも下、まだ高校生ぐらいの少年兵だった。肺を撃たれたに違いない。口から大量の鮮血《せんけつ》が逆流し、出血多量よりも先に自分の血に溺《おぼ》れて死にかけている。

仲間を殺し、そして自分も殺すであろう狩人《かりと》に、少年兵は絶望的な眼差しを向けていた。その瞳《ひとみ》が、鮮血《せんけつ》に咽喉《いんとう》を塞がれ、空気を震わせることもできなくなった口の代わりに、ありありと少年兵の心境を語っていた。

死にたくない、と不安定に揺れる瞳《ひとみ》が声もなく叫んでいた。

(——そんな目で見ないでくれ)

この数日で何人の命を奪ったのか、最早《もはや》覚えていない。

少なくとも、死にゆく相手の顔をこうして見つめるのは、これが初めてだ。

狩人《かりと》は耐え切れなくなって、目を逸らす。短期間にあまりに多くの人の死を目撃してきたせいで、頭がおかしくなりそうだった。あるいは、とっくにおかしくなっているのか。

銃口を瀕死《ひんし》の少年兵士の顔に向けて、1回だけ撃った。

苦痛から解放した少年の死体をなるべく見ないようにしながら、先へと進む。

角から姿を現した親子が、信じられないと言いたげにマジマジと狩人《かりと》を見つめてくる。

まるで化け物を見るような目だ。不意を突いたとはいえ、一瞬で武装した兵士4人を近づきもせずに撃ち殺した狩人《かりと》が、得体の知れない存在に思えているのかもしれない。

今は、余計なことは考えないようにしよう。平静を装いながら猫耳娘に問う。

「で、次はどう行けばいいんだ」

「こ、こっちだったと思います」

移動再開。右に曲がり左に曲がり、まっすぐ進んで時々アルウィナ兵をやり過ごし、2回行き止まりにぶつかってUターン。人目を忍んで歩き続ける。

時間が過ぎた頃、レオナが急に鼻をひくつかせた。それから顔を顰《しか》めたので、狩人《かりと》は気になって彼女の顔を覗き込む。

「何か変な臭いでも？　俺は特に何も感じないけど」

「あー、うん、多分あそこまで近づいてみりゃ、カリトも気づくと思うよ。でも気をつけな、あの中にまだ何人かいるみたいだから」

レオナが指し示したのは、半開きになった建物の裏口だ。レオナの反応が気になったので、念のため調べて見ることに。

だが扉の隙間に滑り込んで内部に侵入すると、すぐに狩人《かりと》も盛大に顔を歪《ゆが》めた。よく栗の花にたとえられる、嗅ぎたくない類《たぐい》の生々しい体液の臭いが、彼の鼻に届いてきたからだ。

「…………」

半ば義務感に駆られ、狩人《かりと》は建物の奥へと向かう。

そこで何が行われているのか、ほぼ見当はついていた。気づいてしまった以上、放置しておく気にもなれなかった。

「おいおい、いつまで腰振ってんだよ。どっちもとっくにくたばっちまってるじゃねぇか」

聞いただけで、下品な顔つきが容易《ようい》に想像できてしまいそうな男の声。

「いや、これでも十分イケるって。まだ温かいし柔らかいままだしな、悪くねぇ……よっ！」

数はこれまた４人。どれも若くはなく、30代から40代ばかり。血に飢《う》えた肉食獣が、そのまま人間になったような顔の男たち。

彼らに取り囲まれているのは、歳の離れた女性と少女だった。顔立ちや髪の色からして親子だろう。なかなかの美形だ、さぞ周囲が放っておかなかったに違いない。

全身を白濁の体液に穢《けが》され、光も生気も何もかも失った瞳《ひとみ》をしていなければ。

それでもアルウィナ兵の１人は、母親の裸体に覆《おお》いかぶさって腰を振っている。

あまりにも醜悪《しゅうあく》が過ぎる光景。

その光景を目の当たりにした瞬間、狩人《かりと》の取った行動は至ってシンプルだった。

兵士たちの背中へ、ありったけの弾丸をブチ込んだ。

ぐぎゃっ、だの、がぶっ、だの、無様な悲鳴を漏らしながら、アルウィナ兵たちは着弾の衝撃《しょうげき》によって死のダンスを踊った。母親の死体に腰を打ちつけていた兵士の頭が吹き飛ぶ。性臭が、血潮《ちしお》と硝煙《しょうえん》の臭いに塗り潰される。

数秒後には、室内で動く人間は狩人《かりと》ただ１人になっていた。

母親に覆《おお》いかぶさる恰好で倒れた兵士の死体を蹴り飛ばし、母娘の死体まで歩み寄る。凌辱《りょうじょく》に穢《けが》れきった全裸の母娘の首筋に指を当てて、脈の確認。

舌打ちを漏らし、すぐさまペンシル型注射器を取り出して２人の首筋に薬液を打ち込む。中身は、剣に腹を貫《つらぬ》かれたリィナを助けた時にも使った蘇生薬《そせいやく》。

しばらくのあいだ待つ。

待って、待って、待って……反応はなし。

「チクショウ！」

空になった注射器を壁に投げつけ、衝動のまま壁に拳を叩きつける。漆喰らしき材料でできた壁に、ボコリと拳が深く突き刺さった。

分かっている、分かっていたのだ。リィナの時とは違って、２人にはもう蘇生《そせい》可能時間を示す時計型アイコンが表示されていなかったことは。

それでももしかしたら、と思ったがやはりダメだった。

誰のせい？　どうして助けられなかった？　どうすれば助けられた？　堂々巡りする思考。

狩人《かりと》は事切れた母娘の、絶望に見開かれた瞼《まぶた》をそっと閉じてやると、室内の片隅に転がっていた毛布で、２人の亡骸《なきがら》を包んでやった。母娘に対してしてやれることは、これぐらいしか思い浮かばなかった。

「た、助け……誰か、助けてくれ……」

呻《うめ》き声がした。まだ生きているアルウィナ兵が残っていたのだ。

近づいてみると、そのアルウィナ兵は胸と右肩に弾丸を食らっていた。彼だけ他のより頑丈な胸甲を使っていたのか、貫通せずにひしゃげた弾丸が胸甲にめり込んで残っていた。

しかし胸甲自体は、命中部分を中心に蜘蛛《くも》の巣状のヒビが生じていて、その衝撃《しょうげき》で呼吸困難に陥《おちい》っているのか。男の声はかなり小さく掠《かす》れていた。

右肩の防具に護られていない部分には弾は当たり、親指大の穴からとめどなく鮮血《せんけつ》が流れ出している。

助けを求める敵兵の声に対し、狩人《かりと》は、

「嫌だね」

こんな相手ばかりなら、喜んで殺してやるのに。

自分は、間違いなくどこかが狂ってしまったんだろう。狩人《かりと》はマガジンに残っていた弾丸をすべて、兵士に叩き込んだ。

11 バトル・イン・シタデル③

巡り巡って路地裏を散々さ迷い歩いた揚句、狩人《かりと》たち避難者一同は大通りまで戻って来てしまった。

ありがたいことに、別働隊による虐殺《ぎゃくさつ》現場へ逆戻りした、などというオチは待ち受けておらず、司令部までの距離は、もう目と鼻の先だった。

大通りに避難民の姿はない。戦闘音は、街中のあちらこちらから、遠雷のように狩人《かりと》たちの下まで響いていた。

「よ、ようやくここまで来れた……」

「疲れた……」

「申し訳ないです、私がちゃんと道を覚えてなかったばかりに……」

「ああいや、君を責めてるわけじゃなくて……とにかく跳ね橋のところまで行こう。司令部の人がすぐに跳ね橋を下ろしてくれるかは、分からないけど――」

アルウィナ兵を警戒し、建物の壁にへばりつくようにしながら司令部に向かおうとした時、レオナが反応を見せた。彼女に続いて猫耳母娘も耳を蠢《うごめ》かせながら、城塞方面へと顔を向ける。

「何かが近づいてくるよ。これは……馬車の音だね」

「アルウィナ軍が、ここまで侵攻してきたのか？」

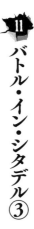

銃口をそちらに向けるが、それは杞憂《きゆう》に終わった。

現れたのは、レオナの言った通り、2頭立ての幌《ほろ》馬車だった。その手綱《たづな》を握っているのは、毛むくじゃらな頭に血染めの包帯を巻きつけたドワーフだった。

ドワーフは跳ね橋の下まで馬車を走らせると、堀を挟んで向こう側の兵士に向けて、信じられない音量の大声を張り上げた。

「負傷者を運んできた！　すぐに橋を下ろして手当をしてやってくれ！」

すると、すぐさま跳ね橋が下りてきた。

完全に橋が下ろされ、守りについていた司令部の兵士たちが橋を渡ってくると、幌《ほろ》馬車から降りてくる負傷した仲間たちに手を貸していった。

誰も彼もかなりの深手を負っていて、巻かれている包帯はどれも大部分が血で赤く染まっている。

橋を渡るチャンスだったので、狩人《かりと》たちはダッシュで馬車のところまで近づいた。

そこには、隊舎にて狩人《かりと》を案内してくれたオーディの部下がいた。太ももと腹に包帯。意識はしっかりしているようで、向こうも上官の娘の登場にすぐさま気づいた。

「君たちは！　避難していなかったのか⁉」

「避難してる最中にアルウィナの連中に襲われて、もう少しで丸焼きにされるところだったよ！それよりも、まさか父様の部隊も出撃してるのかい⁉」

「そうだ。王都側の門から侵入してきたアルウィナ軍の別働隊を迎撃《げいげき》するため、部隊を率いて食い止めてる最中だが、もう持ちそうにない――」

オーディの部下が言い終わる前に、レオナは走り去った。

馬車が走ってきた方角、すなわち戦場へ向けて。

狩人《かりと》や他の面々が止める間もなかった。あっという間に、レオナの背中が遠ざかる。

毒を食らわば皿までだ。即座に狩人《かりと》も決断した。

「リィナはこの人たちと一緒に、司令部に避難するんだ、分かったね」

「か、カリトさんは？　まさかお姉ちゃんを追いかけるつもりなんですか⁉」

「仕方ないだろ、放っておけないって！　すいません、この子のことをお願いします！」

「カリトさん！」

リィナの呼び止める声も振り切って、狩人《かりと》もレオナの後を追って大通りを遡《さかのぼ》る。


数分間、全力疾走をしていると、オーディたちが構築したと思われる防衛線らしきバリケードが見えてきた。

何百人もの、人種も種族も違う兵士たちが武器を手に、バリケードを破られまいと支えている。

次々と乗り越えようと試みるアルウィナ軍兵士を斬り倒し、殴り飛ばし、矢で貫《つらぬ》いては押し返すの繰り返しだが、そのたびに確実に負傷者が増えていっている。

得物同士のぶつかり合う音が、耳障りな大合唱を奏《かな》でる。

「なぜお前までこんなところに来た！」

「だって、だって我慢できなかったんだ！　村の皆を殺されて、父様まで戦ってるのに、私1人だけ逃げ回るなんて、もうまっぴら御免なんだ‼」

剣戟《けんげき》の喧騒《けんそう》の中でも、狩人《かりと》の耳に届くぐらいの大音量で交わされる口論の声。

レオナと銀髪を赤黒く汚したオーディが、口論をしながら、押し寄せるアルウィナ軍の攻勢を捌《さば》いていた。

バリケードを乗り越えようとするアルウィナ兵の顔面に、オーディの拳が叩きつけられたかと思えば、ワイヤーアクションよろしく数メートルも後方へ吹き飛ぶ。かと思えば、別のアルウィナ兵の首根っこを掴み、バリケードの向こう側へ投げ返す。

レオナも負けじと、向こう側からよじ登ってきたアルウィナ兵が突き出してきた槍をヒョイとかわすと、すかさず構えた拳を光って唸らせアッパー一閃《いっせん》。

狩人《かりと》は人生で初めて、人間が縦に回転して飛んでいく瞬間の目撃者となった。

女の細腕のどこにそんなパワーが秘められているのか。あれも、精霊魔法の効果か何かなんだろうか？

さすがファンタジーである。とにかく、親子揃ってなんともパワフルな戦い方だ。どうも、どちらも肉弾戦メインな、グラップラータイプの戦士のようだ。

そんな2人の周囲でも、似たような光景が繰り広げられていた。

ケンタウロスが振り回す巨大な斧《おの》により、アルウィナ兵が胴体から輪切りに両断された。

反対方向では、猫耳&尻尾《しっぽ》持ちの獣人が、両手に構えたナイフで敵をなます切りに。

ドワーフのスパイク付きハンマーによるフルスイングによって、アルウィナ兵が鎧《よろい》ごと一撃でミンチと化す。

人間の兵士も、彼らに負けじと長剣や槍で物量差に優れる敵軍相手に、果敢に立ち向かっていた。

が、それぞれが数人分の戦闘能力を発揮しても、相手は10倍以上の圧倒的な戦力差を背景に、ジリジリと防衛軍側を圧迫し、次第に押し潰そうとしていく。

爆弾トラップは使い切り、魔導師も体力切れでとっくに負傷者ともども撤退済みだ（強力な遠距離攻撃を行える魔導師は優遇され、撤退時も優先される傾向にある）。

「カリト君！　何で娘をここに連れてきた⁉」

「俺が連れてきたわけじゃなくてですね⁉」

「リィナは⁉」

「リィナは運ばれてきた貴方の部下と一緒に、司令部に避難してます！」

「だったら君も早く、娘と一緒に司令部まで退却するんだ！　ここはもうもたない！」

「ならオーディさんも！」

「ダメだ、部下や義勇軍の退却が完了するまで、アルウィナ軍を食い止める必要がある。ここは私が盾になるから、皆と一緒に退《しりぞ》くんだ！　頼む！」

オーディほどの凛々《りり》しさと威圧感を兼ね備えた男に必死の形相でそう懇願《こんがん》されては、後ろ髪を引かれつつも根負けして従ってしまう者は多いだろう。

が、狩人《かりと》は違った。

彼はオーディの懇願《こんがん》に従わず、逆にこう問い返したのだ。

「――時間を稼げばいいんですね？」

狩人《かりと》は、懐《ふところ》から取り出したＰＤＡを操作する。

彼の行為の意味を理解できない（そもそもＰＤＡすら初めて見る）オーディは、何をやってるんだと言いたげに苛立《いらだ》たしげな目線を送りつつ、足元に転がっていた血濡れの槍を拾ってアルウィナ兵の喉元にねじ込む。

忙しなく指を動かし、装備品リストとアイテムボックスの中身を入れ替え、〈完了〉のアイコンをタッチすると、それが即座に現実に反映される。続けざまに、装備品からお目当ての物を選択して実体化。

手品よろしく、次の瞬間には、狩人《かりと》の手の中に手榴弾が複数握られていた。

正式名称は【Ｍ67破片手榴弾】。〈ＷＢＧＯ〉内では【フラググレネード】の名称で統一されているそれの安全ピンを、口で引き抜く。

キン、とレバーが跳ね飛ぶ軽い金属音を合図に、内部で時限信管に着火。バリケードの向こう側に全部まとめて投げ込むと、金属球はすぐに人の波間に消えて、見えなくなった。

「全員爆発に備えろぉぉぉ！！！」

戦闘音に掻き消されまいと、あらん限りの音量で叫ぶ狩人《かりと》の怒声に、防衛軍一同は隣の仲間たちと顔を見合わせてから即座に反応した。

投擲《とうてき》からかっきり4・5秒後、バリケードを突破しようと詰めかけていたアルウィナ兵のど真ん中で、連続して爆発が起きた。

三重四重に重なった衝撃《しょうげき》波が急造のバリケードを襲ったが、大部分は人体の壁に吸収されて崩れずには済んだ。

映画などでは強力な火炎を伴う爆風を発生させる描写が多々見られるが、現実の破片手榴弾は、その名の通り、爆発時に周辺へ大量の破片をばら撒《ま》くことによって、敵を殺傷することを目的とした兵器である。

手榴弾の直撃を食らったアルウィナ兵は、大半が、手榴弾が爆発と同時に撒《ま》き散らした鉄片により、大なり小なり防具に護られていなかった生身の部分に傷を負った。

運が良い者は爆発の時点で首から上をもぎ取られたり、心臓を破片によって破壊されて、苦痛を味わう間もなく即死した。

運の悪い者は、失われた手足を抱えながら、自身と仲間の海の中でゆっくりと悶《もだ》え死んでいった。

一見無傷だが、爆圧により内臓破裂を起こしたことで、大量に吐血している兵士もいた。

爆発に巻き込まれずに済んだ後続のアルウィナ兵が闘志を奮い立たせ、バリケードとのあいだに生じた空隙を埋めて新たな攻勢に移ろうとする。

それを、たった1人の男が阻《はば》む。

手榴弾が起爆した直後、狩人《かりと》はバリケードに飛びつきながら、装備品リストの中に新たに加えたメインウェポンを選び出す。爆煙が晴れる前に、バリケードの頂上に立ってＡＡ12・フルオートショットガンを構える。

装填《そうてん》弾薬は、８発の散弾を内蔵した００《ダブルオー》バック弾。ドラムマガジンの装着により、連続32発連射可能。

バリケードの上から、大通りを埋め尽くしているアルウィナ軍の様子が、ほぼ一望できた。数え切れない、という表現がしっくりくるほどの規模。

あと何人殺せば自分やレオナたちが生き残れるのか、皆目見当もつかない。

（けど、もう決めたからな）

簡単な取捨《しゅしゃ》選択の話だ。

狩人《かりと》は、レオナたちを生かすためにアルウィナ軍を殺す。

そのためには、余計な情けはかけるな。余計なことは考えるな。

刃を向けられた以上、生きて逃がせばまた殺しに来るぞと、己に言い聞かせる。もしビビッて逃げ出したり、見逃したりしたせいでレオナやリィナ、オーディたちに何かあれば、それこそ狩《かり》人《と》は自分の頭を撃ち抜きたくなるだろう。

そう、まさに簡単な取捨《しゅしゃ》選択の話。

この世界に来て自分に優しくしてくれたレオナたちを生かすために、アルウィナ軍という多数を殺す。狩人《かりと》には、それができる。

違う。できるできない以前に、そうしなければならないのだ。

ここは地球じゃない。あの教室じゃない。

あそこでは、戦わなくても死にはしなかった。

ここでは、戦わなければ生き残れない。

狩人《かりと》が戦わなければ、レオナとリィナも生き残れまい。


腕の中の銃が、鋼鉄の嵐《あらし》を吐き出した。

毎分350発、1秒間に6回以上の割合で散弾が銃口から飛び出す。

12ゲージの砲声の如き発砲音が、何度も何度も狩人《かりと》の耳朶《じだ》を叩く。

銃口をやや斜め下に向け、横薙《な》ぎに払うようにＡＡ12を動かすことで、アルウィナ軍に対し線ではなく面で弾幕を張る。

小指ほどの大きさの散弾が鎧《よろい》に穴を開け、次々とアルウィナ兵の体内を破壊した。防具に護られていない手足や首筋、顔面に当たった者はごっそりと肉を抉《えぐ》り取られた。

弾幕を浴びた兵士たちが、バタバタと倒れていく。

横一列に並んでいた先頭の兵がまとめて撃ち殺されたせいで、大通りを埋め尽くす後続の兵は、仲間の死体に足をとられる。ほんのわずかだけ、別働隊全体の足が鈍る。

そこですかさず、狩人《かりと》は追撃《ついげき》。

弾切れになったショットガンを素早く手放すと、破片手榴弾とはまた別の形状をしたスプレー缶型の手榴弾を投擲《とうてき》した。足止めされた別働隊の、すぐ目の前に落下する。

爆風と破片の代わりに、缶から生じたのは白い煙だ。

ただし、噴《ふ》き出しているのはただの煙ではない。

反応は顕著《けんちょ》で、薄い煙のベールの向こう側から、咳き込む声に続き、くしゃみの連発音が聞こえてくる。悲鳴すら上がっている。

「目が！　鼻がっ、誰か助けてくれ！」

武装した兵が抜き身で密集しているのが災《わざわ》いし、催涙ガスを吸い込んでしまったアルウィナ兵は大混乱に陥《おちい》った。煙の中は同士討ちすら発生する、阿鼻叫喚《あびきょうかん》の場と化していた。

「あれはもしや、目つぶしの類《たぐい》かい？」

「ええ、催涙弾《さいるいだん》です。しばらくガスは残りますし、これで少しは足止めになるでしょう。風向きが変わってこっちに流れてくる前に、退却しましょ――」

オーディのほうに振り返りながら、バリケードの上から飛び降りたその時。

狩人《かりと》の足が地面に触れる寸前、催涙ガスの中から飛び出した光弾が、バリケードのすぐ手前に着弾した。催涙ガスに目も鼻もやられてパニックになったアルウィナ側の魔導師が暴発させた、攻撃魔法の流れ弾である。

隙間だらけのバリケード越しに伝播《でんぱ》した衝撃《しょうげき》波に背中を叩かれ、空中で前のめりになった狩人《かりと》は、レオナや屈強な男たちの前で、地面と強烈な接吻を果たす結果となった。

……し、しまらねぇ。地面に突っ伏した体勢のまま、黒髪の青年は心中、涙を流す。

「……と、とにかくカリト君のお陰で時間は稼げた。総員、司令部まで退却するぞ！」

「あーカリト、大丈夫かい？」

「油断大敵って、こういうことなんだろうな……」

レオナに助け起こされながら反省しつつ。

「悪いけど、レオナは先に戻っててくれ。俺もすぐに追いかけるからさ」

「何でだい――アンタ、まさかまたあんな大軍相手にたった1人で立ち向かおうとか考えてんじゃないだろうねぇ!?」

「違う違う。もっと時間を稼げるよう、ちょっと小細工するだけさ」


催涙ガスが霧散《むさん》して混乱から立ち直るまでに、別働隊の生き残りは貴重な時間を費やした。

偵察《ていさつ》を行った空騎兵が、バリケードに陣取っていた防衛軍が退却したことを、身振り手振りで地上の別働隊へ知らせる。別働隊の指揮官は躊躇《ためら》うことなく、再構築した戦列を突っ込ませ、障害物の撤去を行わせた。

歩兵たちは、散乱する戦友の亡骸《なきがら》を乗り越えてバリケードに取りつくと、積み上げられた家財を放り投げ、剣や手斧で打ち壊していった。獣人の抵抗さえなければ簡単な肉体労働にすぎない。ものの数分で、急ごしらえのバリケードは姿を消した。

そうなってしまえば、道に残るのは放置された防衛軍の兵士の死体だけだ。別働隊の進軍を阻《はば》む要素は見当たらない。ここまでくれば、残すは敵の本丸を落とすのみと言って良いだろう。

指揮官が号令を叫ぶ。

「進軍せよ！」

『うぉおおおおおおおおおおおおおああああああああぁぁぁぁ！！』

鬨《とき》の声を上げ、鉄砲水のような破壊的な勢いで侵攻を再開する別働隊。

そんな彼らの出鼻を挫《くじ》く『伏兵《ふくへい》』が、バリケードのすぐ近くに潜んでいた。

そもそも、捨てられた荷物や放置された死体の陰に隠すように設置された、鉄製の大きな弁当箱のような物体の正体を知る者など、この世界には1人も存在しない。

その物体の名は、M18・クレイモア指向性対人地雷《じらい》。

〈WBGO〉のクレイモアは、対人センサー内蔵の自動作動タイプと、設置者が遠隔操作で任意に起爆させるタイプの2種類が存在。

バリケードのすぐそばに設置されていたクレイモアは、前者だった。

先頭の兵士の踏み出した足が、対人センサーの探知領域に侵入する。

作動。

別働隊残存勢力の中の先頭集団数十名は次の瞬間、扇状にばら撒《ま》かれた700発という洗礼を受けて原形を失った。

「しっかり罠《わな》にかかってくれたっぽいな」

低い爆発音が響いてきた背後を振り返った狩人《かりと》は、満足げに呟《つぶや》いた。

クレイモアはバリケード付近以外にも複数設置しておいたから、アルウィナ軍は嫌でも時間と戦力を失う羽目になる。クレイモアを発見しても、処理法を知っているのは狩人《かりと》1人だけだ。

「何度も見てきたけど、やっぱりカリトはとんでもない力の持ち主だよねぇ。常々そう思うよ」

「いやア レ《クレイモア》は、俺のところじゃ当たり前に使ってたトラップだから。別に俺自身の力だとかじゃないってば」

「──そういったジュウという強力な武器を自在に扱えることこそが、君の強みというわけか」

氷の刃のような鋭利《えいり》さと冷徹さを含んだ声が、すぐ隣で聞こえた。

オーディが、じっと観察するかのように狩人《かりと》を見つめていた。

騙《だま》していたつもりはないものの、少なくとも詳細《しょうさい》については口を閉ざして教えようとしなかったのは事実なので、後ろめたさを覚えた狩人《かりと》はつい、顔を逸らしてしまう。

オーディも、あえてその辺りの事情には触れてくれないように慮《おもんぱか》ってはいたが、こうも堂々と見せつけてしまっては、誤魔化《ごまか》しようがないだろう。

「それでも、大したことじゃありませんよ。あそこで使った銃とか爆弾も、俺の世界で大量生産されて、どこの国でも使ってた代物にすぎませんから」

「つまり君の世界の兵士は、そういった強力な武器を装備している、ということなんだね」

「それはまあ、間違ってはいませんけど」

正確には、現実世界の武器の数々をゲーム内で再現するに当たり、バランス調整なり演出上の問題なりで、全体的に性能が誇張《こちょう》気味だ。現実では実験段階レベルのＳＦじみた最新兵器も、一定のレベルでなら運用できたり、他にもゲームシステムの一環で、狩人《かりと》自身が常人を遥かに超えた能力の持ち主と化している。

なので、オーディのような迫力ある人物に問い詰めるような眼差しで睨みつけられると、修羅《しゅら》場《ば》を踏んでいても基本ヘタレ寄りな精神構造の狩人《かりと》にとっては、非常に心臓に悪かった。

居心地の悪さに冷や汗が浮かぶ。

「こんな時に、これ以上詳しい話を説明してもらおうとは思わないさ。だがこうなってしまった以上、アルウィナ軍を撃退するために、君の力を貸してくれ。君のその能力は、この窮状《きゅうじょう》でこそ活用されるべきだと、私は思っている」

「父様……」

レオナが呟《つぶや》く。

「……元よりそのつもりですよ。街を出られなかった以上、もう戦うしか道はないんですからね。レオナたちを見捨てるわけにもいきませんから」

「嬉しいこと言ってくれるじゃないかい、この！」

「へぶっ！」

嬉しげな笑みを浮かべて、うっすらと頬を赤くしたレオナに後頭部をはたかれた狩人《かりと》は、２度目の地面とのキスを寸前で回避した。普通に後頭部が痛い。

「４時方向、敵空騎兵編隊接近！」

そこにオーディの部下の声。ハッとなって空を見上げると、４騎固まって空を切り裂く竜の編隊が見えた。

だが竜の編隊は狩人《かりと》たちの下に向かわず、司令部の方角へ飛び去っていく。司令部に直接、空爆を行う魂胆《こんたん》のようだ。

そのまま追いかけてみると、別方向からも同じような機動を取っている編隊が司令部に接近しつつある。距離は遠いし高度差もあるので、狩人《かりと》には見送ることしかできない。

「制空権を握られてるみたいですね」

「ああ、このシタデルの防衛軍の空騎兵部隊の力量に関しては、アルウィナ軍と大差ないだろうが、いかんせん戦力差が大きすぎた。既にこちら側の航空戦力は、壊滅《かいめつ》状態と言って良い」

「なら、空の守りはもう丸裸ってことなんじゃ……」

「いや、一概にそうとも言えないさ」

オーディの反論と司令部の屋上から光線が放たれるのは、ほぼ同時だった。

それが魔法の類《たぐい》であることはすぐ分かった。常軌《じょうき》を逸していたのは、その光線がグネグネと曲がったかと思うと、急激な方向転換を行った竜の編隊の尻尾《しっぽ》に食らいつく猟犬のように、その後を追いかけたことだ。

それも1発ではなく、十数発、しかも、反対側から同じように爆撃コースに入っていた別の空騎兵の編隊へも、同規模の曲がる光線による迎撃《げいげき》が行われているのだ。

光弾は、慌てて逃げ惑うアルウィナ軍の空騎兵を捉《とら》えると、連鎖的に爆発。

直撃を受けなかった他の空騎兵も、衝撃《しょうげき》波に揉《も》みくちゃにされてしまい、三半規管を狂わされた竜やグリフォンは、乗り手ごと墜落していった。

「……何ですかあれ」

「マジックミサイルさ。魔法そのものは初歩的なものに分類されるが、あれだけの数を同時に発動してかつ個別に目標へ誘導できる技量と能力の持ち主は、この街では1人しかいないよ」

目を凝らしてみると、マジックミサイルによる弾幕を張った張本人は、真っ黒なローブに身を包んでいた。

狩人《かりと》の知る人物で魔導師、それもあんな恰好をしている存在は、1人しか思い浮かばない。

狩人《かりと》とレオナを含めた生き残りが全員橋を渡った直後、司令部と市街地を結ぶ跳ね橋は再び上げられた。

12 バトル・イン・シタデル④

無事司令部に辿り着けたまでは良かったが、そこもまた戦場と化していた。

深手を負った怪我人《けが》を生にしがみつかせるべく、必死の形相で治療を行う医者や衛生兵。

彼らと、命の鼓動《こどう》が止まる瞬間を手ぐすね引いて待ち構える死神が、激闘を繰り広げている。

司令部や隊舎の1階部分は野戦病院と化している。そこから溢《あふ》れ出た負傷者は、地面に直接横たわって苦悶《くもん》の声を漏らしている。その中には、既に胸が動いていない者も数多かった。

壁際には、怯《おび》えた様子で地獄《じごく》の釜が開いたかのような惨状《さんじょう》を見つめている避難民たち。

狩人《かりと》たち同様、アルウィナ軍の別働隊により虐殺《ぎゃくさつ》の場と化した大通りから、命からがら逃げてきた者たちだ。唯一の脱出路を失い、生気を失った顔に絶望の色を貼り付けている。

その時、室内どころか建物中に響き渡りそうな大音量で、オーディの名が呼ばれた。

「オーディ！　オーディ第3小隊長はいるか！」

「お呼びでしょうか、司令官殿！」

オーディの姿を見つけると、その人物――半人半馬な、普通のケンタウロスよりも1回りは大きなアルウィナ防衛軍の司令官が、鼻息荒く姿を現す。

その背中には特大サイズの長弓。各パーツがすべて金属で作られた、いかにも強力そうな代物だ。弓筒に収められた矢も鉄製で、柄の直径だけでも普通の矢の倍以上は太い。

「退却してきたばかりだというのにすまないが、国境側の城門もアルウィナ軍本隊によって突破された。貴様はまだ動ける兵とともに、生き残った住民の保護と追撃《ついげき》してくる本隊への足止めを行え」

「了解しました。司令官殿も出撃するので？」

「大本の指揮を放棄して、飛び出すわけにもいかんのでな。遠くからちまちま矢を射かける程度のことしかできんのが、恨めしいわ」

そう吐き捨てる司令官だったが、オーディは知っている。

この司令官は、かつては亜人でトップクラスの膂力《りょりょく》を持つ種族の中でも伝説的な、歴戦の戦士として活躍した弓の名手である。

愛用の弓は精霊の力も付与された特別製で、放たれる矢の威力は、当たれば竜でさえも一撃で倒すほどの凄まじさであることを。

彼が放つ矢を受けようものなら、たとえ大盾を構えた完全装備のオーク鬼であっても、盾ごと貫《つらぬ》かれるのは間違いなしだ。

「頼んだぞ。貴様と貴様の部下の機動力を当てにしている」

それだけ告げて、司令官は国境側の門のほうへ足早に立ち去っていった。

オーディが部下のほうへ振り返る。

無傷、もしくは比較的軽傷なのは3分の1程度。獣人の体力をバカにしてはいけない。オーディが鍛《きた》え上げた部下たちは、3日3晩険しい山々を走り回っても、まだ動けるだけの健脚の持ち主揃いである。

問題は装備のほうだ。２手に分かれていても、戦力差はアルウィナ軍が圧倒的に上。

こちらを規模で上回る敵部隊を足止めするには、単に直接ぶつかるのではなく、火薬か魔導師を用いたゲリラ戦を行いたいところだが。

「手の空いてる魔導師は残っていないか？」

「いいえ、ここに残ってる魔導師のほとんどは、魔法の使いすぎで限界まで体力を消耗《しょうもう》していま す。まだ動ける魔導師も、司令部の防御を固めるのを優先するので連れていけません」

「爆薬は？」

「それがですね」

部下が指差した先は、万が一火災が起きた場合に、司令部や隊舎になるべく被害が及ばないよう、離れた位置に設けられた危険物倉庫……のあった場所。

そこにあるのは、今や瓦礫の山だけである。

「司令部を空爆しようとした敵の空騎兵の中に、執念深い奴が混じっていたらしくて、撃墜《げきつい》される寸前にありったけの爆薬を投下して吹っ飛ばしてくれたそうです。

お陰で、他の部隊の兵や先に逃げ込んできていた避難民が数名巻き添えで死亡した上、援軍が運び込んできてくれた糧食もまとめてやられたらしくて。武器や予備の矢は、増援の兵站《へいたん》馬車にかなりの量が残っていますが、爆薬はもう残っていないとか」

「それは厄介《やっかい》だな」

チラリと、ほんのわずかな時間だが、オーディが狩人《かりと》に視線を送った。

すぐさまオーディの言いたいことに気づき、狩人《かりと》は沈黙の首肯《しゅこう》でもって返答する。

戦場が怖いことに変わりはなくとも、立つべき時に自分の都合で逃げ出すような真似はしたくない。特に、借りのある相手に頼まれた場合には。

「俺も協力します」

「申しわけないな、こちらの力が足りないばかりに」

「気にしてませんよ、乗りかかった船です。こうなったら、生き延びるためにとことんやってやりますよ」

申し訳なさいっぱいな様子で頭を下げるオーディの獣耳は、その内心を示すかのようにぺったりと倒れていた。孤高の狼を連想させる外見としおれた獣耳のギャップに、思わず狩人《かりと》は苦笑を浮かべる。

そこに、レオナも話に加わってきた。

「だったら私も一緒に戦うよ！」

「「それはダメだ」」

一言一句違わず声を重ねたオーディと狩人《かりと》により、即座に却下される。

悔しそうに顔を歪《ゆが》めて、犬歯をむき出しにしながら父親と恩人を睨むレオナ。

「さっき見ただろ、私だって立派に戦えるよ！　どうしてカリトは良くて、私はダメなんだい！」

「お前とカリト君とは、事情が違うんだ。カリト君はお前や他の者、私にもできないことを実現することができる。それはレオナ、お前も理解できているはずだ。彼を利用するのは心苦しいが、もう贅沢《ぜいたく》は言っていられない」

「それでも、それでも私はガルム族の一員として、立派な戦士として――」

「リィナはどうするつもりだ？　私が戦場で散り、お前も後を追ってしまえば、まだ小さなあの子を誰が護るんだ。リィナはまだ『月夜の儀』も済ませていない子供なんだぞ」

「それは……」

痛いところを突かれたレオナがたじろぐ。ガルム族そのものの結束は固いが、レオナとリィナは父親以外に身寄りがない。

「私に何かあったら、リィナを頼む。大事な家族なんだ、私の代わりに護ってやってくれ。母親を亡くしてから、ずっとあの子の世話を任せているお前には、申しわけないと思っている」

「父様ぁ……」

「泣くんじゃない。これが今際の別れになるとは限らないのだからな」

顔をクシャクシャにしたレオナの頭に、父親の大きな掌《てのひら》が置かれた。

レオナは俯《うつむ》いた。地面に数滴、雫《しずく》の跡が生じた。

「行くぞ。できる限り友軍の撤退を掩護《えんご》するんだ」

『了解！』

獣人持ち前の健脚でもって、国境線側の門へ続く大通りに飛び出していくオーディとその部下たち。

その後を追い駆けようとした狩人《かりと》の背中に、「カリト！」とレオナが声をかける。彼をまっすぐ見つめるレオナの瞳《ひとみ》は、充血して赤い。

「父様を……父様のことを頼んだよ！　絶対無事に連れて帰って来ておくれよ！」

「ＯＫ、任された！」

狩人《かりと》は、ニヤリと口元を不敵な笑みに吊り上げて親指を立てる。

アクション映画の主人公のようにはいかないとは分かっていても、可愛《かわい》い女の子相手に見栄の1つは張りたかった。

「それからアンタも、ちゃんと無事に戻ってくるんだよ！　もし死んだりしたら、あの世までぶっ飛ばしに行ってやるからね！」

威勢の良い激励《げきれい》を背に受けながら、狩人《かりと》もオーディに続いて出撃する。


跳ね橋を渡り、司令部へ逃げてくる友軍の流れに逆らいながら大通りを駆けると、すぐにオーディと合流をした。大通りに並ぶ建物の前で、待ってくれていたのだ。

「建物の上に出るぞ。屋根の上を通ったほうが早く動ける」

指示に従い、狩人《かりと》とオーディは部下を引き連れて上の階へ。窓から屋根へと跳躍《ちょうやく》する。

狩人《かりと》を除けば、今回同道しているのはみんな獣人なので、その程度のことは仲間の助けを借りなくても軽々できる。狩人《かりと》も〈ＷＢＧＯ〉のパラメータが身体能力に反映されているお陰で、続くことができた。

大通りを挟んで反対側の建物でも、分かれたオーディの部下が同じように屋根に上がっている。

「あれだ！」

オーディが指差した先に、アルウィナ軍の旗竿が堂々と翻《ひるがえ》っているのが見えた。アルウィナ軍本隊という名の波が、司令部目指して大通りを遡《さかのぼ》りつつあった。

その人波に触れる端から少しずつ削られているのは、敗走中の国境側の城門周辺を守っていた防衛軍の兵士たち。

不安定な屋根の上を、足音荒く疾走していく一団。

中には、危うく踏み抜きそうになるぐらいにガタのきた屋根板もあったが、決して足は止めない。危なげなくピョンピョンと建物の間を飛び越えていく獣人たちの姿に、狩人《かりと》は元の世界のアクション映画などで最近、有名になっていたパルクールを思い出す。

大通り中を埋め尽くしながら進んでくるアルウィナ軍との距離を詰めていくうちに、その戦列の先頭に立っているのが、ただの兵士でないことに気づいた。

人間の大人の倍ぐらいありそうな体躯に、ブヨブヨと横にも巨大な肉体。

そして豚にも似た醜悪《しゅうあく》な外見。創作ファンタジーではおなじみの悪役モンスターなので、狩人《かりと》にもすぐ正体が分かった。

「アレって……もしかしてオーク？」

「その通りだ。アレは厄介《やっかい》だぞ、生半可な攻撃では倒れない相手だ。最低でも重装騎兵によるランスの突撃クラスの攻撃でもなければ、一撃で殺せない。魔導師の攻撃魔法で遠くから仕留めてしまうのが、もっとも効率的なんだが……」

100を超えるオークの集団を先頭に、やや間隔を置いて普通の兵士で構成された隊列が続いている。

陣形から察するに、オークたちはアルウィナ軍本隊の盾役として扱われているようだ。

オークは、ブリガンダインというベスト状の革に小さな金属片を何枚も貼り付けて、強度を高めたタイプの鎧《よろい》をエプロンのように身に着け、武器は巨大な斧《おの》やメイスが主。

どのオークも身体や武器に返り血がべっとりとこびりついている。武器に至ってはまともに手入れもされていないのか、刃が欠け血糊《ちのり》が染みとして刻まれている物も、ちらほら見受けられた。

また1人、逃げ切れなかった防衛軍兵士がオークたちの毒牙《どくが》にかかる。

無造作に振られたメイスが、風切り音を立てて兵士の上半身を防具ごとグシャグシャに粉砕し、破壊された死体を近くの建物の軒先へと叩きつけた。悪臭を伴う下品な含み笑いが、オークの口から漏れた。

「とにかくまずは、弓で足止めだ。その後は――すまないが、やれそうかい？」

「ええ、多分、何とかなると思います」

オーディにそう返しながら、狩人《かりと》はＡＡ12を装備し直す。

弾薬は、散弾から別の弾に切り替えておいた。あれだけの巨体、それも曲がりなりにも防具を身に着けたモンスター相手では、普通の散弾では力不足かもしれなかった。

ドラムマガジンの挿入部から覗くカートリッジのプラスチック部分は、緑色をしていた。トリガーガード部分のガイドレールにマガジン後面部の窪《くぼ》みを合わせ、ガシャリという頼もしい音を奏《かな》でながら装填《そうてん》。

オークの戦列は狩人《かりと》とオーディたちが潜む建物の、数軒手前まで近づきつつある。

「いつでもどうぞ」と意味合いを込めて頷くと、オーディがハンドサインでもって、反対側の建物に潜む部下に合図を送る。

タイミングを合わせ、上げていた手を拳に変えた瞬間、矢を構えた部下たちが身を晒《さら》した。

十数本の矢がオークへ放たれた。むき出しの肩や足に突き刺さるが、巨体を構成する分厚い脂肪と筋肉によって、急所まではまったく届かず、致命傷《ちめいしょう》には程遠い。

だが目的は果たせた。矢を射かけてきたオーディたちを見つけたオークの群れが、足を止めて怒りの雄叫《おたけ》びを響かせた。後続のアルウィナ軍もそれに気づく。

「今だ！」

オーディの合図。部下が身を伏せるのと入れ違いに、今度は狩人《かりと》だけが身を起こす。

オークへ照準を合わせた、ＡＡ12を発砲。

次に起きたのは、小さな爆発だった。射線の先のオークの胸元から上が文字通り爆砕し、消滅した。突然の仲間の死に、いきり立っていた他のオークも動きを止めた。

オークたちの戸惑いもお構いなしに、狩人《かりと》は撃ち続ける。

ＡＡ12が連続して火を噴《ふ》くたび、オークの身体で爆発が起きる。弓矢なんて目でもない、防具に当たってもそれごと爆砕して、次々とオークの巨体に大穴を拵《こしら》えていく。

防具の破片に混じって、肉片が飛び散る。仲間の破片が後続のオークに降り注ぎ、命を失った死体は大きく重量のある障害物と化し、生者の足元を阻《はば》む。

都合32回の発砲に、32回の小爆発。爆発の煙と血煙が混ざり合いながら大通りに漂い、一瞬で何十体ものオークの死体が道を覆《おお》い尽くした。

不意に沈黙が訪れる。生き残ったオークも、後続のアルウィナ軍も、たった今繰り広げられた光景に呆然《ぼうぜん》自失となっていた。

光弾や火球といった、魔法のようにハッキリと目に見える形ではなく、巨大な獣《けもの》の足音が鳴り響くたび武装したオークたちの肉体が爆発を起こすという展開に、思考が追い付いていないのだ。

それはオーディたちも同じだった。12ゲージの銃声によって一時的に難聴気味になってしまったことも忘れ、唖然《あぜん》となって、それを行った狩人《かりと》を見つめてしまった。

当の本人は、明らかに万を超えていそうな敵勢に加え、視覚的にインパクト大なオークの群れも同時に前にした緊張感のあまり、逆に冷静な思考を維持したまま、機械的な正確さで新たなドラムマガジンを装填《そうてん》していた。

(さすがFRAG12、この連射でこの威力はマジパネェ)

使用した弾丸の正体はFRAG12。

平たく言えば、ショットガン用の小型榴弾である。

〈WBGO〉内では、ドラムマガジン仕様のAA12と並んで、一部の対人戦では使用禁止にすらされていた、凶悪な弾薬である。

いくら小型とはいえ、拳銃やライフル用の爆裂弾とは弾頭そのもののサイズが違うため、その破壊力は桁違いだ。

厚さ1センチ以上の鉄板も貫《つらぬ》く威力なので、大概の鎧《よろい》など何の役にも立つまい。オークのような小象並みのサイズが相手であっても、生身の肉体を急所ごと吹き飛ばすなど、これにかかれば容易《たやす》かった。

とはいえ、相手がいくら醜悪《しゅうあく》なモンスターでも、生身の肉体を爆散させてミンチに変える作業をこの手で行ったことに、少なからず腹の底が引っくり返るような感覚を覚えてしまう。

その直前に、オークの手によってグシャグシャの潰殺体と化した防衛軍兵士の姿を思い出して、狩人《かりと》はこみ上げてくる吐き気をグッと抑え込んだ。

向こうだって似たような死体を量産してきたのだ。今度は自分たちへその順番が回ってきたにすぎない——己に言い聞かせる。そうでもしなきゃ、やっていられなかった。

再びFRAG12を連射し、オークの胸元に鎧《よろい》ごと大穴を開け、別のオークの肩を根元から吹き飛ばして腕から先を宙に舞わせ、腹部の大部分を抉《えぐ》り取り、内臓の残骸《ざんがい》をブチ撒《ま》ける。

あっという間に、オークの無残な死体が量産されていく。

再開された一方的な殺戮《さつりく》の中、まだ幸運にも生き残っていたオークが反撃を試みようとするが、基本的に腕力と耐久力に任せた肉弾戦が主流である彼らは、離れた敵に対する反撃を行うための飛び道具を持っていなかった。

なら狩人《かりと》たちが陣取っている建物ごと破壊してやろうと接近を試みようにも、先に殺された同族の死体によって道が塞《ふさ》がれてしまっている。

「だ、第2射用意！　後ろの本隊《ほう》を狙え！」

再び鳴り響く銃声に、しばし呆けていたオーディがハッと我に返り、銃声に呑み込まれまいと大声を張り上げた。ハンドサインも併用し、部下たちに第2射の準備をさせる。

反応が遅れたアルウィナ軍の頭上に矢が飛来し、各所で悲鳴が上がった。運悪く鎧《よろい》を貫通したり、頭部に矢の直撃を食らった歩兵が数名倒れ、首筋に矢を受け頸動脈《けいどうみゃく》を切り裂かれた兵の返り血を浴びた仲間が、パニックに陥《おちい》る。

自分たちの盾であり、そして不愉快だが頼りにもなるオークが未知の攻撃によってことごとく倒れていく光景を見せつけられた彼らは、たった十数名の防衛軍によって恐慌《きょうこう》状態に追いやられた。

戦列の後方に配置されている弓兵や魔導師部隊にも、仲間の背中が壁になり最前列の詳しい状況が掴めないせいで、困惑が広がりつつある。

2度目のリロードに移った狩人《かりと》は、屋根の上で身を低くしながら、新たなドラムマガジンを取り出そうとした。

その瞬間だった。

業を煮やしたオークの1体が、大人の背丈と同じぐらい巨大な斧《おの》を狩人《かりと》へと投げつけたのは。

「危ないっ！」

狙われた狩人《かりと》よりも、すぐ隣にいたオーディのほうが早く反応した。

狩人《かりと》の腕を掴んで、転がるかのように横へと身を投げ出した直後、巨大な斧《おの》が屋根に命中する。

突き刺さるなんて生易しいレベルではない。オークの膂力《りよりよく》で投げつけられた斧《おの》の重量は、軽く数十キロはあっただろう。屋根に大穴を開けた斧《おの》は、建物の反対側へと落下していく。

呆気に取られた狩人《かりと》は、衝撃《しようげき》で四散した屋根板の破片が頬を浅く切り裂いたことにも気づかず、しばし固まった。

「気をつけてくれ、今度は私も庇《かば》えないかもしれないぞ」

「あ、ありがとうございまひゅ」

漏らさなかったのが不思議なぐらいだった。

そうこうしているうちに、敢闘な（もしくは猪突猛進《ちよとつもうしん》しか知らないのか）オークたちが突撃を試みた。

気を取り直して銃を構える狩人《かりと》だったが、すぐに舌打ちしたくなった。

「仲間の死体を盾にするかよ！」

確かに現実的で有効な手段ではあるが――人間の身体でも、覆《おお》いかぶされば手榴弾の爆発を防げることは実戦で証明されている――実際に目の当たりにすると、形容しがたい不快感に襲われた。イノシシ頭なくせに、無駄な悪知恵働かせやがって！

試しにそのまま撃ってみたが、持ち上げられた仲間の巨体の表面で爆発が起きる。オークはその衝撃《しようげき》に一瞬だけ足を止めたが、すぐに進撃を再開した。

普通の人間相手ならばともかく、全高3メートル近く、体重数百キロもある肉の盾相手では、特殊な弾薬とはいえ、散弾銃の弾では威力不足のようだ。

「だったら、こんがり焼いてやるまでだ！」

装備品リストから選んだのは、焼夷《しょうい》手榴弾。

〈WBGO〉で使用される焼夷《しょうい》手榴弾は、アルミニウムと金属酸化物によるテルミット反応を用いたタイプだとされている。ピンを抜いて、死体という名の盾を掲げて突き進むオークの足元に投げつける。

テルミット反応によって引き起こされた炎は、まるで日光のような白さだった。

爆心地《グラウンドゼロ》のど真ん中に突っ込む形となったオークは、苦痛の雄叫《おたけ》びを吠え散らしながら、あっという間に仲間の死体ともども全身を炎に包まれた。数千度の白炎が一瞬で骨まで炭化させ、脂肪の焼ける臭いが周囲に立ち込めた。

さらに数個投じ、超高熱の炎によって道幅いっぱいを封鎖《ふうさ》する。これでオークやアルウィナ軍の本隊も、少しは足止めできるだろう。

「魔法が来ます‼」

気を抜くには、まだ早かったが。

反対側の建物に陣取っていたオーディの部下が、警告を発した。

アルウィナ軍本隊の隊列の中ほどから、歩兵の頭上越しに射撃魔法が放たれ、続いて数えるのがバカらしくなるほどの量の矢が発射されたのも見て取れた。

引っ込む。

「全員屋上から退避！」

即座にオーディは決断。狩人《かりと》たちは先程オークがこしらえてくれた屋根の大穴から、屋内へと

安普請な建物が振動した。アルウィナ軍の後続から放たれた攻撃は、オーディたちの場所が正確に分からなかったので、大雑把に狙いをつけただけの牽制《けんせい》兼制圧射撃にすぎなかった。

特に強力な魔法弾は、どちらの建物にも直撃しなかったものの、近隣の建物に着弾した攻撃魔法が派手に爆発を起こし、衝撃《しょうげき》波で割れずに生き残っていた窓ガラスがビリビリと振動する。偶然、大穴部分を通り抜けた矢が数本、狩人《かりと》たちの足元に突き刺さる。

大通りに面した窓から外の様子を窺ってみると、ほぼ壊滅《かいめつ》状態に陥《おちい》ったオーク部隊に代わって、アルウィナ軍本隊が前に出ようとしていた。

後方からの援護射撃を受けつつ、長槍に大盾という組み合わせで隊列を組み、進行再開。一糸乱れず前進してくる、完全武装の歩兵の隊列の迫力は筆舌に尽くしがたい。

だがその歩みは、オークの死体がそこら中に転がる辺りまで達すると、すぐに停滞した。隊列の規模が大きすぎてすり抜けることもできず、焼夷《しょうい》手榴弾の炎もまだ残っているせいだ。

オークの死体を片付けて消火を行い、再び隊伍《たいご》を組んで進めるようにするまでは、またしばらくかかるだろう。

「よし、いったん退《しりぞ》いて態勢を整えてから、再度待ち伏せを行うぞ。すぐにここから移動する」

指揮官であるオーディの決定に、狩人《かりと》も素直に従う。

はやる気持ちは多々あれど、経験豊富な目上の存在の判断に従う方が今は正しいと、本能的に悟っていた。

戦いはまだまだ終わらない。

13 バトル・イン・シタデル（インターミッション）

「――ただ今、戻りました」

司令部と市街地を繋ぐ跳ね橋の周囲に、土嚢《どのう》や放置してあった家財道具などを積み上げ、新たに設けた『コ』の字型の防御陣地。

付き添ってくれていたオーディの部下の1人とともに、バリケードを乗り越えて帰還した狩人《かりと》に、守備に就いていた兵士は「おう」とだけ短く返した。

行動をともにしていたオーディの部下も、隊長同様ガルム族、つまり狼の獣人だったが、防御陣地を守る兵士には人間が多い。

今や完全に日が暮れているので、司令部周辺には何本もの松明《たいまつ》が置かれ、忍び寄る敵兵を闇《やみ》に隠すまいと、光を振り撒《ま》いている。

「向こうに動きは？」

「変化はない。大通りのど真ん中で動きを止めてから、さっぱりだ。オタクらが仕掛けまくった罠《わな》に散々かかったもんだから、警戒してるのが丸分かりだぜ」

シタデル市内への突入に成功したのは良かったものの、アルウィナ軍は日が落ちるまでに防衛軍司令部への到達に失敗。司令部から数百メートル手前で、進軍を停止してしまった。

その理由はもちろん、狩人《かりと》とオーディたちシタデル防衛軍の小部隊による、度重なる遅滞行動の賜物《たまもの》である。

もっとも、足止めの内容そのものは極めて単純。

アルウィナ軍の隊列が、狩人《かりと》の仕掛けたクレイモアに引っかかって足が止まるたび、大通り沿いの建物に潜んでいた狩人《かりと》たちは追い打ちを食らわせた。そして、アルウィナ軍が混乱から回復する前に素早く退却……その繰り返しだ。

一度に700発もの鉄球を撒《ま》き散らすクレイモアの有効距離は50メートルを超え、鉄球がばら撒《ま》かれる範囲も扇状なので、道の両端に1ヵ所ずつ角度を調整して設置すれば、大通りの一画をほぼカバーできてしまう。

大通りの幅いっぱいに広い隊列を組んで行進してくるアルウィナ兵に、逃げ場はなかった。

密集して進まなければならないせいで、1回の面制圧につき、大量の歩兵がクレイモアの犠牲《ぎせい》となった。

高性能爆薬の炸裂《さくれつ》によって一斉に放たれる鉄球の速度は、投石や弓矢とは比べ物にならない。

盾や鎧《よろい》ごと肉体を破壊される兵士が続発した。

加えて、爆発により編隊そのものの足が止まったところへ、建物の上階部分に潜んでいた狩人《かりと》やオーディたちの放つ矢や銃弾、投擲《とうてき》物やら手榴弾まで（狩人《かりと》が簡単に使い方を教え、オーディたちに分け与えた）飛んでくるのである。

一度の待ち伏せにつき、アルウィナ軍は数十名の死者とそれを上回る数の負傷者を出した。

それが何度も繰り返されれば、いまだ1万以上の戦力を残すアルウィナ軍本隊といえど、堪《たま》ったものではない。とっくの昔にアルウィナ軍の戦意は、地の底を這《は》っている有様だ。

もちろん、アルウィナ軍の指揮官は何度も待ち伏せ対策を試みた。

だが空騎兵を先行させて空から偵察《ていさつ》させても、屋根の下に潜まれてしまっては、どの建物に隠れているかなど分かるはずもなかった。

ならば、魔導師部隊による魔法で防衛軍が隠れていそうな建物を手当たり次第に木端微塵《こっぱみじん》にし、隠れ場所を根こそぎなくしてやろうかと思ったが、それでは肝心要の司令部に攻め込む前に、魔導師たちの体力が底を突いてしまう。

アルウィナ軍本隊の魔導師の大半は、都市部を取り囲む2重の城塞を破る際の激闘で、かなりの疲弊《ひへい》状態に追い込まれていた。

なにより先頭を進む兵が恐れたのは、奇襲の前触れのなさである。

魔法と違い前兆を悟らせず、かといって弓矢のように地味でもない。

敵の司令部に1歩1歩近付くたび、爆発と死の鉄球の雨が突然、真正面から襲い掛かる。

幾度となくそんな目に遭わされ、それでも矢面に立ち続けなくてはならない歩兵たちの士気はどん底に近かった。

指揮官たちも、歩兵という存在が、弓兵や魔導師ほどの希少さはなくとも、やはり重要な存在であることを百も承知している。

パニックに陥《おちい》りかけた歩兵を宥《なだ》めるついでに、火力支援担当である魔導師の体力を回復させる必要も鑑《かんが》みた。

また夜戦においては五感に優れ、夜目が利く種族も多く混じっている防衛軍が有利と判断したアルウィナ軍は、明日の戦いに備えるという意味でも進軍を停止したのであった。

「司令部近くの路地の各所に、仕掛けられるだけの罠《わな》を仕掛けておきましたから、敵が裏路地を通って接近してきても、すぐ分かりますよ。だけど、近付くと無差別に反応しちゃいますから、なるべく近づかないように、他の兵士にもしっかり言っておいてください」

ちなみに裏路地に狩人《かりと》が仕掛けたのは、クレイモアではなく、バウンシング・ベティという別の罠《わな》である。

バウンシング・ベティは通称で、正しい名称は【跳躍《ちょうやく》地雷】。

こちらも対人センサー搭載《とうさい》型で、一定範囲内に人が近づくと安全装置が外れ、敵の目の前で本体部分が跳躍《ちょうやく》、空中で爆発し破片を四散させる。多種多様な種類が存在する対人地雷《じらい》の中でも特に恐ろしい代物だ。

空中で爆発するので被害範囲も大きく、狭い路地に仕掛けようものなら、一度作動してしまうと最後、引っかかった相手に逃げ場はない。

ゲームの仕様上、設置者にはトラップの位置がＰＤＡに表示される。また匍匐《ほふく》で接近すれば、一応回避と回収は可能という設定になっているのだが、もちろん敵がそれを知るはずもない。

アルウィナ軍も松明《たいまつ》を設置しているせいで、司令部とアルウィナ軍本隊の間に広がる大通りには暗闇の空白が生じていた。ただし、空白地帯にも何か所かクレイモアを設置してあるので、暗闇に紛れて忍び寄ろうとしても、探知範囲に踏み込めばすぐバレる羽目になる。

アルウィナ軍本隊の頭上では、空騎兵が交代で、常時、空からの警戒に当たっている。

防衛軍側には、防空網を展開できるだけの航空戦力は、もう残っていない。


「なあカリト君、君もいったん休んできたらどうだ。ここは我々が見ておくから、せめて食事だけでも中で取ってきたまえ」

オーディの部下が狩人《かりと》の方を見て言った。

「いいえ、まだ大丈夫ですよ。そんなに腹も空いていませんから」

「いいから休んでくるんだ。命令できるほど高い階級じゃないが、それでもこればっかりは提案ではなく命令として言わせてもらう。今の君は、かなり酷《ひど》い顔をしているぞ」

「……じゃあ、お言葉に甘えて」

オーディほどではないが、それでも迫力満点の眼光を伴ってそう言われ、腰の引けた狩人《かりと》はすごすごと跳ね橋に向かおうとした。

が、ふと思い立ってＰＤＡを操作しながら防御陣地にＵターンする。

「だったら念のために、これを置いていきますね」

標準装備の、二脚ごと無造作に土嚢《どのう》の上に据え置かれた謎《なぞ》の物体に、兵士が唖然《あぜん》となる。

「な、何だこれ？」

「Ｍ２４０軽機関銃——まあ平たく言えば、俺の世界の武器の１つです。アルウィナ軍が攻めて

た。

ベルトリンクによって数珠《じゅず》つなぎになった、7・62ミリNATO弾が小さな山となって現れ
「弾は装填《そうてん》されてありますから、後はこのグリップをこう持って、ここの部分にある引き金を引きさえすれば、先端の銃口から弾が連続して出るようになってます。ここに置いた弾がなくなったり、発射されなくなったりしたら、俺を呼んでください」

狩人《かりと》が似たような武器を使っている姿は何度も目撃してはいるものの、オーディの部下や兵士たちが実際に触る側に回るのは、これが初めてである。

おっかなびっくり、彼らは言われた通りM240のグリップを握ってみる。そのまま狩人《かりと》の真似をして引き金に指をかけてみようとしたが、それはすぐさま狩人《かりと》本人によって止められた。

「使う時以外は、絶対この引き金に指を当てないようにしてください。他に注意点としては、撃ってるうちにそこの管になってる部分——銃身がかなり熱くなるので、撃った直後は素手で触らないようにするのと、大きな音が連続して鳴るけど、ビックリして変な方を撃たないようしてくださいね。銃を向けて良いのは、敵がいる方向だけです」

「わ、分かったよ。気をつけるとしよう」

「こんな武器初めて見るぜ」「剣よりも重いな、これ」と感想を言い合う兵士の声を背中でボンヤリと聞きながら、狩人《かりと》はフラフラと下ろされたままの跳ね橋を渡り、司令部の敷地内へと足を踏み入れる。

司令部と隊舎の敷地を取り囲む城塞の内側は、どこか陰鬱《いんうつ》な雰囲気に満ちていた。

その発生源は狩人《かりと》やレオナと同じ、アルウィナ軍が攻めて来る前に脱出できず、最終的に司令部に逃げ込むしかできなかった避難民たちだ。

助けを求めてやってきた避難民の数は、こうして見回すだけでも数百はいるだろう。

幼い子供が恐怖心を抑えきれず、家族の腕の中で啜《すす》り泣きをしている。

それだけでも、周囲の気を滅入らせるには十分だった。両親が必死に泣き止ませようとしているものの、効果は芳《かんば》しくない。

敵の攻撃を受けて孤立しているという状況が生み出す、強い不安感。

そして親だけでなく、生き残った防衛軍の兵士たちが放つピリピリとした殺意と警戒心を、幼いゆえに多感な子供は、敏感に感じ取っていた。

避難民の中には、家族全員を失いながら1人だけ生き延びた子供も混じっていた。彼らに至っては、慰《なぐさ》めてくれる存在など誰も残っていない。

周囲の大人たちも似たようなものだ。哀れな子供を慰《なぐさ》める余裕は、彼らにも残されていなかった。

そんな光景を横目に、中庭にやって来た狩人《かりと》は、空いていた壁際に背を預けた。

そのままズルズルと、崩れ落ちるように腰を落とす。周囲の雑音が、どこか遠い世界の出来事のように思えてしまう。

自分の手を眺めてみると、酷《ひど》く汚れていた。数え切れないほど撃った弾薬の硝煙《しょうえん》の残りカスに、砂埃《すなぼこり》と生身の肉体が燃えて出た煙の煤《すす》、そして敵と味方、両方の返り血。

無言でPDAを使い、アイテムボックスからミネラルウォーターを取り出すと、中身を手の平にぶちまけた。両手を擦り合わせて汚れを擦り落とすと、残りの中身は頭にぶっかける。

出現したばかりで、冬山の湧き水並みの冷たさを保った水が頭を濡らす。少しだけ、頭の中がすっきりしたような気がした。

やはり、今の狩人《かりと》は、顔も中身も酷《ひど》い有様なのだろう。肉体的には少し疲れている程度なのだが……いや、むしろそっちの方がおかしいのか？

「あれだけ撃って走り回ったんだったら、身体中痛くなっててもおかしくないよな、普通……」

独りごちつつ脱力していると、唐突に腹が鳴った。

く～、とかきゅ～、などと可愛《かわい》らしいものではなく、ぐぎゅ～～～～……という音の盛大さが、空腹を訴える胃の文句の大きさを示しているように思えた。

夕食を取ろうとアイテムボックスから戦闘糧食《レーション》を出そうと考えたその時、戻って来た狩人《かりと》の姿を見つけたレオナとリィナが彼の下に近づいてきた。

「無事で良かったよ。でもカリト、今のアンタ、かなり酷《ひど》い顔してるよ。大丈夫なのかい？」

「……そんなに酷《ひど》い顔してるかな、俺？」

「その、酷《ひど》いというよりも怖い顔になってます。特に目の辺りとか……」

「どんな感じ？」

「そうだね、手負いで動けなくなってはいるけど、極度に興奮して凶暴になったままの獣《けもの》みたいな目かね」

「微妙に分かりづらいたとえだけど、かなりおっかない顔になってるってことはよく分かったよ」

姉妹の言葉に若干《じゃっかん》肩を落としつつ、狩人《かりと》は眉間《みけん》を揉《も》む。

肉体には、ゲームのパラメータ強化がそのまま反映されている。だが肉体的にはまだまだ元気でも、何時間にもわたる戦闘のストレスにより、精神の方が先に限界を迎えそうになっていた。

「そういうそっちは、大丈夫なのか？」

「はい、怪我《けが》とかもありません。私もお姉ちゃんも大丈夫です」

「そっか。そりゃ良かった」

「って、ちょっとカリト、その怪我《けが》どうしたんだい」

ズズイ、とレオナが急に顔を近づけてきたので、狩人《かりと》は思わず仰け反る。

すぐ後ろが壁であることを忘れていたせいで、後頭部を痛烈に強打した。しばらく後頭部を押さえて悶絶《もんぜつ》してから顔を上げてみると、鼻先が触れそうな近さにレオナの顔があった。

累積された後頭部の痛みに涙目になりつつも、彼女の言った通り、頬に数センチほどの傷が新たに刻まれていたことに狩人《かりと》は気づいた。

「いつの間に……多分、オークに斧《おの》を投げつけられた時かな」

「お、オークとも戦ったんですか!?」

「まあね。オーディさんたちの援護もあったから案外簡単に倒せたけど、反撃された時はかなりビビったよ。俺たちが隠れてた建物の屋根に、大穴空けてきたし、あれはマジでビビったなぁ」

「オークって普通、〝ビビった〟程度の感想で倒せるような相手じゃなかったと思うんだけどねえ。ともかく化膿《かのう》したりしたらめんどくさいから、消毒したほうが良いよ、その傷」

「それもそうだな。でも消毒薬とかは持ってないんだけど、どうしたもんか……」

〈ＷＢＧＯ〉内では、負傷による出血・煙による窒息《ちっそく》・炎上系ダメージによる火傷《やけど》……といった、いくつかの状態異常専用の治療アイテムが設定されている。傷自体は、回復薬を使用すれば、減少したＬＰ《ライフポイント》と一緒に消えてなくなる仕組みだ。

だからといって、小さな傷のためにわざわざ治療薬を使うのもなんだかなあ、と狩人《かりと》は考えていた。この程度の傷なら自然に塞《ふさ》がるだろうし、手持ちの回復薬では効果過剰な気がする。アイテムを無限に使えるとはいえ、日本人の間で古くから伝わる『もったいない』の精神が、無駄な浪費を本能的に阻《はば》んでいるのである。

狩人《かりと》が迷っていると、レオナのほうが行動を起こした。

「しょうがないね、私が消毒してあげるよ」

「それはありがたいけど——ちょっと待て、顔が近い身体も近い！」

がしっ、と両手で鷲掴《わしづか》みにされた狩人《かりと》の頭へ、レオナの顔が急接近。

突然身体を預けるように密着してきたレオナの肢体の柔らかい感触と、顔に吹きかかる彼女の吐息に、勝手に顔が熱くなる。

「ほら、暴れちゃダメだよ」

「んなこと言われても、何する気だ、いったい⁉」

「だから、消毒だって言ってるじゃないかい」

レオナの伸ばした舌先が、狩人《かりと》の頬に触れた。

唾液《だえき》がタップリまぶされた熱っぽい舌先が、頬の傷口をなぞっていく。

沁《し》みるというか何というか、表現のしようがない微かな痛みとか。

犬っぽく少しざらついた舌の感触とか、ぬるりとした唾液《だえき》の温かさとか、だらしなく口を開けて舌を突き出すレオナの顔の色っぽさとか、しな垂れかかってくるレオナの肉体の感触とか、あまりの情報量の多さと大きさに、数秒と経たずハングアップする狩人《かりと》の思考。

思考の再起動とレオナの顔が離れたのは、同じタイミングだった。

「そんぐらいの傷なら、こうやって舐《な》めときゃ消毒は十分でしょ。痛くなかったかい？」

「け、結構なお点前でした」

「？？？　オテマエ？　どういう意味だい？」

「あー、分からなかったら気にしないでくれ。２人とも晩飯まだなんだったら、一緒に食べない？」

「もちろん！」

「ありがとうございます」

そんなわけで、狩人《かりと》は３人分のレーションをアイテムボックスから出す。

今回のレーションは、フランス軍の個人演習用糧食（通称ＲＩＥ）。温めなくても食べられる、火や加熱の手間を必要としないタイプ。

メインディッシュは、缶詰に入った牛肉のサラダ。サラダ、といっても牛肉を豆やインゲンなどと一緒にソースで煮込んだ、れっきとした料理だ。

「美味《うま》いねぇ、美味《うま》いねぇ。冷たくても、普通に美味《おい》しいよ、こりゃ」

「本当、こんな料理初めて食べます。すっごい美味《おい》しいですね」

……今さらだが、レオナたちはこういう加工食品を食べても大丈夫なのだろうか？

昔、今の狩人《かりと》と似たような設定の漫画（戦国時代に自衛隊の大部隊がタイムスリップする作品。いや、向こうはタイムスリップでこっちは異世界トリップか）に、過去の人間が自衛隊員の持ち込んだレーションを食べたせいで腹を下す、という展開があった。

杞憂《きゆう》なんだろうか？　先日一緒に食べてからも、不調を訴えた様子はなかったし。

内心首を捻《ひね》りつつ、懸念が実現した場合は誠心誠意謝ろうと、狩人《かりと》は密かに誓う。

「2人はさ、村で暮らしていた時はどんな食事をしていたんだ？」

「そうだねぇ、だいたいは森の中で仕留めた動物とか、村の皆で耕《たがや》した畑で育てた野菜とか、近くの川で魚を獲ったりもしてたねぇ。それを家に持って帰って、リィナに料理してもらってたよ。私は捕まえるのと捌《さば》くくらいしか、できなくてさ」

「動物を狩るのって、やっぱ弓矢を使ったり罠《わな》とか仕掛けたりするの？」

「そりゃ、もっぱら他の人間だね。私ぐらいになると、猪程度なら素手で十分だよ。名うての猛者ともなると、精霊魔法を使えば、熊だって一発で殴り倒せるのさ」

「……野性的すぎだろ」

「わ、私は狩りとかは苦手ですけど、同じぐらいの子供たちと一緒に、魚釣りをしたりしてました」

リィナが慌てた様子で言う。

「魚釣りねぇ。俺なんか、近所の釣り堀にも行ったことないんだよな」

「釣り堀って何だい？」

敵と睨み合いの真っ最中なのも忘れて、和気藹々《わきあいあい》と食事をしていると、ふと自分たちに突き刺さる視線に気づいた。

いつの間にか、目の前に幼い子供の姿が。

くぅ、という可愛《かわい》らしい腹の音が聞こえてきた。

「おなか、空いてるのか」

「……（こくこく）」

無言で頷く少年。かなり薄汚れた恰好をしている。この子供も、アルウィナ軍の別働隊に襲われた避難民の生き残りなのだろう。

「これ、食べるか？」

包装紙を破いて取り出したのは、ＲＩＥに付いていたデザート代わりのジェリーバーだ。色はオレンジ。アンズ味である。

少年は、初めて見る食べ物をおっかなびっくり受け取ると、しばらくジェリーバーをジッと見つめてから、おずおずとした動作でゆっくり口に運んだ、先端を、ほんの少しだけ齧《かじ》る。

すぐに少年の両目が見開かれ、次に満面の笑みになった。それに釣られて、狩人《かりと》も微笑《ほほえ》んだ。

やっぱり子供には、元気な笑顔のほうがよく似合う。

「美味《おい》しいか？」

「うん！　こんなの初めて食べた！」

そこでふと、何だかさっき以上に大量の視線を感じた。視線の焦点《しょうてん》を少年からその後方一帯へ、ずらしてみる。

今度は1人や2人どころか、中庭中の避難民たちが、揃いも揃って狩人《かりと》たちの方へ視線の集中砲火を注いでいた。虫眼鏡を通した太陽光よろしく、物理的な影響すらおよぼしかねないぐらい集束しているその視線に、リィナが「ひっ」と、小さく悲鳴を漏らす。

より正確に表現すると、避難民たちの視線が集まっているのは、3人が持つ食いかけの食事。

どこからともなく聞こえてくる、盛大な腹の鳴る音。

「……………皆さんも食べます？」

一斉に頷かれた。

「はいはーい、ちゃんと皆さんの分はありますから、慌てないでくださーい！」

「コラァ、そこのオッサン！　イイ年した大人が大人げなく騒いでんじゃないよ！　ぶっ飛ばされたいかい⁉」

「は、はい、次の人こちらにどうぞー‼」

各責任者との作戦会議を終えた後、避難民の食事をどうするか頭を悩ませていたオーディは、どこからともなく持ち出した大量の食料を避難民たちに分け与える狩人《かりと》と娘たちの姿に、呆気に取られていた。

ついでにオーディも異世界の食料を試食し、大いに気に入ったそうな。

14 アラモ①

「そういえば、ちゃんと使えるのかどうか、確認してなかったな」

唐突にあることを思い出した狩人《かりと》は、中庭の片隅――元は倉庫のあった場所――人気のない空間へ移ってから、ＰＤＡを操作した。

各種パラメータの一覧画面を表示させてみると、案の定、ＢＰ《バトルポイント》が最初よりも倍近く増加していた。アルウィナ軍の足止めにおいて、クレイモアとの併用によりかなりの敵兵を殺したのだから、それぐらい増えていてもおかしくあるまい。

ＢＰ《バトルポイント》の累積に伴い、前回確認した時よりもさらに数種類、要請《ようせい》可能な支援が追加されていた。問題は、実際にこの世界でも支援要請《ようせい》がしっかりと行われるのかどうかだ。

それを確かめるには、実際に行う以外に方法はない。

「どーれーにーしーよーおーかーな……っと」

攻撃支援はあまりに目立ちすぎるし、自軍がパニックを起こしかねないので、支援物資の要請《ようせい》を選ぶ。

選択・実行すると、支援要請《ようせい》分の代金が手持ちから引かれる『チャリーン』という効果音とともに、目の前で光が集まり、かと思うと次の瞬間には要請《ようせい》したアイテムへと姿を変え、目の前に鎮座《ちんざ》していた。

大きさは小型の全地形対応車（ＡＴＶ）クラス。小型のキャタピラを履き、各部を装甲板に覆《おお》われたその輪郭《りんかく》は、まさに超小型の戦車だ。

武装として７・６２ミリ口径の軽機関銃と、４連装ロケットランチャーを搭載《とうさい》。

最大の特徴は、人が乗って動かすのではなく、ＰＤＡにより遠隔操作で操縦をする点だ。

狩人《かりと》が呼び出したのは、武装型の無人陸上車両（ＵＧＶ）だった。

「一応、支援要請《ようせい》も使えることは使えるわけだな」

そう呟《つぶや》くと、呼び出したばかりのＵＧＶをアイテムボックスに収納。

ＵＧＶは大丈夫だが、一部の兵器は――だいたいが支援物資要請《ようせい》で投下される代物ばかり――装備品リストにもアイテムボックスに、収納できない。

また、物資要請《ようせい》で入手しアイテムボックスに収納可能な大型火器も、装備品としてストレージ化は不可能となっている。使用する場合は、ＰＤＡを使ってアイテムボックスを開いて選択、という手順が必要だ。つまりその分、隙が生じてしまう。

これがチームを組んで仲間に守られている時ならともかく、ソロで戦闘に参加している場合は、その無防備な数秒間が命取りになるので注意が必要だ。

（支援要請《ようせい》も使えるんだったら、こっちの取れる戦術もかなり広がる。使えるモンはとにかく活用してかないと）

ＵＧＶが手品のごとく姿を消すのと入れ替わりに、どこからともなく爆発音が響いた。

にわかに兵士や避難民がざわめき出す。狩人《かりと》はすぐに、それが路地裏に仕掛けておいたバウンシング・ベティによるものだと察知した。

　ゲーム中で何度も聞いてきた音だ。音の違いで分かる。

　味方を不用意に騒がせてしまったのも事実なので、事情を説明するべく、狩人《かりと》は司令部に向かった。


　夜明けは、万物に平等に訪れる。

　1万を超える軍が展開するには、狭すぎる大通りの真ん中で一夜を過ごし、英気を蓄え陣容を整え直したアルウィナ軍は、再び進軍を始めた。

　もちろんそれは防衛軍側も感づいており、まだ戦えるのであれば怪我《けが》人や男の避難民でさえも総動員して、徹底抗戦の構えを取っている。

　女子供は、司令部に設けられた地下倉庫に避難済みである。

　レオナも狩人《かりと》とオーディに説得され、渋々リィナと隠れていた。

　司令部の許可を取った上であらん限りの仕込みを終え、跳ね橋前の防御陣地にオーディたちと一緒に身を隠していた狩人《かりと》は、先程打ち上げた小型無人偵察機《UAV》が送ってくる俯瞰《ふかん》映像を見て、ある疑問を抱いた。

　ちなみに今回操作しているのは、〈スイッチブレイド〉のような発射型ではなく、開いた傘を逆さにしてプロペラを4つ取り付けたような外見の、ラジコンヘリのように垂直離陸・着陸可能なマルチコプター型ドローンだ。

アルウィナ軍の頭上を滑るような動きで飛行中。地上の兵たちはまだ気づいていない。

「これ、昨日と戦列の構成が違いません？」

ＰＤＡの画面をオーディにも見せてみる。

狩人《かりと》が何をしているのかという疑問はオーディも抱いていた。画面に映し出されているのが、アルウィナ軍の戦列を空から見下ろしたものだと理解した時は、大きな驚きも覚えた。

しかし、すぐに「そういうものなのだ」と余計な疑問を封殺すると、映像から分かる事実を検分する。

違和感の正体が何なのか、すぐに理解した。チッ、と１つ舌打ち。

「魔導師部隊が前に出てきているんだ。この最前列、重装歩兵のすぐ後ろにいるのが敵の魔導師で、重装歩兵のすぐ前方に広がっているこの薄い光の膜は防御魔法だ。

おそらく敵は、君の仕掛けた罠《わな》を、防御魔法で防ぎながら進もうという魂胆《こんたん》に違いない」

「その防御魔法って、どれぐらい頑丈なんですか？」

「かなりの強度だ。高位の魔導師ともなれば、攻城兵器の攻撃でさえも容易《たやす》く防いでしまう――」

ジワジワと防御陣地に近づきつつあったクレイモアが、２基同時に炸裂《さくれつ》。間髪入れず、狩人《かりと》の下まで悲鳴が聞こえてくる。

爆発の煙に薄く包まれて肉眼では詳しい状況はイマイチ掴めなかったが、ドローンから送られてくる映像の中に表示されている光点の数が、数十ばかり減じている。

どうやらクレイモアの爆発は、アルウィナ軍へモロに襲い掛かったらしい。

「防御魔法の効果はないみたいですね」

「……そのようだね」

狩人《かりと》は、重装歩兵と魔導師部隊による混合部隊の出鼻を挫《くじ》いた。続いて司令部に向けて侵攻してきたのは、アルウィナ軍の空騎兵部隊である。

8騎ずつ、3手に分かれて、司令部めがけ飛来してくる。

竜とグリフォンが半々という構成の1個編隊は、防御陣地を爆撃すべく、くねくねと小刻みに体を揺らす回避行動を取りながら、低空飛行に移った。まっすぐ陣地へ突っ込む軌道を取る。

「左右に気を取られるな。正面の敵に攻撃を集中させろ！」

空騎兵と防御陣地との間隔が２５０メートルほどまで近づいた辺りで、一斉に弓矢、射撃魔法、獣人による投擲《とうてき》、そして狩人《かりと》のＦ　Ｎ《ファブリックナショナル》・ＭＫ48軽機関銃による対空砲火が、次々空へ放たれた。

紙一重でかわす者もいれば、避けきれず、弓矢が突き刺さった乗り手が手綱《たづな》を手放してしまい、竜の背中から転げ落ちる者も出た。地面に激突すると、たっぷり水気の含んだ物体が潰れる嫌な音が、風切音や銃声の中でもハッキリと狩人《かりと》の耳に届いた。

操っていたグリフォンと一緒に、魔法弾の直撃により空中で爆砕する者もいる。弾丸に頭部を砕かれ、乗り手もろとも屋根に突っ込む者も2騎出た。

それでも残りの4騎は、互いの位置を長年の経験で把握《はあく》しながら、回避行動を取り続けつつ、彼我との距離をあっという間に詰めていく。

その際、防御陣地からやや離れた建物の平らな屋根に、見慣れぬ物体が置いてあることに気づいた。伏兵《ふくへい》がいる様子はないので脅威《きょうい》ではないと判断し、4騎はそのまま防御陣地を爆撃目標にすえる。

それが命取りとなった。

防御陣地まで直線距離で残り100メートルまで近づいたその時、屋根に置かれていた謎《なぞ》の物体が急に動いたかと思うと、脚立らしき部分の上部に設けられた、太い鉄製の筒を1組ずつ組み合わせたような物体が空騎兵の方を向き、火を噴《ふ》いた。

連装された銃口から飛び出した複数の12・7ミリ弾によって、乗り手も翼を持つ獣《けもの》も、まとめて一緒くたに粉砕された、見分けがつかないぐらい混ざり合った肉片を飛び散らせながら、空中から転げ落ちていく空騎兵。

2基のM2重機関銃を連結した自動機銃《セントリーガン》は、すぐさま次の目標を捉《とら》え、歩兵の弓矢程度ならば簡単に跳ね返してしまう強度を誇《ほこ》る竜の外皮を、容易《たやす》く撃ち砕いた。

慌てて方向を転じた空騎兵も、大通りを挟んで反対側の建物の屋根に設置されていたもう1基のセントリーガンによって、あっさりと全騎撃墜《げきつい》された。

「空騎兵の編隊を、こうも容易《たやす》く全滅させてしまうなんて、君の世界の兵器は凄まじいね！」

「でも弾が限られてますし、探知範囲より外の敵には反応しませんから限度がありますよ！」

「もっと大量に設置できないのかい？」

「設置できる数にも、制限があるんですよ！」

支援物資要請《ようせい》によって入手した強力な兵器は、〈WBGO〉では同時に設置できる数が限定されていた。その縛《しば》りはこの世界でも適用されており、狩人《かりと》がどう頑張っても、制限以上の兵器を設置するのは不可能だった。

残りの2個編隊は、司令部屋上から流星群よろしく大量に放たれるマジックミサイルによって撃ち落とされ、爆弾やブレスが放たれる前に追い払われた。

今回は凌《しの》げたが、数に任せて全方位から空爆されれば、セントリーガンやマリアンたち生き残りの魔導師だけて凌《しの》ぎ切るのは難しい。

空からの攻勢に並行し、地上のアルウィナ軍も新たな動きを見せている。

歩兵による戦列が2つに割れたかと思うと、その間から軍馬に跨《また》がった騎兵が姿を現した。

全速力で大通りを疾走してくる。クレイモアが爆発するより早く、効果範囲を突破しようとでもいうのか。

「無茶するなぁ……」

仕掛けた本人の呆れた呟《つぶや》きと同時に、クレイモアが作動。

超音速の爆風に押し出された多量の鉄球から、たかが馬の全力疾走程度で逃れるなど不可能である。クレイモアの直撃を食らい、人馬の見分けがつかなくなった。

だが、それからも数騎の騎兵が馬上で雄叫《おたけ》びを上げながら繰り返し突撃をし、次々と仲間の後を追っていった。それに従い、爆発の煙に隠れるようにしながら、戦列そのものも次第に騎兵の屍《しかばね》を乗り越え、防衛陣地へとにじり寄ってきている。

そろそろ、互いの弓矢や魔法の射程圏内だ。

「ヤバい、そろそろ大通りに仕掛けたクレイモアも、少なくなってきています」

「あの騎兵は、後続の道を切り開くための死兵だったわけか……！」

数騎がクレイモアの餌食《えじき》になったところで、後続が進んでも爆発が起きなくなった。

大通りに設置されていた足止め用のクレイモアが、品切れになってしまったのだ。

途端に、アルウィナ軍の勢いが増した。

地雷《じらい》原を突破した騎兵に続けと言わんばかりに、重武装の歩兵たちも疾走を始める。人の津波が生まれる。足音が地鳴りのようだ。

実際、１万の兵の荒々しい足音によって、防御陣地がビリビリと振動していた。

その迫力に、狩人《かりと》の喉が干上がる。

溜めに溜めて、引きつけてから発せられたオーディの合図がなければ、そのままトリガーを絞るのも忘れて、ずっと固まっていたかもしれない。

「撃てぇ‼」

砲火の口火が一斉に切られた。

鎧《よろい》を貫通した鋼鉄の鏃《やじり》に胸を射ち抜かれた兵士が、もんどりうって倒れる。

マジックカノンが至近に着弾し、解き放たれた衝撃《しょうげき》波を一身に受けた歩兵が四散する。

獣人兵が投擲《とうてき》した槍によって、後続ごと胴体を串刺しにされる。

狩人《かりと》から貸与されたM240が、異世界の人間兵の手によって火を噴《ふ》いた。

次々と吐き出される7・62ミリNATO弾。

役目を終えて分離したベルトリンクと空薬莢《からやっきょう》が、機関部から押し出される。

曳光弾《えいこうだん》の放つ尾を帯びた弾丸が、暴力的なまでの迫力を放って突撃してくるアルウィナ軍へと、吸い込まれていった。

高威力のライフル弾を、単に鉄を鍛造《たんぞう》した程度の防具で防ぐことはできない。胴当てを貫通した弾丸に内臓をかき回されたり、腕や足の骨を直撃して半ばから千切れかけたりする敵兵が続出した。

そこへ、狩人《かりと》のMK48も加わる。

米軍や自衛隊など、各国が採用しているミニミ5・56ミリ軽機関銃を大口径化したモデルであり、こちらも使用するのはベルトリンク方式の7・62ミリ弾。ドットサイト・フォアグリップ・200連発ボックスマガジンを装着。

興奮に任せ、とにかくM240を連射しっぱなしの兵士とは対照的に、狩人《かりと》は小刻みな連射と修正を繰り返す。

そこへ、屋根の上に設置してあったセントリーガンも加わった。M2重機関銃をベースとしたセントリーガンが放つ12・7ミリの威力は、歩兵用のライフル弾とは比べ物にならない。

兜《かぶと》に護られた頭部に当たろうものなら、文字通りの意味で消滅してしまう。

もちろん他の防具も役には立たず、胴体に当たれば胴体の大部分が消失し、手足をかすめただけで千切れそうになる。もちろん、手足を失うだけでも十分致命傷《ちめいしょう》だ。

そんな悪魔のような弾丸が頭上から降り注ぎ、正面からは矢に魔法に投槍に鉛玉の、雨あられ。オーディや獣人の兵士は、予備の矢や投擲《とうてき》用の槍をすべて使い果たすと、今度は足元に山と置いてあった手榴弾を投げ始めた。

機関銃同様、あらかじめオーディたちにも使ってもらおうと、大量に実体化させておいたのだ。狩人《かりと》に教えられた通り、オーディたちは安全ピンを抜いてすぐに全力で投げる。

地球では、手榴弾の投擲《とうてき》距離は40〜50メートルが限界とされているが、獣人の胆力なら、軽々100メートル以上先まで届かせることができた。

防衛軍にとってもアルウィナ軍にとっても、地獄《じごく》のような光景がしばらくのあいだ続いた。

アルウィナ軍は、長剣を掲げて「進軍！」と吠え立てる指揮官の命令に急かされて進軍すれば、これまでの敵からの反撃とはまったく違う、未知の攻撃によってことごとく仲間が撃ち倒されていく。

しかも、突然仲間の身体が爆発したかのように、鮮血《せんけつ》と肉片を撒《ま》き散らすという死にざまを見せつけられるのだ。時折、頭上での爆発にも襲われ、兵の中には戦意を喪失《そうしつ》ししゃがみ込んでしまった挙句、後続を巻き込んで将棋倒しを引き起こす者も現れた。

何なんだ、この戦いは。何でこうもあっけなく皆死んでいくんだ？

狩人《かりと》たちからしてみれば、撃っても撃っても仲間の死体を乗り越え、後から後から絶え間なく押し寄せるアルウィナ軍の姿は、まさに白昼の悪夢とでも表現すべき凄惨《せいさん》だった。

大通りには死体が積み上がり、流れ出た鮮血《せんけつ》で、今や紅色に舗装《ほそう》されてしまっている。

あとどれだけ殺せば、この悪夢は終わるんだ？

狩人《かりと》も既にボックスマガジンを交換済みで、２個目ももうすぐ弾がなくなりそうだ。

Ｍ２４０に至っては、残弾数が１００発を切っている。連射のしすぎでもはや銃身が赤熱化し、軽機関銃を据え付けた土嚢《どのう》に焦げ目すら刻んでいる。

その時、歩兵の頭上越しに放たれたアルウィナ軍の射撃魔法によって、セントリーガンが設置されていた建物の屋根が半壊した。

盛大な発砲炎と曳光弾《えいこうだん》の軌跡から、設置地点がバレていたのだ。続けてもう1ヵ所のセントリーガンも破壊されてしまう。

機械仕掛けの全自動型重機関銃からの強力な銃火が止むと、防御陣地への圧迫感が倍増した。

潮時だ、と指揮官のオーディは判断した。跳ね橋を封鎖《ふうさ》し、司令部での籠城《ろうじょう》戦への移行を決断。今ならまだ、間に合う。

「司令部まで退却するぞ！」

待ってましたと言わんばかりの機敏さで、他の兵士たちも防御陣地からの撤退を開始した。

狩人《かりと》も頷きながら、手元の武器をグレネードランチャー付きのＨＫ４１６に切り替える。

Ｍ３２０グレネードランチャーには、煙幕弾を装填《そうてん》。

迫りつつあるアルウィナ軍の鼻先に撃ち込んで、目くらまし。

狩人《かりと》が跳ね橋を渡ったのを合図に、カラクリ仕掛けの城門が閉まり始める。跳ね橋が完全に上がると、城門を塞《ふさ》いだ。

狩人《かりと》が城門をくぐってから防御陣地のほうを振り返ると、閉まりゆく城門の向こう側では、煙幕を突破したアルウィナ軍が次々と防御陣地に取りついたところだった。せめて跳ね橋が上がり切る前に城門に取りつこうと、血走った目で迫る大量のアルウィナ兵。

魔法のように握られていたＨＫ４１６が、別の物体と入れ替わる。

それは手の平ぐらいある、大きな洗濯バサミのような形状をしていた。

まっすぐそれを握った手を城門に向けて伸ばし、城門が閉まり切る直前に強く握りしめる。

……次の瞬間、防御陣地に隣接する数軒の建物内に仕掛けられたＣ４爆薬（プラスチック爆弾）が、周囲に固まった大量のアルウィナ兵ごと爆発した。


内部に設けられた階段を上って、城塞上部に出る狩人《かりと》たち。

防御陣地は両側から挟み込まれるように起きた爆発によって、完全に消滅していた。

それはＣ４が仕掛けられていた建物も同様だった。それぞれの爆心地《グラウンドゼロ》には、小さなクレーターが形成されている。

アルウィナ軍側の被害も甚大《じんだい》だ。防御陣地を乗り越えようとしていたせいで流れが一時的に滞っていたため、一度の爆破で、少なくとも数百人が死傷した。

クレーター周辺に、建物と人間の破片が散乱しているのが見えた。狩人《かりと》の冑が、鉄塊でも押し込まれたかのように重くなった。

それでもまだ、アルウィナ軍は戦闘を続行する。

相手が防御陣地すら放棄して最後の砦《とりで》である司令部に立てこもったと見るや、これさえ突破すれば自分たちの勝利だと確信し、再び士気を盛り返しつつあった。

騎兵も馬から降り、攻城戦に加わっていく。歩兵の後ろから弓兵と魔導師が援護射撃。

「総員構え！」

城塞の上で、ミノタウロスの防衛軍司令官が兵士たちに号令をかけた。

城塞上には兵士だけでなく、男の避難民も震える手で剣や槍や、上から投げ落とすための石を抱えて戦いに加わっていた。中には、油が煮えたぎる大鍋を持っている者もいる。

司令部を取り囲む空堀は、深さ2メートル、幅10メートル前後。堀というより干上がった川のようだ。そこへ、城壁を越えるための梯子《はしご》を掲げた歩兵が雪崩《なだ》れ込む。

何重にも低く鳴り響く足音に、彼らの足元で鳴ったわずかな金属音は呑み込まれた。

突入一番乗りを目指し、空堀へ滑り込んだ大量の歩兵が堀の底を踏み締めた瞬間だった。

突如、地面から飛び出してくる平べったい物体。それに驚いて足を止める者もいれば、勢い余って気づかぬまま通り過ぎようとした者もいた。

それは1つや2つどころではなかった。

大軍が進むには狭すぎる通りを抜け出て、一斉に城塞に取りつこうと大きく横に広がった陣形をとなりながら、空堀に飛び込んだ歩兵の行く手を阻《はば》むかの如く、いくつものバウンシング・ベティがほぼ同時に作動したのだ。

花火大会のクライマックスよろしく、数珠《じゅず》繋ぎのように連続して、兵の目線と同じぐらいの高さまで打ち上がった地雷《じらい》本体が、空中で爆発する。

鼻先で爆発の不意打ち。堀に侵入した歩兵のうち数十名が、破片で全身ズタズタになったり、首から下が泣き別れの憂《う》き目に遭った。

空堀に仕掛けられていたさらなる罠《わな》に出鼻を挫《くじ》かれ、突撃に何度目かの躊躇《ためら》いを見せる歩兵たち。

それを見て取ったミノタウロスの司令官が、押し寄せてくるアルウィナ軍の足音の大合唱にも負けない大音量で、合図を出した。

「今だ、放てぇっ‼」

招かれざる団体客に、防衛軍からとっておきの『歓迎』が頭上から振る舞われる。

シタデルを舞台にした攻防戦は、いよいよ最終局面へ到達する。

15 アラモ②

「ええい、まだか、まだ攻略できないのか⁉」

シタデル全体を囲む2重の城壁の内側。

街への入り口近くにある建物の中でも軽度だった宿屋の、酒場を兼ねた1階部分に設けられた臨時の作戦本部。

アルウィナ侵攻軍の現・総指揮官は、唾を飛ばさんばかりの勢いで激怒の雄叫《おたけ》びを発していた。

「そ、総指揮官殿。もはや限界です。跳ね橋を上げられたために破城槌も使えず、城門への攻撃を封じられています。ここまで率いてきた兵のうち、既に半数以上を失っているのですぞ！」

「それが何だ！　今日中にこの街を完全に制圧しなければ、我らの命はないのだぞ⁉　貴様はそれでもよいのか⁉」

血走った目で、総指揮官は忠言してきた参謀《さんぼう》を睨んで怒声を浴びせる。

「とっくの昔に我々は壊滅《かいめつ》状態にあるのです！　これ以上、無駄に兵を散らせるような真似を、私は認めません！」

参謀《さんぼう》も負けじと声を張り上げ、保身に執着するあまり狂気に踏み込んでしまった上官に言い返す。

「また金を積んで、傭兵《ようへい》やゴロツキどもを集めれば良いではないか！」

「これだけの被害を出してしまえば、命惜しさに次は集まらないに決まっていましょう！」

「ならば残っている兵に、手柄を立てれば好きな物を何でもくれてやる、と言えば良い！」

「ほ、報告！　一部の傭兵《ようへい》が勝手に退却し始めております。他の兵も傭兵《ようへい》に同調するものが現れ、我が方の戦況は混乱しつつあります‼」

引き攣《つ》った顔で駆け込んできた伝令の報告に、「ほら見てみろ！」と言わんばかりの参謀《さんぼう》。

そもそも常日頃から、これまで亜人と手を組んだ周辺各国によって、祖国がどれだけ虐《しいた》げられてきたのかを――実際はその真逆――国民に喧伝《けんでん》するという、ある種の洗脳工作を行ってきた。

だからこそ、ここまでの打撃を受けても、侵攻軍はギリギリのところで瓦解《がかい》せずに済んだのだ。

それも今や限界を迎えつつあることを、伝令の言葉が教えてくれた。

「総司令、ご決断ください！　このまま無為に犠牲《ぎせい》を出し続けるのであれば、この戦は単なる敗北では済まず、栄えあるアルウィナ王国軍人の誇《ほこ》りと名誉を穢《けが》す結果となりますぞ！」

「うるさい！　舐《な》めたことを抜かすでない！　それ以上小賢《こざか》しい口を叩けば、この手で斬り伏せるぞ！」

まさに狂った獣《けもの》のような凶相に顔を歪《ゆが》めた総指揮官が、腰に佩《は》いた剣に手をかけた。

咄嗟《とっさ》に参謀《さんぼう》も己の剣に手を伸ばす。一気に殺意が広がる室内。

閃《ひらめ》く白刃。

剣を振るったのは、総指揮官でも参謀《さんぼう》でもなかった。

そして付け加えるならば……総指揮官は今や元・総指揮官と表現すべき存在と化していた。

ゴロンと、凶相に凍りついたままの総指揮官の頭部が胴体から転げ落ち、一拍遅れて首から下が横倒しに崩れ落ちる。

頚部が両断されたにもかかわらず、なぜか断面からは血がまったく流れ出ていない。

傷口がレーザーの切断面のごとく焼け焦げ、血管を完全に焼きつぶしてしまっているのだ。

剣閃を放った人物は、白銀に輝くミスリル鋼製の鎧《よろい》を纏《まと》った赤髪の女騎士。

彼女、『炎剣』のヒルダは、おぼろげに光を放つ刀身を持つ、愛刀の宝玉付き長剣を鞘に納めながら、わずかに鼻を鳴らした。

それはあまりにも無様な醜態を晒《さら》した元・総指揮官に向けた、侮蔑《ぶべつ》の笑い。

「あの御方の手を煩《わずら》わせるのも無駄に思えるほどの、無能だったな」

彼女の声は、まるで繊細《せんさい》なガラスで作られた鈴の音のように涼やかでありながら、同時に無機質さも併せ持つ透明な声色だった。

「私も兵を率いて出陣する。前線で生き残っている魔導師たちに、我々が突入する際に合わせて一斉に魔法を放って援護するように伝えておけ」

「りょ、了解いたしました！」


「チクショウ！　ホント数だけは多いな、もう！」

やけ気味な悪態を漏らした狩人《かりと》の目の前を、流れ矢が通過した。

目の前を矢が掠《かす》めるのもいい加減慣れっこなのだが、それでも心臓に悪い。荒くなった呼吸音が口元を覆《おお》うマスクの中で反響して、ひどく耳障りだった。

防御陣地を守っていた時は迷彩服に特殊ゴーグル、防弾プレート入りタクティカルアーマーと、一般的な地球の近代歩兵と大差ない恰好をしていた狩人《かりと》。

戦いの場を城壁の上に移してからは、見た目も装備も大きく変化している。

第3帝国時代のドイツ軍を髣髴《ほうふつ》とさせるデザインの鉄帽。

ゴーグルは性能そのものは変わりないが、デザインは旧式の暗視ゴーグルに似た外見となり、目元から下をガスマスクが隠す。

首から下は〈ジャガーノート〉ほど重厚ではないが、それでも威圧感たっぷりの金属製の防具が全身を覆《おお》っていた。特に両肩を守る肩当ては、アメフト用のプロテクターみたいに大きく隆起《りゅうき》している。

現在、狩人《かりと》が装備しているアーマーは通称〈プロテクトギア〉。

正式名称はまた別にあるのだが、〈WBGO〉プレイヤーの間では某作品に登場する治安部隊用防護服にそっくりなことから、〈プロテクトギア〉のほうが通りが良い。

プレイヤー同士が集まって結成される〈クラン〉と呼ばれる傭兵《ようへい》部隊の中には、これまた某作品の主人公が所属する部隊にあやかって、このアーマーに、軽機関銃のMG42を中心とした第2次大戦当時のドイツ軍武器、という組み合わせで装備を統一したものも存在していた。

見かけ相応にアーマーの機能も充実しているので、マニアックなプレイヤー以外からの人気も高い。

各部強化プロテクターによる各種ダメージ軽減。ガスマスクやヘルメット、アーマーで全身を守っているので、閃光《せんこう》・音響攻撃からの保護機能に、毒ガス・火炎ダメージも無効化。極めつけは、各部位の筋力アシスト機能により、身体能力も強化される。

〈ジャガーノート〉が装備者を不沈の人間要塞に変貌《へんぼう》させる装備だとすれば、〈プロテクトギア〉は装備者の戦闘能力を満遍なく底上げするための、特殊アーマー。

狩人《かりと》が求めたのは、矢が当たっても容易《たやす》く跳ね返すだけの装甲と移動速度の向上の両立という、一見難しいモノであった。

とはいえ、狩人《かりと》の事情も切実だ。防衛戦は、いわばもぐら叩きに似ていて、敵の接近を抑えるには頻繁《ひんぱん》に遊撃を行わなければならない。弓矢や魔法の飛び交う中を、だ。

武器のほうも、瞬間火力と継戦能力を両立できる代物を選んでいる。

退却前にも使用していたMK48軽機関銃に、新たなパーツが取り付けられていた。

ガトリングガン用に使われるような給弾レールが軽機関銃の側面に接続され、レールは狩人《かりと》が背負う大きなバックパックへ続いていた。

バックパックの中身は、大量の弾薬。

〈アイアンマンシステム〉と呼ばれる、追加給弾システムだ。継続発射時間を数倍にする装備。

軽機関銃以外にも、アーマーの胴体部分には、鈴なりにぶら下がった大量の各種手榴弾と予備の弾薬を装備。

腰にも別の銃のマガジンを提げ、両の太ももには、ホルスター入りの愛銃デザートイーグル。

平原での戦いに負けず劣《おと》らずの重武装だ。

手当たり次第に撃ちまくる。

弓矢や投石など目ではない威力と密度の弾幕が、空堀の中のアルウィナ軍へ降り注ぐ。

城塞の外側と上部は、今や両軍が流す血によって赤黒くペイントされつつあった。

弾き出された空薬莢《からやっきょう》が、防衛軍兵士の流した血だまりに触れてジュッと音を立てた。

狩人《かりと》の見ている前で、新たな雲梯《うんてい》（公園にあるような遊具ではなく要は長い梯子《はしご》のことを指す）がかけられ、いそいそと登って来たアルウィナ兵が、兜《かぶと》に包まれた頭を壁の向こう側からひょっこり覗かせた。

間髪入れずその前まで駆け寄った狩人《かりと》は、軽機関銃の伸縮式ストックでぶん殴る。

折れた歯と鮮血《せんけつ》を飛び散らしながら、悲鳴を上げて落下していくアルウィナ兵。こんな光景がそこかしこで繰り広げられている。

続けざまに前蹴りで雲梯《うんてい》を蹴り飛ばし、城壁の向こう側にそのまま倒れていった雲梯《うんてい》が視界から消える。たった今、雲梯《うんてい》がかけられていた部分から身を乗り出して、ＨＫ４１６を撃ち込む。

別の場所では、オーディも狩人《かりと》と同じように、登っている途中だったアルウィナ兵ごと、雲梯《うんてい》を蹴り飛ばしていた。

義勇軍のドワーフもハンマーで殴りつけ、敵兵ごと雲梯《うんてい》を粉砕。

ケンタウロスの司令官が装填《そうてん》途中だった次弾の矢を、短槍代わりに、城壁上へ到達寸前だったアルウィナ兵に突き刺してから叩き返す。

数少ない生き残りの魔導師が放つマジックカノンが、司令部周辺の建物上から弓を放ってくる弓兵を、部隊単位で建物ごと吹き飛ばす。

特筆すべきは、司令部の屋上に陣取ったマリアンの援護射撃だ。

彼女の放つ攻撃は、クラスター爆弾による空爆みたいに、大量の光弾がアルウィナ兵の頭上に降り注いでは、連鎖的に爆発。肉体をバラバラに引き裂いてしまうのだ。

城壁際の戦闘に持ち込んでからも、多くの被害をアルウィナ軍に与えつつあったが、防衛軍側もまた残り少ない戦力を着実に削られつつある。

特に被害が多いのは、臨時で加わってもらった避難民たちだ。

元より、素人《しろうと》ばかりなので動きが悪い。特に登ってくる歩兵に気を取られすぎ、射撃攻撃に対しての対応が疎かだ。

矢で射貫かれたり、魔法の余波に巻き込まれる者が続出していた。

時折城壁を飛び越えた射撃魔法が、狩人《かりと》たちの背後にある司令部の建物や隊舎に着弾した。

主にアルウィナ側からの魔法攻撃と、時折飛んでくる空騎兵の爆撃によって、避難民が隠れている建物にも被害が発生していた。

それでも、参戦している避難民は、投擲《とうてき》用の握り拳ほどもある石や煮え滾《たぎ》った油などを城壁際の堀に集まるアルウィナ兵に降らせるなどして、必死に奮闘している。

どちらも、鎧《よろい》を装備した兵相手でも効果的な戦法だ。硬く重たい石が兜《かぶと》に当たり、衝撃《しょうげき》で脳震《のうしん》盪《とう》を起こす。高熱の油が防具の隙間から侵入して、哀れな兵士の全身を焼く。

「ぎゃあああっ⁉」

狩人《かりと》のすぐ真横で悲鳴が上がった。流れ矢をどてっぱらに食らった避難民の男性が、腹を押さえて転げまわっているのが目に入った。

「今、治療します！」

駆け寄る狩人《かりと》。

決戦が始まる前、狩人《かりと》はオーディ経由で、自分が所持する回復薬を防衛軍の兵士全員へ配布できないか、という提案を伝えた。

答えはNOだった。防衛軍全体をまとめる司令部の人々は、狩人《かりと》のことを信用しきれていなかったからだ。

戦闘に加わってくれるのはありがたい。だが、武器もそうだが、狩人《かりと》が取り出すアイテムはどれも謎《なぞ》が多く、いざ使ってみた際に副作用を起こしかねないのでは――と、司令部は疑念を抱いた。

立場上、彼らの決定も仕方のないことではあった。

結果、防衛軍に死傷者が続出し、戦線復帰ができずに死んでいく者は後を絶たない。

左手に持ち替えたＭＫ48を片手でぶっ放しつつ、右手で腰のポーチに入れておいた治療薬入りのペンシル型注射器を取り出す。涙と鼻水まみれで苦悶《くもん》する避難民の腹から矢を引っこ抜き、それから注射器を首筋へ押し付ける。

投与からたった数秒足らずで、男性の腹の傷は綺麗《きれい》さっぱり消えてなくなった。

「これでもう大丈夫ですよ！」

「あ、あれ？　腹の傷は？」

あっという間に、痛みが傷ごと消えてなくなったことに現実感が湧かない様子の男性は、しばし呆《ほう》けた。周囲の状況も忘れてしまったかのように、身体をふらつかせながら無警戒に立ち上がろうとする。

「あっ」

とっさに引きずり倒す間もなかった。

新たに飛んできた矢が、立ち上がった男性のこめかみへ突き刺さった。

支えを失った棒のように、倒れていく男性。

側頭部から矢を生やした男性がそのまま城壁の外へ転落する光景を、狩人《かりと》は愕然《がくぜん》と見つめることしかできなかった。

狩人《かりと》の手が届かない場所へ、男性は逝《い》ってしまった。

そもそも頭部を矢に貫《つらぬ》かれた時点で、男性は即死していただろう。狩人《かりと》の薬は死んだ人物には効果がない。

「……クソッタレ！」

ガスマスクの中で涙をにじませながら、狩人《かりと》は絶叫とともに銃撃を再開する。

バックパックの弾薬が残り少なくなってきた頃、狩人《かりと》の近くに攻撃魔法が着弾した。

防衛軍側の魔導師も、城壁上で魔力弾を撃ち込んだり、防御魔法を展開してアルウィナ軍からの飛び道具から城壁を守ったりしていた。しかし、魔力防壁を張れる範囲にも限界があった。魔力による盾と盾の隙間、魔法の守りが途切れている部分で、攻撃魔法が炸裂《さくれつ》する。城壁の一部とともに、周辺にいた兵士や避難民も吹き飛ぶ。爆風と四散した城壁の破片が、狩《か》人《と》の身体を叩く。ゴーグルに味方の肉片がへばりついたのに気づいて、慌てて拭《ぬぐ》い取る。

「カリト君‼」

周囲の喧騒《けんそう》に負けまいと声を張り上げながら、オーディが寄ってきた。

「こちらの魔導師も限界が近い！　君の武器で、敵の魔導師部隊を排除してくれ！」

「分かりました！」

指さす方、空堀から数十メートル手前の建物の屋根に、アルウィナ兵の姿が見えた。魔導師２人と弓兵が5～6名の混成小部隊。魔法が発射可能になるまでのクーリングタイムを、弓兵の矢が穴埋めする。小部隊は１つだけでなく、数ヶ所の建物の上にも見受けられた。

狩人《かりと》は胸元で揺れていた手榴弾の１つを手に取った。平原でも使ったスモークグレネード。安全ピンを抜いたそれを、魔導師が布陣している建物へ思い切り投げつけた。近くに落とさなかったのは、城壁へ押し寄せる歩兵部隊の姿まで見えなくなるのを、防ぐためだった。

魔導師と城壁の間に白煙の壁が生じる。目標の姿が隠れて、魔法や矢の飛来が止む。

――相手からは見えないが、狩人《かりと》から相手の姿を見ることはできる。

ゴーグルの赤外線カメラモードを起動。

煙が透過され、屋根の上の魔導師たちの姿が、シルエットとなって浮かび上がった。

シルエットへ向けて銃撃を行う。弓か杖《つえ》か、シルエットが持つ道具の種類によって正体を判別し、杖《つえ》を持つほうを優先的に狙って撃ち倒していった。

そこでついに、バックパックが弾切れを起こした。

リロードの手間も惜しいので、バックパックごとMK48の装備を解除。背中と両手を空けた狩《か》人《と》は、次にAA12を実体化し、散弾の雨を眼下の歩兵を降らせる。

次に異変が起きたのは、ドラムマガジンを2個ばかり撃ちつくし、3個目へと手を伸ばした時だった。

歩兵部隊を無理矢理かき分けるようにして、何かがかなりのスピードで城壁へ突っ込んでくる。

一瞬、馬かと思ったが違った。ダチョウを思わせる、2足歩行のシルエット。

「地走竜だぁー！」

防衛軍の誰かが絶叫したのと同時に、地走竜が跳躍《ちょうやく》した。

アルウィナ兵の死体と生き残りで埋まった空堀の手前でジャンプした地走竜は、信じられない脚力で、城壁の上端まで到達した。

さらに前足の鉤爪《かぎつめ》を食い込ませ、城壁にしがみつく。

頭部と前腕だけ向こう側からのぞかせた状態で、地走竜は近くの防衛軍兵士を襲う。のこぎりじみた凶悪な歯並びの顎で噛み千切り、頭を振って突き飛ばす。

地走竜の背中に跨《またが》っていた乗り手も城壁に飛び移った。その手には大量の爆弾。

「我らが神聖なるアルウィナの裁きを受けろ、獣《けもの》まがいども！」

「こいつを止めろぉー‼」

数名の兵士が、剣で地走竜の乗り手を切り裂いたが、遅かった。

着火済みの爆弾が、死体の手から転がり落ちる。

「伏せろぉぉぉぉ！！！」


城壁上で紅蓮《ぐれん》の火柱が生まれた。


気がつくと、狩人《かりと》は仰向けに倒れていた。

全身を見えない手で引っ叩かれた上に、サイの突撃でも食らった直後のような重たい衝撃《しょうげき》が、胴体の奥深くへ浸透《しんとう》しているのが分かる。

起き上がると、地走竜の乗り手が自爆した辺りには、炎が広がっていた。

狩人《かりと》は〈プロテクトギア〉が炎を防いでくれたが、他の防衛軍の兵士は違った。油がベースの爆薬が生み出した炎を浴びた兵士は火だるまになり、苦しみのあまり走り回った挙句、城壁の外へ転落するか、その場で崩れ落ちて、二度と動かなくなる。

その惨状《さんじょう》に、城壁上の者たちは凍り付いた、まさにそのタイミング。

城壁上に黒煙が広がる中、不意に閃光《せんこう》が瞬《またた》く。偶然それが視界に入り、現象の意味するところを瞬時に悟ったオーディは、咄嗟《とっさ》に伏せた。

「魔法攻撃が来るぞ‼」

アルウィナ軍魔導師部隊の生き残りによる、攻撃魔法。

咄嗟《とっさ》に反応できた者は、多くなかった。

飛来した魔法の砲撃が城壁各部に着弾。分厚く頑強に造られた城壁は耐え凌《しの》いだが、自爆攻撃の影響から回復していなかった兵士が、何人も巻き込まれた。続出する犠牲《ぎせい》者。

中には着弾の衝撃《しょうげき》で足元を取られ、城壁から転落してしまう兵もいた。司令部や隊舎にも何発か着弾し、大穴が空く。

いつのまにか、城壁上に新たな人影が降り立っていた。

頭上を通り過ぎていく複数の影と、遠ざかっていく嘶《いなな》き声。空騎兵が、城壁上空を通過する瞬間に飛び降りてきたのだと、兵士たちは悟った。

大胆なやり方で乗り込んできた新手は全員、白銀に輝く全身鎧《プレートアーマー》で全身を固めた屈強な騎士ばかり。

「きさ──!」

言い終わるよりも速く振るわれた長剣によって、防衛軍兵士の頭部が切り飛ばされた。

それを皮切りに、白兵戦が勃発する。

新手は全部で10名前後。

相手は寡兵《かへい》にもかかわらず、瞬《またた》く間に被害が続出した。

技量もそんじょそこいらの兵士とは比べ物にならず、なにより身体能力が凄まじい。

全身を薄い光の膜が覆《おお》っている。身体強化魔法を用いているのだ。また鎧《よろい》自体にも身体強化の効果が付与してある。白銀の鎧《よろい》をまとい、残像が見えそうなスピードで動き回るその姿は、白く輝く砲弾を連想させる。

爆弾と魔法による黒煙が晴れ、その戦いぶりが見えるようになると、城壁外部のアルウィナ軍の生存者が歓声を上げた。

「アルウィナ王家親衛隊、白銀隊か！」

オーディが忌々《いまいま》しげに唸る。名前の由来は、彼らが身に着けているトレードマークのミスリル鋼の鎧《よろい》だ。

ミスリル鋼は、この世界でもっとも強靭《きょうじん》な金属だ。この金属を用いて鍛《きた》えられた鎧《よろい》の強度は、あのオークの一撃にも耐え、魔法に対する防御効果も絶大で、魔導師の射撃魔法も容易《たやす》く弾く……と、伝えられるほど。

その分、希少でもあるので、ミスリル鋼を用いた武具は、市場にほとんど出回っていないという。

白銀隊は、そんな代物を与えられるだけの能力を有した、祖国に忠実な騎士たちの集まりであり、数々の戦場で武功を積み立ててきた。

彼らをまとめる隊長は、美貌《びぼう》の女騎士だともっぱらの評判であるが、ベルカニアや他国からしてみれば、恐るべき存在以外の何物でもない。

彼らが持つ両刃の長剣は、身体強化魔法による膂力《りょりょく》の元、人間獣人問わず、防衛軍兵士の胴体を、たった一撃で両断していく。

城壁の上が、さらなる鮮血《せんけつ》によって染め上げられていった。

「何て奴らだっ‼」

敵味方入り乱れた乱戦になってしまった以上、散弾銃は誤射の危険性が極めて高い。

狩人《かりと》が補助武器《サイドアーム》のデザートイーグルを握り締めるのと、鉄製の胸当てごと獣人兵を袈裟《けさ》斬りにした白銀隊の騎士が、狩人《かりと》を新たな獲物と見据えて斬り込んだのは同時だった。

まともに両手で照準する間すら、与えられなかった。

騎士は5メートル以上の距離を、一足飛びに詰めてきた。

腰だめに2発、抜き撃ちするのが限界だった。

普通なら、1発だけでも命を奪えたはずだった。

拳銃弾でありながら、大口径ライフル弾クラスの威力を誇《ほこ》る50ＡＥ弾、しかも、狩人《かりと》は装薬量を増やした強装爆裂徹甲弾を使っている。

にもかかわらず、白銀の胸当てに生じたのは親指大のへこみだけ。

しかし衝撃《しょうげき》はあるようで、全身甲冑《かっちゅう》の騎士は大きく仰け反って、動きを止めた。

貫通できなくても衝撃《しょうげき》だけで骨が折れ、内臓が破裂してもおかしくない。

しかし身体強化魔法の効果か、騎士は弾を食らった胸元へ苦しげに手を当ててはいたが、それでも狩人《かりと》に対し、再び斬りかかっていく。

「うおおおおっ！」

ドガンドガンドガンドガン！！　とデザートイーグルが吠える。

今度はちゃんと照準を定め、フルフェイス型の兜《かぶと》に覆《おお》われた頭部に集中させた。兜《かぶと》の表面で火花が散って、見えないバットで殴られたかのように騎士の頭部が揺さぶられる。

長剣を上段に振り上げた姿勢のまま、騎士は前のめりに倒れた。兜《かぶと》越しの着弾の衝撃《しょうげき》に、三半規管と脳が耐え切れず、意識を失ったのだった。

「ビビらせやがって――」

後ろから衝撃《しょうげき》。今度は狩人《かりと》のほうが、バットで思い切り叩かれたような痛みに襲われた。

左肩から斜め下に打たれた感覚。左腕を痺《しび》れが襲い、衝撃《しょうげき》で前に倒れ込みながらも、何が起きたのかと身体を反転させる。目の前に、別の白銀隊騎士の姿があった。

狩人《かりと》も〈プロテクトギア〉を装備していなければ、今の一太刀で斬り殺されていたに違いない。

死の恐怖が思考を埋め尽くすなか、身体だけは別人が操っているかのように動いた。背中から石造りの床にぶつかりながら、反撃の銃弾を放つ。

銃弾は、兜《かぶと》の表面を掠《かす》めた。

とどめの一撃を振りかぶる騎士。咄嗟《とっさ》にプロテクターに守られた足を振り上げ、足裏を騎士の胸当てに当てると、力の限り押し返した。

騎士の身体がたたらを踏んで後退する。それでも、再び狩人《かりと》に襲い掛かろうと剣を構える。

唐突に、その騎士の身体が、真横へと弾き飛ばされた。子供に放り投げられた人形よろしく、城壁の外側へと消える。

ドワーフのハンマーによる、フルスイングだった。

「大丈夫ですかな？　ああいう相手は衝撃《しょうげき》を与えて倒すのが一番ですぞ！」

「あ、ありがとうございます……」

身の丈以上に巨大なハンマー片手に、狩人《かりと》に手を差し出すドワーフの声は、大音量から耳を守る防護機能付きのヘルメットがあっても、耳がビリビリと痺《しび》れるぐらい豪快だった。

たくましい手に、軽々引っ張り起こされる狩人《かりと》――ドワーフが背負う空に異物が混じった。

空からぐんぐん接近してくる影の正体は、グリフォン。

乗り手が、光の集まる手を２人に向けて突き出す。

「危ない！」

言うが早いか、ドワーフの手を掴んでいた腕をそのまま伸ばし、子供なみに短駆な髭《ひげ》モジャ親父の脇に突っ込むと、脇からすくい上げるようにして、城壁の内側へ身を躍らせた。

一瞬の浮遊感の後、重力に引かれて落下していく2人の背中を、衝撃《しょうげき》波が叩いた。

危うく空中でのバランスを崩しかけたが、ギリギリで堪え、足から地面に落下した。

両足を貫《つらぬ》く衝撃《しょうげき》を、前転によって逃がす。城壁の高さは3階建ての建物並みだったが、どちらも何とか大怪我を負わずに済んだ。

「こちらも命を救われてしまいましたな。感謝しますぞ」

「お構いなく、お互い様ですから……」

今度は上方で爆発音。爆発の発生元は城壁ではなく、司令部の屋上だ。

続いて屋上の真下にある部屋から悲鳴が聞こえた。狩人《かりと》とドワーフが顔を向けると、屋上から防衛軍の兵士の死体が降ってきた。

すぐ目の前でグシャッ！　と嫌な感じに潰れた死体には、レーザーで焼き切ったかのような傷跡が鎧《よろい》ごと刻まれている。城壁上の喧騒《けんそう》に混じり、司令部内からも戦闘音が聞こえてくる。

「どうやら、司令部内にも空から侵入されたようですな。そちらは司令部のほうの援護に回ってくだされ、前線はこちらにお任せを！」

「分かりました、よろしくお願いします！」

狩人《かりと》はドワーフと分かれ、デザートイーグルのマガジンを新品に交換しながら司令部内へ向かう。

目指すは、戦闘が繰り広げられていると思しき最上階だ。

16 アラモ③

固いブーツの靴底と石造りの階段が触れるたび、硬質な足音が周囲に響いた。

階段を上りながら、耳をすませる。

音の響き具合からして、最上階の6階で戦闘が行われているのは間違いない。

戦える戦力は、根こそぎ城壁のほうへ動員している。司令部内に残っている兵力は、地下の避難民を除くと司令官クラスと伝令、司令部つきの護衛のみと、それこそ最低限。

その『最低限』も、降ってきた兵士の死体から察するに、既にやられてしまった可能性もある。

屋上で対空砲火を受け持っていたマリアンも、この建物にいるはずだ。

だが嫌な予感がする。ああいう砲台担当の魔法使いは、肉弾戦には弱い、というのがお決まりのパターンだからだ。

6階に辿り着くと、建物内ながら、埃混じりの風が吹いているのを感じた。廊下の天井、そのど真ん中に大穴が空いていた。

「マジか」

爆薬（C4）を仕掛けて、吹っ飛ばしたような有様だ。

破片が散乱する廊下の奥から、言い争う人の声と、何かがぶつかり合う音が聞こえてくる。狩《か》人《り》はAA12を、いつでも発砲できるよう構えた。

今ＡＡ12にこめてあるのは、散弾でも小型榴弾でもなく、大型動物向けの単発弾《スラッグ》だ。

貫通力は軍用ライフルほどではなくとも、親指大もある大質量の弾丸を放つだけあって、威力自体は凄まじい。ドワーフのアドバイスに従い、ミスリル鋼の鎧《よろい》を貫《つらぬ》くのではなく、着弾の衝撃《しょうげき》で騎士を倒すために、狩人《かりと》はスラッグ弾を選択した。

これで通用しなければ、対物ライフルでも引っ張り出さなくてはなるまい。

廊下の両側には、扉がいくつか並んでいる。どれかの部屋に、侵入した敵が隠れているかもしれないし、逆に友軍の兵士が潜んでいる可能性だってある。

こういう時こそ、スキャンの出番だ。

スキャンを開始すると、狩人《かりと》のゴーグル越しの視界に、潜水艦がアクティブソナーを打った時のような光の波が広がっていく。

（――いた）

２つ先の扉の裏に、１人。

透けて見たシルエットからして、明らかに完全武装の兵士だ。

問題は、それが敵か味方か、見分けがつかない点だ。不用意に声をかけたりこれ以上近づいたりして、相手が敵だったのであれば面倒だ。

「間違いだったら、ゴメンな！」

上向きに角度をつけた上で、扉に向けて発砲。貫通した銃弾は天井に向かうので、室内の兵士は傷つけずに度肝《どぎも》を抜くだけで済む。

空気中を漂う粉塵《ふんじん》が、銃口から伸びたマズルフラッシュと衝撃波《しょうげき》にかき乱される。

はたして結果は――。

敵だった。会議室への救援が来たときに備え、待ち伏せていたのだろう。

城壁上で相対したのと同じ、白銀の鎧《よろい》を全身に装備した騎士が、スラッグ弾を撃ち込まれ、半壊した木製の扉を突き破り姿を現す。

「ビンゴ！」

狩人《かりと》は、間髪入れず迎撃《げいげき》の銃弾。

距離は5メートル前後。ちゃんと狙っていたので、外すはずもない。

デザートイーグルをありったけ撃ち込んだ時は、よろめく程度だったが、スラッグ弾は違った。

胴当てに命中した途端、足元からすくい上げられるかのように、騎士の身体が騒々しい音を立てて背中から落ちる。床の上でのた打ち回る騎士。

兜《かぶと》の隙間から、湿っぽい咳とともに泡混じりの血が漏れてきた。今の衝撃《しょうげき》で、内臓をやられたに違いない。

さすがスラッグ弾、と感嘆しながら、狩人《かりと》は横を通り過ぎざまに、兜《かぶと》にも1発。

最低でも脳震盪《のうしんとう》で失神か前後不覚は確実。脳挫傷《のうざしょう》を起こして死んでいてもおかしくない。

さらにスキャンをすると、今度は廊下の突き当りの大きな部屋に、4人分のシルエット。

うち2人が横たわり、剣を持った1人が杖《つえ》を持つもう1人と戦っているようだ。

杖《つえ》持ちは魔導師のマリアン、襲っているのは侵入してきた敵だろう。

狩人《かりと》は会議室の前までダッシュで行くと、減速しないまま両開きの扉のドアノブめがけ、思い切り右足を突き出した。重厚な扉があっさりと開く。

──そして狩人《かりと》は、マリアンの右腕が斬り飛ばされる瞬間を目の当たりにした。

杖《つえ》を握りしめたままのマリアンの右腕が、クルクルと虚空《こくう》で回転する。

腕が床へ落ちる。女魔導師の肉体から切り離された腕は、小さく跳ねたのを最後に、次の瞬間にはわずかな肉片すらも残さず灰と化していた。

小さな灰の山と、最後まで固く握られていた杖《つえ》だけが床に残る。

片腕を奪われたマリアンは悔しげに顔を歪《ゆが》めただけで、苦痛に苛《さいな》まれているふうには見えない。よく見ると、斬られた右腕からも出血していなかった。そういえば本人から、『痛みも感じなければ血も流れない』と、初めて会った時に教えてもらったのを、狩人《かりと》は思い出す。

彼女の腕を奪った騎士もまた、女だった。

女騎士は、他の白銀隊の騎士とは違って、全身をすっぽり鎧《よろい》に包むのではなく、胸当て・肩当て・手甲・足甲と、要所要所を守るタイプの鎧《よろい》を身に着けている。そのいずれも、ミスリル鋼の特徴的な輝きを放っていた。

兜《かぶと》からは、わずかに燃えるような赤毛が見え隠れしている。

そして、女騎士は飛び切りの美人だった。

なぜ分かるのかと聞かれれば、彼女の兜《かぶと》はグレートヘルムという円柱型をしたタイプであり、顔の部分は視界を広く確保するためか、装甲に隠されていなかったからだ。

その顔はしっかりと、狩人《かりと》のほうを向いていた。

「やっべ‼」

「その声は……カリトだね⁉」

マリアンの驚きの声を狩人《かりと》は無視する。

なぜなら女騎士が剣を持ち上げ、魔力を集中するのが見えたからだ。

咄嗟《とっさ》に横っ飛び。女騎士が剣を振るうと、虚空《こくう》から一瞬で生み出されたバスケットボール大の火の玉が、狩人《かりと》のいた空間を通過した。

たった今、狩人《かりと》が蹴り破った扉に命中、そして爆発。炎を撒《ま》き散らし、熱波が廊下に広がる。

魔法が外れたのを見るやいなや、女騎士が床を蹴る。

あ、と思った次の瞬間には、女騎士が狩人《かりと》の懐《ふところ》へ飛び込んでいた。

回避は間に合わない。剣の軌道がえらくハッキリ見えた。唐竹割りコース。このまま真っ二つにされるのか。

女騎士の長剣がギロチンのように振り下ろされるのと、隻腕のマリアンが残った左手を使って光の矢を放ったのは、同時だった。

マリアンが放ったのはマジックランサー。マジックカノンの派生魔法であり、集束率を上げて、着弾時に爆発するのではなく、標的を貫《つらぬ》くことに特化した魔法だ。

マジックカノンを魔法の榴弾とすれば、マジックランサーは徹甲弾と考えれば良い。前者では、狩人《かりと》を爆発に巻き込むと考えての判断だろう。

背中を、魔法弾によって強かに打たれた女騎士の体勢が、前に崩れた。

それに伴い、剣の軌道も前方へずれ、狩人《かりと》のすぐ背後の壁にぶつかり、弾かれる……と思いきや、勢いは減じつつも、薄い光の膜に覆《おお》われた剣の切っ先が、石造りの壁をそのまま切り裂いた。

まるで、熱したナイフでバターを切っていくかのように、だ。

わずかに生じた貴重な数瞬の猶予《ゆうよ》を得た狩人《かりと》の身体が、本能的に生を掴もうと勝手に動く。

腕の中のＡＡ12を両手で掴み直し、ストックを逆袈裟に振り上げた。

宝玉が埋め込まれている長剣の鍔《つば》とストックがぶつかり合い、ほんの一瞬、拮抗《きっこう》する。

構え直した女騎士が、今度は長剣を横一文字に薙《な》ぎ払うよりも早く、斜め前方に身を投げ出す。

ようやく、女騎士の刃から逃れることに成功した。

狩人《かりと》はマリアンの隣に転がり込んで、体勢を立て直す。

ここまでの短いやり取りだけで、狩人《かりと》の息は全力疾走を繰り返した直後のように荒くなった。

「し、死ぬかと思った」

「その声は、やはりカリトか。気配がまったく掴めんから判別に困るねぇ」

「それよりも腕…腕は大丈夫なんですか⁉」

「安心しておくれ、あいにく私は腕の１本や２本失くしても死なないんだよ――なんたってもう死んでるからさ」

声を頼りに狩人《かりと》の位置を把握《はあく》したマリアンは、心配する彼の言葉につい悪戯《いたずら》っぽい微笑《びしょう》をこぼした。

初めて出会った時には顔を隠していたフード部分は、切り裂かれていた。金糸で刺繍《ししゅう》されたローブ全体が、あちこち切り刻まれてしまっている。

マリアンは視線を女騎士――ヒルダに移すと、表情を引き締める。

「今の精霊剣や、身に着けている鎧《よろい》、アンタ自身から感じる強い精霊の力といい……アンタ、もしや白銀隊の隊長、『炎剣』のヒルダなんじゃないかい？」

「そういう貴様は、『漆黒《しっこく》の不死者』マリアン・エンゲルハートだな――貴様は今日、ここで私の炎により灰となって散るのだ」

「アンタが、さっき切り落としてくれた片腕で我慢してくれると、ありがたいんだけど」

「断る。次はその首を刈ってやろう」

「それはさすがに勘弁してもらいたいね。気をつけなカリト、コイツの精霊剣はありとあらゆる物体を焼き切っちまうよ！」

「マジですか」

精霊剣とは、剣に精霊の力を集中させることにより、切れ味を強化する精霊魔法を指す。

ヒルダの場合は、彼女自身が炎系の精霊魔法に長けたトップクラスの魔導師でもあることから、極めて大量の精霊を圧縮して剣に纏《まと》わせた結果、まるでレーザーブレードのような超高熱の刃が展開されているのだ。

彼女の精霊剣は、この世界に存在する、ありとあらゆる物質が内包する精霊の力に干渉《かんしょう》し、その斬撃はレーザーによる切断面のごとく、焼け焦げた痕跡《こんせき》を残す。

ゆえに、『炎剣』。

彼女に斬れない物があるとすれば、それは彼女たちが身に着けているミスリル鋼の鎧《よろい》か、マリアンのようなトップクラスの魔導師が、本気で張った魔法障壁ぐらいだ。

加えて、精霊剣以外にも、彼女が行使する攻撃魔法や、身体強化魔法を生かした剣術も侮《あなど》れない。

彼女の愛剣は、魔導師の杖《つえ》としての機能も兼ね備えているから、接近戦と魔法発動も同時に可能だ。

「亜人どもと与する者に、遠慮など無用。そこの男もまとめて切り刻み、燃やし尽くしてやろう！」

「そう言われて誰が『はいそうですか』って受け入れるかっての！」

ＡＡ12が吠える。スラッグ弾を分速３５０発のペースで、次々吐き出す。

残像が見えそうな速度でヒルダが回避し、石造りの壁に拳大の穴が掘り返されていく。

当たらない。右へ左へ、不規則にステップを踏むヒルダの動きが速すぎるのだ。

照準が追い付かない。〈ＷＢＧＯ〉の速度特化型トッププレイヤーでもここまで機敏ではあるまい。超音速戦闘機ばりの速度で動き回る、ＵＦＯみたいだ。

気がつくと、またも懐《ふところ》まで踏み込まれていた。

だが、今度もマリアンに助けられた。展開した半球状の魔法障壁に、斬撃は阻《はば》まれた。

足が止まったところで、ようやく照準が追いつく。発砲。至近距離にもかかわらず、これもあっさり避けられてしまう。

四方を壁に囲まれた会議室内を、縦横無尽に動き回りながら仕掛けてくるヒルダ。

ヒルダが他の白銀隊ほど鎧《よろい》による守りを固めていないのを考慮すれば、スラッグ弾から散弾に切り替えたほうがよっぽど効果的だろう。

自分から隙を晒《さら》すような真似はしたくないが、このままでは遅かれ早かれ、マガジンも弾切れを起こす。せめて弾を替えるか、取り回しが悪いＡＡ12から、拳銃か小型のサブマシンガンに持ち替えたいところ――。

「初めて見る武器だが、威力はあってもまっすぐにしか飛ばないのは、弓矢と変わらぬようだな。ならば射線を見切ることなど容易《たやす》い！」

「ならこっちはどうだい！」

マリアンが手をかざし、指先を複雑に蠢《うごめ》かせる。

すると、扉周辺で燃え盛っていた炎が急に勢いを増し、数匹の炎の蛇と化してグネグネと動きながらヒルダに襲い掛かった。

「この程度！」

超高速で閃《ひらめ》いた白刃が、炎蛇を瞬《またた》く間に撃退した。その瞬間を狙って狩人《かりと》が再度撃とうとすると、お返しとばかりに、右手に剣を握ったまま左手を狩人《かりと》とマリアンに向け、火球を撃ち出す。

マリアンが張った魔法障壁にぶつかると、炎は半球状に拡散し、２人とヒルダのあいだに燃え盛る壁と化す。炎の壁のせいで、向こう側の様子が掴めない。

―ヒルダはどこへ？

「後ろだ！」

ありとあらゆる物体が内包する精霊を擬似《ぎじ》的な視覚として認識可能なマリアンが、警告を発した。炎を目くらましに、ヒルダは背後に回り込んでいたのだ。

ＡＡ12を後ろに振り向けようとして、強烈な衝撃《しょうげき》に襲われる。

次の瞬間には両足が床から離れていた。見えないワイヤーに引っ張られるかのように、中途半端に振り返った姿勢のまま、狩人《かりと》は後方へ吹き飛ばされていた。

カンフー映画のやられ役ばりに、左肩から大きなテーブル型の地形図に落下。

「ぐっぅ、ぎっ、えふっ！！？」

勢いは止まらず、さらに背中でバウンドしてから地形図の端まで滑り、転げ落ちて床に激突して、ようやく狩人《かりと》の肉体は停止した。

胸が痛い肩も痛い。背中も痛いが、一番痛いのは胸部だ。呼吸も苦しい。

ガスマスクの内側で涙目になりながら、首だけ動かして胸元を見てみる。構えかけていたフルオートショットガンに、見るも無残な傷が深々と刻まれていた。

機関部を斜めに縦断しており、完全に使い物にならなくなっている。銃が盾になったのだ。

それでも、アーマー越しでこの衝撃《しょうげき》。ゴリラが振り回したハンマーでも、食らった気分だ。

ゼイゼイと、荒い呼吸しかできない。狩人《かりと》はたまらずガスマスクを外す。

大きく息を乱しながらも、渾身《こんしん》の斬撃をモロに受けて生き延びている狩人《かりと》。その存在を意識の端に感じながら、刃の矛先《ほこさき》をマリアンへと向けたヒルダは縦横無尽に長剣を扱いながら、美しい曲線を描く自らの柳眉《りゅうび》を寄せる。

なぜ今の一撃で、あの男を斬り伏せることができなかったのか。

自分の精霊剣を受けた敵は皆、剣で受けようが盾で防ごうが、鎧《よろい》に護られていようが、いずれも平等に防御ごと斬り倒されてきた。

自分の剣を受け止められる存在があるとすれば、それは敬愛すべき我が君主、精霊に愛されて生まれたアルウィナ国王か、ミスリル鋼による逸品ぐらい……そう自負していた、これまでは。

ならばどうして、この男は私の精霊剣を受けて生き延びているのか。

まるで、精霊剣の力がまったく通じていないみたいではないか。

この男からも、男が持つ武器や鎧《よろい》からも、精霊の力などまったく感じないというのに――。

(待て、精霊の力がまったく感じられないだと?)

地形図にさえぎられて見えないが、マリアンの防御とヒルダの精霊剣がぶつかり合う剣戟《けんげき》の音は、狩人《かりと》の耳にしっかり届いている。

戦闘に復帰したいものの、衝撃《しょうげき》だけでかなり手酷いダメージを負った身体が、なかなか言うことを聞いてくれない。

（単に真正面からぶつかり合うだけじゃ勝てない）

地力が違いすぎる。精霊魔法による身体強化とやらの効果もさることながら、技量そのものの差も、狩人《かりと》とヒルダの間には天と地の開きがある、という現実を痛感させられた。

ならばその差をどう埋めるか。

（武器）

相手になくて自分にあるもの――多種多様な現代兵器。

今、この場でもっとも効果を発揮できる武器は、どれか。

「コイツなら……！」

城塞を突破され、建物内での戦闘にもつれ込んだ時に使おうと、装備に加えた存在だった。

左肩から先が痺《しび》れて思い通りに動いてくれないので、安全ピンのリング部分を歯で銜《くわ》えて引き抜く。安全ピンの喪失《そうしつ》に連動して、弾け飛ぶ安全レバー。

狩人《かりと》は軋《きし》むように痛む胸骨や肋骨《ろっこつ》の悲鳴に必死に耐えながら身体を起こし、点火済みの『それ』を、激突音が聞こえる辺りへと投げつけた。

マリアンの障壁を切り裂こうと、グイグイと光る長剣を押し付けていたヒルダは、足元に転がって来た物体を警戒して素早くマリアンから距離を取った。彼女も、魔法障壁を展開して防御態勢を取る。

マリアンも、転がる音は聞こえるが何が投げ込まれたのかまったく分からないが、障壁を維持。

狩人《かりと》が投擲《とうてき》した物体——閃光手榴弾《スタングレネード》が起爆した。

瞬間的に、室内を、強烈な閃光《せんこう》と、ショットガンや対物ライフル以上に凄まじい轟音《ごうおん》が包む。

閃光《せんこう》と残響が消えるよりも先に、ゴーグルとヘルメットによって視力と聴力を保護されていた狩人《かりと》は、地形図の縁を支えに立ち上がった。

デザートイーグルを右手だけで構え、スタングレネードの炸裂《さくれつ》で動きが止まっているであろうヒルダを探す。

案の定、両手で目を隠すような恰好で、ヒルダは悶《もだ》えていた。

大音量で聴覚と三半規管がやられ、足元がかなりふらついている。それでも長剣は握ったままで、戦意も失っていないのは明らかだった。

地形図の上に飛び乗って、距離を詰めながら撃つ。

1発だけでは足りない。マガジンに装填《そうてん》されている全弾を撃ち尽くす勢いで、撃ちまくる。

両手、胸部、肩部と上半身を中心に次々と着弾。ヒルダは、手甲に着弾しても剣は手放そうとしない。

激痛に心身を苛《さいな》まれた状態で50口径を片手で連射する弊害《へいがい》なのか、命中したのは、どこもミスリル鋼製の防具に護られた部分ばかりだった。

こうなりゃむき出しの口ん中に銃口をねじ込んでやる、とさらに距離を縮めていく。

鎧《よろい》越しの衝撃《しょうげき》にダメージを負いながらも、致命傷《ちめいしょう》は免《まぬが》れたヒルダも反撃に移る。

視力は完全に回復していなかったが、敵に対する戦意と、武人としての勘が彼女を突き動かした。

「この程度の小癪《こしゃく》な真似など‼」

「がづっ⁉」

首筋狙いの横薙《な》ぎ。これまでの剣による攻撃は、狩人《かりと》の目では追えぬほど凄まじい剣速だった。

それなりにダメージを追った影響か、この一撃はギリギリ反応することに成功した。

斬撃の軌道上に、デザートイーグルのグリップを掲げる。

身構えていても、かなりの衝撃《しょうげき》だった。拳銃のグリップ本体よりも長く突き出た拡張マガジンに刃が食い込み、またも狩人《かりと》の身体が浮いた。

そのまま左肩から壁に叩きつけられた。激突部分を中心に、蜘蛛《くも》の巣状の壁にヒビが生じる。

もう少し位置がずれていたら、ガラスを失った窓から外へと転げ落ちていたかもしれない。

「これで終わりだ‼」

ヒルダは神速の踏み込みで弾丸のごとく加速しながら、魔力を剣先に集中させた渾身《こんしん》の突きを放った。

狩人《かりと》を、背後の壁ごと貫《つらぬ》いて縫《ぬ》い付けんばかりの刺突《しとつ》。狙うは心臓。

積み重なったダメージで、足が思うように動いてくれない。

……そう思った瞬間、急にガクリと膝から力が抜けた。勝手に膝が折れて、ちょうど切っ先と同じ高度まで頭が落ちた。

「ひぃっ！」

迫り来る鋭利《えいり》な剣先への恐怖心に、顔を背けてしまう。

全身の捻《ひね》りを加えて放たれた刺突《しとつ》は、狩人《かりと》の鼻先から3ミリの空間を穿《うが》った。

勢いをまったく減じぬまま、剣先が壁へと突き込まれる。剣の先端に集中された魔力の解放により、破壊的な圧力が一拍遅れて壁を襲う。

限界を迎えた壁が爆発し、大穴が生じた。抵抗を失ったせいで、迫真の突きを空振ったヒルダの身体が泳ぐ。真っ向から押し倒そうとするかのように、彼女の身体は狩人《かりと》と正面衝突した。

揉《も》み合うようにして、穴の外へ押し出される2人。

狩人《かりと》とヒルダの肉体が、6階の高さから虚空《こくう》へと放り出された。

瞬間的な浮遊感が、すぐさま奈落の底へ叩き落とされたかのような落下感に取って代わる。

それも長くは続かない。

比べ物にならない衝撃《しょうげき》。何かが粉砕される破壊音。

そして暗転。


気がつくと、仰向けの状態で全身が何かに埋まっていた。

耳元でドラが鳴っているかのように、心臓の鼓動《こどう》が激しくやかましい。

視界も、真っ赤なフィルターをかけられたかのような状態。

〈WBGO〉では見慣れた、プレイヤーが瀕死《ひんし》状態に陥《おちい》っていることを示すエフェクト。

全身がバラバラになりそうな痛みに泣きそうになりながら、手は自然とポーチに収めた回復薬入りの注射器へ伸ばしていた。

襟元《えり》に手を突っ込んで首筋に打ち込むと、瞬時にアイテムは効力を発揮した。

痛みが消え、鼓動《こどう》も呼吸も落ち着く。こういう時、回復薬に鎮痛効果もあるのが非常にありがたい。

どうやら、ちょうど会議室のすぐ下に停められていた荷馬車に落下したようだ。

荷馬車は王都からの援軍が乗ってきた多くの馬車の中でも、比較的大型で幌《ほろ》がついたもの。

幌《ほろ》が本当にクッションとして働いたのかはともかく、大破と引き換えに馬車が落下のショックを和らげてくれたのだろう。さらに、アーマーによる防御効果も発揮されたはずだ。

ともかく、死なずには済んだようだ。

身体中から木片をパラパラと落としながら、身体を起こす。

一緒に墜ちてきたあの女騎士はどうなったのか、確かめようと、肌身離さず握り締めていたデザートイーグルの薬室内に最後の弾丸を残したまま、マガジンをグリップから抜く。

その時だった。

「があああああああああああっ‼」

どこからともなく現れたヒルダが、狩人《かりと》に覆《おお》いかぶさってきた。

馬乗りの姿勢で、手甲に覆《おお》われた手で首元を強烈に押さえつけてくる。

気道が圧迫され、呼吸がまともに行えない。首の骨ごと握り潰しかねない、万力のような握力で狩人《かりと》を苦しめる。

必死に暴れても、マウントポジションを取られている狩人《かりと》の方が圧倒的に不利だ。

「じねぇ、貴様もじぬのだ、このうずぎたない、亜人の仲間がああぁ……！」

6階から落下しても、兜《かぶと》はしっかりと頭部を包んだまま。ヒルダは、夢に出そうな悪鬼《あっき》のごとき形相に美貌《びぼう》を歪《ゆが》めていた。

彼女は口からだけでなく鼻、そして耳の穴からも出血していた。

ヒルダの鎧《よろい》は、いくらミスリル鋼で作られているとはいっても、狩人《かりと》のアーマーほどの衝撃《しょうげき》吸収性能を有していなかった。地面との激突により、鎧《よろい》越しの衝撃《しょうげき》は内臓だけでなく頭蓋《ずがい》内にも浸《しん》透《とう》し、脳の一部にも損傷を与えていた。

それでもヒルダは執念深く、狩人《かりと》の息の根を止めようと両の手に力をこめる。

（意識、が……）

酸素の脳への供給が遮断《しゃだん》され、思考能力が低下。

ぼやける視界。意識が揺らぐ。身体に力が入らない。世界の境界線があいまいになっていく。

背中に触れているはずの地面が、消失する。

そして狩人《かりと》は、奇妙な感覚に襲われた。

意識が肉体から抜け出て、天へ吸い込まれていく瞬間を、狩人《かりと》は体験した。

見えない手によって肉体から抜き取られた狩人《かりと》の意識は、馬乗りになった女騎士に首を絞められる自分自身の姿を、まるで鏡を覗いているかのように見下ろす。

散髪したばかりの自分の隣で笑うレオナの姿が、フラッシュバックした。

視点が宙からヒルダに組み敷かれっぱなしの肉体へ戻り、手足のコントロールが復帰する。

「死んでたまるか……！」

――ここで死んでしまったらレオナも、リィナも守れない。

手の中のデザートイーグルから、マガジンは抜かれている。

だがオートマティック拳銃の特徴として、薬室には最後の1発が残っていた。

デザートイーグルの銃口を、兜《かぶと》の上からヒルダのこめかみ部分に当てる。

トリガーが絞られ、撃鉄が落ちる。

50口径のマグナム弾を密着状態で食らった兜《かぶと》が、表面で激しい火花を起こした。

ヒルダの身体が、ゆっくりと馬車の残骸《ざんがい》の上から転げ落ちた。

17 エピローグ

白銀赤毛の戦乙女が崩れ落ちていく。

「ヒルダ様が……討たれた、だと……⁉」

グリフォンの乗り手——ヒルダともう1人の白銀隊隊員を、防衛軍司令部の屋上まで運んだ空騎兵部隊の小隊長は、上空からの支援攻撃を散発的に繰り返す途中で一部始終を目撃し、愕然《がくぜん》とした声で呻《うめ》いた。

空騎兵ははるか眼下に潜む敵兵の姿を、鷹の眼のごとく捉《とら》えられる、ずば抜けた視力を持った兵ばかり集められている。だからこそ、倒れて身動きひとつしないヒルダが、顔の穴という穴から血を流しているのも、ハッキリと視認できていた。

『炎剣』のヒルダを倒した存在……見たことのない形状の、黒ずくめの鎧《よろい》に身をつつんだ敵兵が、ゆっくりと身体を起こして、丸っこいデザインの兜《かぶと》を取り外す。

鎧《よろい》と同じ黒い短髪に、黒の瞳《ひとみ》。そしてこれまた初見の、白銀隊隊長の頭部を撃ち抜いた謎《なぞ》の武器（デザートイーグル）。何から何まで、黒尽くしの男。

「まさか、このようなことが、現実になろうとは……」

司令部屋上に降下する直前に下された彼女本人からの命令に従い、小隊長はいまだに現実味が湧かないまま片手を掲げ、魔力製の照明弾を頭上に撃ち出した。

それは退却の合図。

本来ならば、もっと早い段階で打ち上げられていてしかるべき存在だった。

総指揮官（今や元総指揮官と表現するのが正しい）が、保身のために繰り返し攻撃を命じたせいで何百人……いや何千人の兵が無駄に命を散らしてしまった。もはや、考えたくもない。

わずかな時間、ありとあらゆる音が消えた。

まず最初に反応したのは、同じく空からの援護のために旋回《せんかい》を続けていた他の空騎兵。

続いて、城壁上でまさに多数の防衛軍兵士を向こうに奮戦していた、生き残りの白銀隊隊員たち。

彼らは照明弾が上がると、ハッとしたように一瞬だけ顔をそちらに向け、ほんの少しだけ躊躇《ためら》うようなそぶりを見せながらも、やがて城壁の上から外側へ飛び降りた。

歩兵の波に紛れるまであっという間ではあったが、その背中には攻略に失敗して敵に背を向けなければならないことへの口惜しさ、無念さが確かに滲《にじ》んでいた。

最後に地上部隊。潮が引くかのごとく、ゆっくりと大通りを遡《さかのぼ》って城壁から離れていく。だがすぐに落伍者が続出し始め、最終的には隊列の体も成さない、憔悴《しょうすい》した男たちの塊《かたまり》と化していった。

大半のアルウィナ軍兵士が姿を消した頃になって、ようやくそれが意味するところ——防衛軍側の勝利を理解すると、城壁上の生き残りは一斉に沸《わ》いた。

ボロボロになりながらも、喜び合う獣人や人間の兵士たちの歓声が、１人上空に残る小隊長の下にまで聞こえてきた。思わず悔し涙が漏れそうになる。急降下して、手当たり次第に魔法を撃ち込んでやりたい衝動に駆られたが、鉄の自制心で抑え込む。

暴走して散るよりも、もっと意義あることをなすために生き延びることも、時には必要だ。例えば、アルウィナ王国軍で最強と称された、『炎剣』のヒルダを討った正体不明の敵についての情報を、本国へ報告するため、とか。

せめて、あの美しい女騎士の亡骸《なきがら》だけでも回収して、祖国の土に葬《ほうむ》ってやりたかったが、それすらも許されそうにない。涙を呑んで放置する。

中途半端な人の真似をした獣《けもの》と、裏切り者の集まりである敵対者たちが、彼女の亡骸《なきがら》をこれ以上穢《けが》さぬように祈ることぐらいしか、今の彼にできることはなかった。

「その顔、忘れないぞ……！」

憎悪の視線を狩人《かりと》へ向けたのを最後に、愛獣の手綱《たづな》を引いて小隊長も飛び去る。

「…………」

司令部から出てきたマリアンは、馬車の残骸《ざんがい》の中に横たわって動かないヒルダの下へ近づいていった。隻腕となった女魔導師は、残された左手に握った杖《つえ》を、ヒルダへ向けて歩み寄る。

ヒルダはまだ生きていた。呼吸は蚊の呼吸音よりもか細く、目の焦点《しょうてん》も合っていない上に意識もないに等しい……が、心臓はまだ動いている。

屈《かが》みこんだマリアンは、自分の右腕を斬り飛ばした女騎士の身体に触れて、容態を確認していく。手探りで、兜《かぶと》も外した。

露《あらわ》わになった頭部も、微妙に歪《いびつ》な角度に傾いていた。頭に触れてみると、こめかみ近くの感触に違和感を覚えた。狩人《かりと》が最後に撃ち込んだ銃弾の衝撃《しょうげき》で、頸椎《けいつい》や頭蓋骨《ずがいこつ》も損傷しているのだ。

兜《かぶと》に触れてみると、ヒルダの傷と同じ位置に凹みがあるのに気づいた。

ミスリル製の兜《かぶと》越しにこのダメージ――。

「あの坊主、予想以上のタマかもしれないねぇ」

指先を再びヒルダの頭部へ移したマリアンは、傷を負っている部分の状態を入念に確認した。

彼女が持つ精霊眼――あらゆる魔力を観測可能な『眼』は、ヒルダの肉体の内外に生じたあらゆる怪我《けが》の判別が可能だった。傷を負っている部分は、魔力の流れが歪《いびつ》になって見える。

頭部の怪我《けが》へ触れた指先に、マリアンは魔力を集中させた。

多量の魔力が集まったマリアンの手が発光し、同時にヒルダの頭部の怪我《けが》が急速に回復し始めた。マリアンは治療魔法によって、ヒルダの傷を治しているのだ。

「暴れてくれた分は、きっちり弁償してもらわなきゃねぇ」

敵軍の中でも、高い地位にある人物を生かして捕らえれば、恰好の取引材料になる。

身代金を支払わせるもよし、戦後の交渉に使うもよし。

もちろん、尋問《じんもん》して敵国の情報を集めるのも、お約束だ。単にこのまま見殺しにするより、彼女のせいで犠牲《ぎせい》になった兵や失った右腕の分まで、きっちり搾《しぼ》り取ったほうがよっぽど建設的だ。

ほんの数秒で、頭部の傷の治療は完了した。次は内臓のダメージを癒《いや》していく。

ただし、完全には治療しない。生命の危機を脱する程度の治療に留めておく。脱走防止と、彼女が出した被害に対する、ささやかな意趣返《いしゅがえ》しだ。

「う……」

内臓の治療を終えたところで、ヒルダが意識を取り戻した。

マリアンは、ヒルダの意識が完全に回復する前にいったん治療を止め、別の魔法を発動させた。魔力でロープ状の物体を生成し、対象を拘束《こうそく》するマジックバインドでヒルダの両手を縛《しば》っておく。手足もかなり痛めているから、これだけで十分だ。

身体の芯まで及んだダメージに顔をしかめながら、ゆっくりとヒルダのまぶたが開く。深紅の瞳《ひとみ》が、先程まで殺し合っていた相手に焦点《しょうてん》を合わせる。

「おまえ、は……」

己の血でべっとりと汚れた唇からか細い声が漏れた。

「………私は、だれだ」


時折、地下室まで達していた爆発による揺れは、少し前から感じなくなっていた。

互いに抱き合っていたレオナとリィナは、振動しなくなった天井へ不安そうな眼差しを送った。

「終わった……のかな?」

「どうなんだろう……」

周囲では、姉妹と同じように、恐怖を紛らわそうと家族や顔見知りと身を寄せ合った避難民が、顔いっぱいに困惑と不安を浮かべて、頭上を見上げている。

だが、それだけだ。自分の目で確認しよう、と動く者は今のところいない。ここにいるのは大半が女子供、それから重傷を負い、最低限の治療だけ与えられて避難させられた怪我《けが》人だけだ。

「お姉ちゃん……」

「大丈夫、大丈夫だよリィナ。父様とカリトを信じるんだよ」

心細そうに切なく声を震わせ、胸へすがりついてくる妹を優しく抱きしめるレオナ。

レオナも外の状況は気になっている。けれど、怯《おび》える妹を置いて確かめに行くべきなのか否か。

故郷の村を奪われた時も、妹を残して離れてしまったせいで危うく失うところだった。

過去の失敗の二の舞を恐れて迷っていたレオナの耳が、地下倉庫へ近づいてくる足音を拾った。

足音が、扉の前で止まる。

年季の入った蝶番《ちょうつがい》の擦れ合う音が生じた瞬間、その場に集まる避難民たちの肩がビクリと震えた。

全員の視線が扉へと集まる。その中にはもちろん、レオナも含まれていた。

最初、避難民たちは、現れた人物が自分たちを守ってくれた防衛軍側の人間だとは、分からなかった。変わった形状の黒い鎧《よろい》にべっとりと返り血がこびりついていて、それが彼らの恐怖心を煽《あお》った。

だが、レオナとリィナだけは違った。

そこにいたのは、2人が知る相手だったから。

「カリト！」

「カリトさん！」

名前を呼ばれた青年は、血みどろの恰好を気にする余裕もないぐらいの疲れを滲《にじ》ませていたが、それでもささやかな笑みを口元に作り、少女たちへ送った。

「――――終わったよ、レオナ、リィナ」

番外編　異世界間における衛生概念と男女間の貞操観念の相違について

それは、散髪を終えた直後の出来事。

警備の兵士が、レオナが頼んだお湯の入った桶と、身体を拭くための布を持ってきてくれた。どうでもいいことかもしれないが、その布はレオナが身体に巻きつけている物より、よっぽど上等そうだった。

「こちらが、頼まれたお湯とタオルだ。他に必要な物があったら、私に言ってくれ、すべてを調達できるかは分からないが、希望のものがあるならできる限り善処しよう」

「どうもありがとうございました」

狩人《かりと》の礼を背に受けた兵士は、足早に立ち去った。

扉が閉まると同時に、すぐ後ろで布の擦れる音。何かと思って振り向けば——。

「…………」

胸元を隠していた布の結び目——背中のほうで結わえて留めているだけだったので、すぐ外せるようになっている——を解いたレオナの裸身が、無造作に狩人《かりと》の目前に晒《さら》されていた。

「な、な、なぁ⁉」

「ん？　カリトも脱がないのかい？」

上半身に続き、腰から下を隠す（が、役目を果たしていないも同然の）腰巻代わりの布きれにもレオナが手をかけたあたりで、狩人《かりと》の思考が再起動。

止めようと、飛びつくように彼女の手を押さえつける。

……必然的に、狩人《かりと》のほうからレオナの下へ近づいた。今や、何物にも隠されていない、豊満なレオナの乳房を、谷間から先端まで余すところなく直視していることに気づいた時には、遅かった。

「おうふ……」

目の前で、ふるふると揺れる肌色の果実。

思わず、鼻の奥と股間が熱を帯びた。

すぐさま、頭を何度も振って熱と煩悩《ぼんのう》を振り払う。落ち着け、俺の身体！

「なぜ脱いだし！　なぜ脱いだし⁉」

狩人《かりと》、絶叫。大事なことなので、２回言いました。

「何でって、身体を清めるなら服を脱がないと」

「そうじゃなくて、普通、『身体拭くから出てってくれ』って言うなりして、俺が出ていくまで待ったりしないか、こういう時！」

「でも、村じゃこれが当たり前だったからねぇ」

何ですと？

「桶に水汲んで行水してる最中に、お隣さんがやってくんのはしょっちゅうだったし、近所の川で水浴びする時も、だいたいは野郎も一緒に身体を清めるのが普通だったんだけど。カリトのところは違ってるのかい？」

「何それ、羨《うらや》ましい……イヤイヤそうじゃなくて」

そういえばその昔、日本でも江戸時代ぐらいまでは銭湯も混浴が普通だったと、漫画の時代劇で読んだ覚えがあった。

が、やはり知識だけ知っているのと、実際に体験するのとでは、大違いなわけであって。性的に大らかすぎるだろ、この世界、などと狩人《かりと》が感じてしまうのも、無理のないことだろう。

それとも、辺境の村では、それが一般的なのか、はたまたレオナだけが特別なのか。

この世界の文化を知らない狩人《かりと》には、判断のしようがない。

……肉食系にもほどがあるレオナの性格を考えると、後者の可能性が高そうだ。

「これでも、村にいた時は大人気だったんだよ。私が水浴びしてるとさ、村の若い男連中がぞろぞろ集まってきたり、何かにつけて入れ替わり立ち替わり近づいてきたりしたもんだよ。そういう奴らに限って、物陰に隠れてコソコソ覗き見してくるもんだから、面白いったらなかったねぇ！」

「確信犯かよ」

どうやら、後者で間違いなさそうだ。

呆れ半分頭痛半分、狩人《かりと》がどんな顔をすべきなのか困っていると、彼が黙り込んだのを良いことに、レオナは腰巻にも手をかけた。

狩人《かりと》が再び止めるよりも早く、しゅるりと1枚のボロ布に戻った腰巻を、ベッドに放り捨てる。

これで彼女が身に着けているのは、秘部を隠す、極めて布面積の小さな白い下着だけだ。

またも狩人《かりと》は驚愕《きょうがく》する。

「ひ、紐《ひも》パン、だと!?」

「これぐらいのほうが動きやすいし、脱ぎやすいからね」

恐れ戦《おのの》く狩人《かりと》をよそに、レオナはお湯で湿らせた布を手に、鼻歌混じりに己の肢体を磨き始めた。

お湯を吸い込んだ布の温かな湿り気が、十数年もの間、活動的に森の中で過ごしてきたせいで健康的に焼けたレオナの小麦色の肌へ、取り込まれていく。

ただでさえ、豊満さと張りを兼ね備えたレオナの肉体が、潤《うるお》いを帯びて、より一際艶《なま》めかしさを増していくその光景に、狩人《かりと》は我を忘れて見入ってしまった。

腕、肩、首筋から脇、そして胸へ。特に隆起《りゅうき》の激しいその部分で、レオナの指先が躍る。

水気を帯びた彼女の膨《ふく》らみは、まるで冷水の中で冷やされた桃のような瑞々《みずみず》しさを振りまきながら、桜色の先端を誘うように揺らしていた。

「大きいほうが男には評判良いんだけど、すぐに汗が溜まっちゃってね」

まるで、狩人《かりと》にわざと聞かせるようにぼやきながら、レオナは布を持っていないほうの手で下から胸を持ち上げる。柔らかな双丘が形状を変えながら震えた。

持ち上げられて外気に晒《さら》された部分を、レオナの右手が布で拭いていく。やがて、レオナの手はさらに下へ移動。

野性味に溢《あふ》れた逞《たくま》しい腹筋をうっすらと覆《おお》い隠す少々の脂肪、小麦色の皮膚《ひふ》によって形成されたなだらかなお腹の上を、ほっそりとしたレオナの指先が滑り落ちていく。

……その間、狩人《かりと》はずっとカチンカチンに固まったまま。しかし、彼の目はレオナの一挙一動をずっと追いかけていた。

「あのさぁ、カリト」

「ふぇいっ⁉　な、何！」

素《す》っ頓狂《とんきょう》な裏声を上げた狩人《かりと》の血走った目と、妖《あや》しく笑うレオナの目がぶつかり合う。

「ゴメンね、ちょっと手を貸してくれないかい。綺麗《きれい》に拭けてるか、こっちからじゃ分からないからさ、代わりにカリトが背中を拭いてくれないかい？」

「何……だと……」

クルリと背を向ける、魔性のエロ狼少女レオナ。左右に振られる腰に合わせて、黄金色の毛並みを持つ尻尾《しっぽ》も、狩人《かりと》を誘うように揺れた。

レオナの誘いから、狩人《かりと》は逃げられない。奔放《ほんぽう》すぎるレオナが放つ色香攻撃に、今や狩人《かりと》の男の本能が、雁字搦《がんじがら》めに捕らえられていた。

気がついた時には、彼の手は濡れた布を握り締めていた。

誘蛾灯《ゆうがとう》に群がる羽虫の如く、覚束《おぼつか》ない足取りでレオナの背中へ近づいていく。

（……もう、楽になっても良いよね？）

意を決した狩人《かりと》の手が、レオナの背中に触れる。

「ああそこそこ、気持ち良いよ。もっと強くても大丈夫だから、遠慮なくやっておくれよ」

「そ、そうか。こんな感じかな」

「そうそう、その辺り、その辺り。ちょうど痒《かゆ》くてさ、助かったよ」

レオナの肢体が予想以上に柔らかいことに、狩人《かりと》は驚いた。

野性味溢《あふ》れる雰囲気の持ち主だから、それなりに筋骨隆々《きんこつりゅうりゅう》とした身体つきかと思いきや。

薄皮1枚越しに触れてみると、確かに各筋肉の隆起《りゅうき》がしっかり分かるものの、『硬い』という感想は思い浮かばない。少し彼女が力を籠《こ》めれば一気に変化するかもしれないが、こうして触れてみる分には、十分女らしさに溢《あふ》れている。

肌そのものも非常に滑らかで、許されるのならこのままずっと撫《な》で回したくなるぐらいの心地良さなのだが、断腸《だんちょう》の思いで、ここはぐっと我慢。

こういうのを、無駄のない身体と表現するのだろう。激しく飛び出している胸や、まろやかなラインを描くヒップ以外は、余分な脂肪がまったく見てとれない。

どこを触っても、とにかく柔らかさと弾力を兼ね備えていて、狩人《かりと》は不埒《ふらち》な雑念を追い払うのに酷《ひど》く苦労した。

生身の女性の裸身に触れるのは初めてなので、比較などはできないが、世の女性の肉体は皆こんな感じなんだろうかと、純粋に疑問に思う。

——それとも、単にレオナが特別なだけなのか？

「ん、ありがと」

ハッとなって、慌ててレオナの背後から飛びのく。

天国のような地獄《じごく》を何とか乗り切った、と安堵《あんど》する狩人《かりと》だったが——。

「じゃあ今度は、私がカリトの身体を拭いてあげるよ」

何ですと？

「い、いやいやいやお構いなく！　自分の身体ぐらい、自分でできるから！」

「だけど、カリトも疲れてるんだろ？　私とリィナのために、たった1人で大勢と戦わせちゃったんだから、これぐらいのことはやらせておくれよ。それにさ」

鼻をひくつかせたレオナは、顔をしかめる。

「こう言っちゃなんだけど、今のカリトはかなり臭うんだよねぇ」

「臭うって、そんなに臭う？」

「ハッキリ言って。汗臭いし。焦げ臭いし、火薬臭いよ」

心当たりはいくつもある。

アルウィナ軍に追っかけ回されているあいだ、山ほど汗をかいた。焦げ臭いのはおそらく、焚火の中にダイブしたり、ドラゴンのブレスに焼かれかけたりしたせいだ。火薬臭さは、硝煙《しょうえん》によるものだろう。

狩人《かりと》は、自分の腕を鼻先に持っていって嗅いでみる。言われてみれば、なかなかに汗臭い。安全地帯に逃げ込めたことで気が緩み、狩人《かりと》も自分の身だしなみが気になるだけの余裕を、取り戻していた。

「むぅ、確かに」

「というわけで拭いてあげるから、さっさと服を脱いじゃいな」

「いや、それとこれとは話が別で——」

「はいはい、ゴネないゴネない」

「だから待ってって、ちょ、何をするんだー!?」

無理矢理迷彩服を脱がされそうになって、狩人《かりと》、混乱。

狩人《かりと》が着ている迷彩服は、ジッパーで前を留めるようになっている。初めて見るジッパーに、レオナも最初は戸惑ったものの、上から下に金具を動かせば勝手に前が開いていくことにすぐに気づいたので、あっという間に迷彩服の上着は脱がされてしまった。迷彩服の下は、オリーブドラブの地味なTシャツだけ。

「へー、カリトの服ってこうなってたんだ」

レオナは迷彩服をしげしげと眺めたが、すぐ机の上へ投げると、逃げ出そうとしていた狩人《かりと》の腕をしっかりと握って離さない。

「ほら、往生際、悪いよ!」

「俺のことより自分の恰好どうにかしてくれよ!?」

魂《たましい》の叫びである。上半身が丸裸にもかかわらず平然としているレオナの姿に、狩人《かりと》はもういっぱいいっぱいだ。

「ああ、もう大人しくしなよ！　せっかく人がしてあげるって言ってるのに！」

ここでレオナは、狩人《かりと》がまったく想定していなかった行動に出た。

このまま絶対に逃がしてなるものかと、狩人《かりと》の背中に飛びついて両腕をまわし、がっちりと拘《こう》束《そく》してきた。

Tシャツの薄い布地1枚隔てて、レオナの巨乳が押し潰される感触が、電流となって狩人《かりと》の背中を貫《つらぬ》いた。

「くぁwせdrftgyふじこlp」

なんかもう、悲鳴を通り越して、言葉にならない奇声を発することしかできないぐらい、レオナの胸は柔らかかった。ふわふわだった。むにむにでぽよんぽよんだった。

——つまり最高だという意味だ。

「これも脱いでもらうよ」

Tシャツも、あっという間に裾を捲《めく》り上げられ、脱がされてしまった。これで狩人《かりと》もレオナと同じく、上半身に何も着ていない。

狩人《かりと》は、ナイスバディの美少女に半裸で抱きつかれた衝撃《しょうげき》から、まだ復帰していない。狩人《かりと》が固まっているのをいいことに、マイペースを貫《つらぬ》くレオナは、濡れた布で、鼻歌交じりに青年の身体を清め始めた。

温かいお湯に濡れた布の感触に、ようやく狩人《かりと》の思考が再起動した。

「ま、ま、待って待って！　身体を拭くぐらい自分でやる、自分でできるから！　あとせめて、上に何か羽織ってくれよ⁉」

「男が細かいことを、気にするんじゃないよ」

「気にするし、細かくもないいやい！」

抗議の声などどこ吹く風とばかりに、レオナの手が狩人《かりと》の背中をどんどん磨いていく。

言動はともかく、レオナに温かいおしぼりで身体を拭いてもらうこと自体は、とても気持ち良かった。体表を覆《おお》っていた汚れがこすり取られ、皮膚《ひふ》が新鮮な空気を取り込んでいく。

「ほら、腕上げて」

そう言いながら、無造作に狩人《かりと》の腕を持ち上げたレオナは、むき出しになった狩人《かりと》の脇も、丁寧に布で拭いていく。汚れを見やすいよう、狩人《かりと》の横に移動した。

つまり、狩人《かりと》の視界に改めて、レオナの姿が入ってくるわけで、

「…………」

もはや、声すら出せなかった。

狩人《かりと》の上半身を拭く、その動作だけで小麦色の果実が2つ、ゆっさゆっさと間近で揺れていた。

それだけでも男の本能へ多大なダメージを与えているというのに、ちょっと視線を上下にずらすだけで、さらなるインパクト溢《あふ》れる光景が目に飛び込んでくる。

焦点《しょうてん》を下に移せば、本当に小さな三角形の布で、逆ピラミッドの頂点を隠しただけの下半身が、

垢を拭《ぬぐ》う動きに合わせて揺れている。

そんな悩ましい曲線を描く腰の向こう側で、金の毛並みを持つ尻尾《しっぽ》もまた、ご機嫌そうにパタパタ振られていた。

さりげなく小麦色の肌と白い布のピラミッドを見てみると、布の端から叢《くさむら》がわずかに覗いているのに気づいた。叢《くさむら》は、レオナの尻尾《しっぽ》と同じ金色をしていた。

上にずらせば、これっぽっちも恥ずかしさを漂わせることなく狩人《かりと》の上半身を磨き続ける、レオナの平然とした顔。

「あの変な柄の服の上からじゃ、あんまりわからなかったけど、カリトもなかなか良いガタイしてるじゃないか」

裸で男の身体を丹念に拭いていく……そんなシチュエーションで、よくもまぁここまで泰然《たいぜん》としていられるものだ。

むしろ、限界が近いのは狩人《かりと》のほうだ。顔も真っ赤なら、目も真っ赤。頭は熱く、股間も熱い。手が届くぐらいの近さに、巨乳美少女の本物の裸――男なら、同性愛者でもない限り、誰だって興奮するに決まっている。

問題は、狩人《かりと》がこれまでの人生経験でまったく女性慣れしておらず、また孤独な山小屋生活のあいだはいろいろと精神的に余裕がなかったせいで、半禁欲的な日々を送っていたこと。

主に頭と股間で渦巻いている、ムラムラ的な衝動を発散するにはどうすべきなのか、正しい答えを出すことも行動に移すこともできず、狩人《かりと》はレオナにされるがまま、カチンコチンに固まっていた。ついでに、下半身のごく一部は、とっくの昔にカチカチだった。

そのくせ、眼球と記憶野だけはレオナの肢体を一分も漏らさず脳細胞へ刻み付けるべく、フル回転で活動中である。

「ふーんふふーん♪」

鼻歌まで奏《かな》でるレオナ。狩人《かりと》の鼻息は荒くなっていた。というか、興奮しすぎるあまり、呼吸すら忘れかけていた。

（あ、やべ……）

頭へ急激に血が集まったことと酸素不足が重なって、狩人《かりと》の意識が急激に遠のいた。身体が脱力し、視界が急激に傾いていく。

「か、カリト⁉」

椅子の上から落ちかけた狩人《かりと》の身体は、目の前の少女によって受け止められた。

……狩人《かりと》の顔面は、少女の胸元へ飛び込む恰好になったが。

顔中を覆《おお》い隠す、とても柔らかく、張りがあり、すべすべで弾力があって、甘い香りがしてちょっとすっぱくて、あたたかくて唇に当たっている部分はちょっとしょっぱくてこのままずりしたいぺろぺろしたい吸ってしゃぶって揉《も》んで甘噛みしてあばばばばばばばば。

（アカンもう限界）

ドサクサまぎれにレオナの双丘を堪能することよりも、意識が遠のくままに任せて思考を強制終了するほうを、狩人《かりと》は選択した。

……少女の生乳に顔を埋めた自分がいた堪《たま》れなくて、それ以上に、このまま意識を保っていたらいったい何をしでかしてしまうか、分からなくて怖くなったから。

気絶した狩人《かりと》の顔は、とても幸せそうな表情をしていたという。


「……頑固というか、意気地なしというか」

胸の中で意識を失った狩人《かりと》を見下ろしながら、レオナは苦笑した。

「恩人で優しいアンタにだったら、胸や尻《しり》の1つぐらい触らせてもいいって言ったの、アレ本気なんだよ？」

このまま、起きるまで抱き締めてやるのも悪くなさそうだが、上半身裸のまま放っておくのもアレなので、椅子から移動させることに。

ベッドは妹が使っているから、レオナは狩人《かりと》を木箱のほうへ引き摺《ず》って行った。田舎《いなか》育ちの獣人は、総じて見た目を問わず腕力が強い傾向にあるが、それでも脱力した狩人《かりと》の肉体はなかなかの重みだった。

「よっこいしょ」

長方形の木箱の上に横たえる。

ふぅ、と一息ついて狩人《かりと》の全身に目を走らせたレオナは、とある部分に違和感を覚えた。

妙に盛り上がった、股間部分に。

「…………」

横目でチラッとベッドを見やる。リィナはスゥスゥ穏やかな寝息を立てており、すぐには目を覚ますまい。

「……上はもう拭いてあげたんだし、下もちゃんと、隅々までシてあげなきゃ中途半端だよね、うん」

ここにはいない誰かに、言い訳するかのように呟《つぶや》くレオナ。

あと、一部の言葉の発音とかニュアンスがちょっとだけおかしかったのは、気のせいか。

落ち着かなげに周囲を見回してから、レオナの両手がゆっくりと、狩人《かりと》の迷彩服のベルトへ伸びていった。ズボンの柄に合わせて緑を主体とした斑模様《まだらもよう》のベルトを、慎重な手つきで緩めていく。

改めてズボン本体に手をかけ、ゆっくりと下へ引っ張る。


ずるっ。

「…………おお」

つんつん。

「……ごくり」

ぐりぐり。

「うわぁ……」

ふきふき。

「おおおおお」

……深くは語るまい。

「じぃかっぷ!?」

奇声とともに、狩人《かりと》は現世へ帰還を果たした。

「あ、ようやく目を覚ましたのかい」

「れ、レオナ……」

視線の先のレオナは、胸元と腰に布を巻きつけた姿に戻っていた。身体を拭くのに使っていた布を、桶の中で揉《も》み洗いしている。

それだけでも十分扇情《せんじよう》的だが、肌色（正確には小麦色）の面積が減ったり大事な所が隠れている分、視覚的なインパクトが少なくて済んでいた。

レオナの後方に、先ほどまで座っていた椅子が見えた。自分が長方形の箱の上で寝ていたことに気づく。

「ここまで運んでくれたのか……手間をかけちゃってゴメンな」

「気にしなくていいって。貸し借りで言えば、私らのほうがもっとどデカい借りが、アンタにあるんだし」

「それこそ、別に気にしなくたって良いんだけどなぁ」

そこまで言って、足を床へ下ろそうとした時。

狩人《かりと》は違和感を覚え、視線を下に向ける。

ズボンのベルトがかなり緩んでいて、ズボンも下にずれていた。チャック部分も、半ば開いた状態になっている。

狩人《かりと》は、ズボンのベルトとチャックはキッチリ調節する派だった。

……だったらどうして、何もかも普段とまったく違う状態になっているのか。

そこでようやく狩人《かりと》は、気を失う直前にレオナに脱がされたはずのタンクトップと上着を、自分がいつのまにか着ていることに気づいた。

「………………」

ズボンを見て、上着を見て、もっぺんズボンを見て。

ゆっくりと、というよりも長い間油をさされていないからくり人形のようにぎこちなく、レオナのほうへ目を向ける。

「アノー、レオナサン？」

狩人《かりと》の黒い目は「嘘だと言ってくれ」とでも言いたげに、不安定に揺れていたのだが。

縋《すが》るような目を向ける狩人《かりと》へ、レオナは満面の笑みで——ちょっとだけ、頬を赤くしながら——親指を立てた。

「しっかり綺麗《きれい》にしておいたよ！　下も立派なの持ってるじゃないか、これなら跡継ぎ作りも心配なさそうだね！」

「うわぁぁぁぁぁぁぁぁぁぁぁぁぁぁぁぁぁぁぁぁぁぁぁ！！？」

かりと　は　にげだした　！

……このゴタゴタが終わったら、女としての恥じらいについて学んでくれるよう、オーディさんに直談判しよう、と固く誓いながら。

Mノベルス

魔法《まほう》の国《くに》の魔弾《まだん》

2015年8月31日　第1刷発行

著　者　狩真健《かりまけん》

カバーデザイン　ナカムラナナフシ＋百足屋ユウコ（ムシカゴグラフィクス）

発行者　赤坂了生

発行所　株式会社双葉社
〒162-8540　東京都新宿区東五軒町3番28号
［電話］03-5261-4818（営業）　03-5261-4851（編集）
http://www.futabasha.co.jp/（双葉社の書籍・コミック・ムックが買えます）

印刷・製本所　三晃印刷株式会社

［電話］03-5261-4822（製作部）
ISBN 978-4-575-23917-1 C0093　